Lino García Morales

Islas

Edición e impresión por BoD – Books on Demand
info@bod.com.es – www.bod.com.es
Impreso en Alemania – Printed in Germany

ISBN: 978-8-4132-6595-7

A Hugo, Héctor y Viki.

Miro hacia todos los lados y sólo encuentro soledad. Como si de repente la vida se hubiese paralizado en torno mío, como si hubiese muerto y esta fuera mi tumba, este recinto extraño, iluminado hasta doler.

Ángel Augier

Apagón. De noche, todos los gatos son negros. Desde la perspectiva de mi ventana la ciudad parece un océano profundo, negro, infinito. La luz de la noche proyecta los edificios formando laberintos de letras que no entiendo, un discurso con borrones del pasado que amenaza mis fantasmas. La gente hormiguea en sus hendijas, surge de la oscuridad como pequeñas manchas de color en movimiento y yo grabo su trazo en mi mirada perdida, lenta y abierta, sin nada mejor que hacer. Hay pinceladas de vida en cada rincón: voces, botellas, risas, cantos, gemidos. Mezclas en la nada por donde se abre paso el tiempo.

El vecino de enfrente se colgó del balcón la semana pasada. Menudo espectáculo cuando vino la luz. La imagen pálida se balanceó de la oxidada balaustrada hasta que, en medio de la euforia, se vino abajo. La celebración duró poco. La gente creyó que era cosa de brujería y salió corriendo. Todos menos el borracho de enfrente. –¡Coño Sergito, se te fue la mano! La verdad que pa' morirse, lo único que hace falta es estar vivo. – El difunto y su mujer se pegaban los tarros, con hombres. Era un secreto a voces. Se querían, a su manera, pero ambos necesitaban una buena morronga de vez en cuando y eso el vecindario no lo perdonaba.

La oscuridad se expande como una epidemia; desde donde no alcanza la vista hasta donde se agota la paciencia, desde el balcón de mi exvecino hasta el aeropuerto. Justo la frontera donde algún acertijo encuentra su respuesta. Allí la luz parece no faltar nunca, como en los hoteles y embajadas. Esa luz dispuesta a herir la sensibilidad. "Hay extranjeros, hay luz. Si la buscas, síguelos".

Después de casi un año de "Período Especial" en tiempo de paz el mambo está cada vez peor. Se habla inclusive, con optimismo, de una "Opción Cero". No quiero ni pensarlo. En un contén del parqueo Perico y yo esperamos por Ana. Wolf no ha llegado y ella debe estar a punto de aparecer. Menos mal que solo hay una puerta de salida.

Ayer no pude dormir. Maldito apagón. Sin ventilador el calor es insoportable; a veces, ni con él. Cuando arrecia, las aspas revuelven el infierno. La noche en la ventana aguantando el terral y hoy aquí muerto de sueño, a plena luz del sol, con todas las farolas encendidas.

El paisaje es un continuo ir y venir de policías, aduaneros, maletas, funcionarios y pasajeros. Hoy el movimiento es mayor. Un policía se ha pegado un tiro en la cabeza. Ahí, tan tranquilo, sentado en el patrullero, justo enfrente de la salida. Aún no se lo llevan en espera del forense. La agitación aumenta. La seguridad interroga en todas partes, toman fotos, corren. Acaban de aterrizar dos vuelos llenos de turistas y el forense que no llega. Ana va a tener garantizado el espectáculo.

¿En cualquier otro lugar un policía llega a un aeropuerto, escoge un espacio para parquear, saca su impoluta pistola y se pega un plomo en la sien? ¿Habrá dos espectadores como nosotros? Quién sabe. La muerte está en todas partes. Hoy no era su día. Tampoco el de Ana. Su vuelo llega con retraso, casi un día y aún no sabe lo del Abuelo. Aún no sabe que todo su esfuerzo ha sido en vano, que no habrá gira.

Quizá proponga reemplazarlo. Quizá sea lo práctico. Pero no. Sin el Abuelo no. No sé como lo entenderá, ni siquiera si lo entenderá, pero no podemos irnos sin él. Me gustaría invitarla a una cerveza pero entre los dos no llegamos a un dólar. Ahora todo es en dólares.

Está prohibido, si te cogen con uno te pueden caer varios años de cárcel, pero con pesos no se resuelve nada. Seguimos siendo iguales pero, algunos somos menos iguales que otros. Los extranjeros lo saben y vienen mentalizados. Pagan ellos. Para Ana será otro palo. Otra novedad.

Las barreras están vacías; sin embargo, nadie se acerca. Demasiados obstáculos. Puedes recibir una patada en el estómago o en el culo. La aproximación no es nada fácil. Una mirada, un dedo, puede convertirse en un viajecito a la oficina de seguridad del aeropuerto y de ahí, ¿Quién sabe? Tener relaciones con un extranjero, si es capitalista, es decir, si vive en una república no socialista, es motivo más que suficiente para mantenerte a raya. Demasiadas distancias, demasiadas barreras... mentales. Demasiadas compuertas en la cabeza. Tengo náuseas.

El aeropuerto José Martí y mi cabeza son solo dos espacios protegidos. La fiebre del dólar, del verde, de la moneda del enemigo, multiplica insaciable los accesos prohibidos. Las referencias han cambiado y la transparencia de las barreras hunde espejismos en muchas cabezas. ¿Tendremos tiempo de asimilarlo? De adaptarnos, quizá. Es un ejercicio de supervivencia duro y difícil. El discurso se adapta por pura conveniencia, dinámicamente. Lo que hasta hace nada era muy malo, resulta que ya no. El Se puede, No se puede[1] cambia, como la luz del semáforo, como el tiempo. ¿Y los principios? ¿Qué pasa con eso que era tan importante? ¿No nos convienen? ¿Hay que sustituirlos? ¿Ya son negociables? ¿Qué fue del Tengo[2] de Guillén?

En Rusia la política va a cien por hora[3]. ¿Qué pasa con el socialismo? ¿Se va a la mierda? ¿Quién tiró de la cadena? Los

---

[1] Frase del Tío Stiopa, un policía ruso alto y robusto, defensor de los débiles y luchador por la justicia creado por Serguey Mijalkov y llevado a la pantalla en una serie de muñequitos (dibujos animados) muy vista en Cuba. Serguey Mijalkov escribió la letra del himno de la antigua URSS y cincuenta años después, el de la nueva Rusia.

[2] Fragmento del poema *Tengo*, 1964.
Tengo, vamos a ver,
que siendo un negro,
nadie me puede detener
a la puerta de un dancing o de bar.
O bien en la carpeta de un hotel
gritarme que no hay pieza,
una mínima pieza y no una pieza colosal,
una pequeña pieza donde yo pueda descansar.
Nicolás Guillén fue fundador de la UNEAC (Unión Nacional de Escritores y Artistas de Cuba) en 1961 y Presidente hasta su muerte en 1989.

[3] El 6 de marzo de 1986 el XXVII Congreso del PCUS (Partido Comunista de la Unión Soviética) inauguró una nueva etapa. Con él empezó la nueva línea, la *perestroika* (reestructuración) y la *glásnost* (transparencia): la amplia libertad de discusión, de prensa, de radio, televisión y expresión artística. Las críticas de Gorbachov son duras: condena el estancamiento producido en el prolongado período de Breshnev, y el dogmatismo que ahoga al Partido y al país. ¡Con lo bienvenido que era Breshnev en Cuba! Gorbachov quiere volver al espíritu marxista-leninista. Exige democratizar toda la vida de la

suministros del CAME[4] descienden hasta niveles críticos. Todos están equivocados. El mundo entero está equivocado. Cuba no. Cuba marcha por el camino correcto. En las playas el soborno y las prostitutas se ponen de moda. Una nueva etapa. Nadie los para. Y con el tráfico da lo mismo, se negocia el cuerpo y lo que haga falta. La bolsa negra, paradójicamente, empieza a mantener a media ciudad. ¿Por qué unos van a la cárcel y otros no? La libreta no alcanza. Hay que resolver. El estado controla la operación. El día a día es una sucesión de pequeños delitos. O estás conmigo, o estás contra mí. Si estás conmigo te dejo vivir. Si no, te saco de circulación. Te estoy vigilando. No lo olvides. Hay mucha confusión. ¿Una crisis de principios?

El Abuelo dice que Ana es nadadora; nada por alante y nada por atrás. Tiene la dentadura bastante deteriorada y una nariz que asoma como un garfio de unas gafas retro azules. Quizá la aduanera lo advierta, le dé la bienvenida a la pequeña isla del sol, le desee una feliz estancia en Varadero y le recomiende visitar Cayo Largo. Pero Ana no es primeriza, ni comemierda. Ha estado en la isla un montón de veces, aunque desde el cambio, desde este segundo accidente, no. La primera vez trajo

---

nación, el PCUS, a los sindicatos, al Komsomol, en general a todas las organizaciones políticas o sociales.

El gobierno de Cuba se mantiene atento. Fidel no se pronuncia hasta el 26 de julio del 88. En un dilatado discurso rechaza la *perestroika* de Gorbachov. La califica de "peligrosa" y opuesta a los "principios del socialismo".

De 1988 a 1991 se aceleran los cambios. El papalote cae en picado. En julio del 91 las fuerzas de seguridad toman prisionero a Gorbachov. En agosto hay un intento de golpe de estado. Se ha fundado el Frente Democrático; Yeltsin es dado de baja del Presidium del Soviet Supremo. Estallan movimientos étnicos y nacionales violentos en Azerbaiján. Los tres estados bálticos (Estonia, Letonia y Lituania) exigen la anulación de su incorporación a la Unión Soviética.

[4] Consejo de Ayuda Mutua Económica.

una camiseta con la cara del Che. Ésa, la de Korda, ésa misma. Llegó como pesca'o en tarima. Su pasión por Cuba y los complejos de la izquierda la hicieron venir con una brigada voluntaria para trabajar en la agricultura. Después de eso ha llovido mucho. Conoce virtudes y defectos de la Revolución. Ya no lleva su camiseta progre. Quizá sonría con rostro de no entender mucho y perdone las tonterías con suma amabilidad para reunirse con nosotros.

No quiero imaginar el meneo en la aduana si viene con muchos bultos. Por suerte no es de la comunidad, ni pariente que regresa de visitar a su familia en Miami. Con Estados Unidos, da igual si llegas o te vas. Ser española la hace diferente y puede evitarle un registro desagradable en las maletas o el decomiso de algunas prendas. A lo mejor con el último Hola, vale.

Debe estar a punto de salir. El aire arranca remolinos de polvo y basura al pavimento anunciando la lluvia. La respiración se humedece. Eso dificulta el trabajo de la policía que aún aguarda por el forense. El Abuelo lleva ya dos meses en África. ¿Cómo estará el tiempo allí? No hemos parado. Queremos creer que esto es solo una horrible pesadilla. Volveremos a la carga. Nadie es imprescindible pero esta guerra no va a romper el equilibrio. Será difícil tumbar esta mesa de tres patas.

Desde este contén se tiene una perspectiva mejor. Corren tiempos de mucha agitación, aumenta el riesgo de enajenación[5]. Somos, cada vez más, tarjetas de visita habitando

---

[5] Según el propio Marx «el asalariado no puede tener un sentido de unidad con su trabajo o consigo mismo para anteponer a su enajenación. Su actitud hacia el producto de su trabajo es la que se tiene hacia un objeto extraño que lo domina. Está enajenado de la cosa que produce y de sí mismo; está perdido en el acto de producir. Entonces, la actividad aparece como sufrimiento, la fuerza como

el sin lugar. Pequeñas islas en un mar desconocido. Islas de luz, islas de oscuridad. Pequeñas pocetas de anhelo donde hundes gotas de tu devenir... Los días se repiten. Hoy no fío, mañana sí. Los que piensan por ti trabajan día y noche para desordenar el caos. El mar de pueblo feliz, oscuro como la propia noche, como los tiempos que corren, se desparrama. Sube la marea. Soy una isla, una isla vecina. Ahí viene.

---

impotencia, la producción como mutilación, y la propia energía física y espiritual del obrero, su vida personal –pues ¿qué vida no es actividad?– como una actividad vuelta contra él, independiente de él, y que no le pertenece».

Voy a contar las manos con los dedos,
voy a vivir hasta diez,
voy a soñar la hierba por el sueño,
voy a pensar en el tren,
una maqueta de un trozo de vida
me voy a fabricar
y daré vueltas donde se ilumina
el sol a contemplar (deseos).

Voy a parar al centro de una vía,
no sé dónde coger,
echo a correr y salgo al mismo punto
como si fuera a atrás,
hay muchas calles, mucha concurrencia,
todos vienen a ver
qué luz te pone el guardia de la cebra
si no puedes saltar (tu sombra).

Tengo licencia en cada apartamento
de mi ropa interior,
voy navegando el filo de un cuchillo,
el tiempo corre atrás,
nada es perfecto solo las noticias
que están por suceder
y la paciencia corre por la espalda
resbala y corta el pie (del tiempo).

Tuve una alfombra mágica en un vaso
que no pude beber,
tuve una sinfonía por pedazos
y un dedal de coser,
ahora tengo huellas en la cara
donde puse los pies,
tengo agua hervida en una palangana
y un sorbo de café (mezclado).

La manivela o rodando sobre el mismo punto

La música no es más que una palabra.

John Cage

−¿Tú eres el Aceite?

  −Bueno, así me dicen. ¿Y tú?

  −Yo soy Bebé.

  −¡Coño! Con ese tamaño, no lo parece.

Nos dimos la mano entre risas y lo invité a pasar. Bebé era un tipo menudo, de mediana estatura, con una barba de varios días sin afeitar y pelo largo, ensortijado y despeinado. Vestía un pantalón verde olivo del ejército y un pulóver ya sin color, ni mangas. Tenía una guitarra pegada a la espalda envuelta en una funda que parecía hecha de una saya escocesa.

  −Pacheco me dijo que viniera a verte, que tú eras ingeniero y hacías pedales de guitarra.

  −Bueno, no exactamente. Qué más quisiera yo. Después de un montón de líos Pacheco y yo conseguimos hacer un *fuzz* que, por cierto, funciona bastante mal pero es que nos cuesta mucho ajustarlo porque ninguno de los dos es guitarrista. Esa es mi intención, hacer unos cuantos pedales, pero estamos empezando.

  −¿Quieres que lo probemos?

  −Ok.

Conecté su guitarra al circuito montado en una placa de pruebas casera con un soldador de pistola (según mi madre un bollo de perra, lleno de cables, transistores, resistencias y condensadores rusos) y de ahí a la entrada del amplificador del tocadiscos.

–¡Ñó! ¡Tremendo cablerío!

Él desenfundó su guitarra tomándose todo su tiempo, temiendo cualquier contacto que no fuese una caricia, la colocó sobre un sillón, le enchufó el plug y se puso a afinarla. Sin querer alimenté el pedal y comenzó la distorsión.

–Disculpa, no me di cuenta que estabas afinando.

–¡Déjalo, déjalo! Así se afina mejor.

Era la primera vez que oía semejante cosa pero... en efecto, con la distorsión los armónicos que arrancaba vibraban hasta converger en uno solo con una nitidez reforzada. ¡Vaya ingenio!

–Oye, ¡Suena mortal!

–No jodas. Fíjate la bulla que hace cuando no tocas.

–Pero eso está bien. Esos pedales tienen mucha ganancia y siempre hacen ese efecto.

«Al fin un guitarrista que sabe para probar los cacharros». Terminó de afinar y se puso a hacer frases con una digitación rápida, precisa y espontánea. Me impresionó con...

–¿Con quién aprendiste? –le pregunté con cierta timidez, aprovechando una pausa para cambiar el control de profundidad de la distorsión.

–Con nadie.

Me dejó de piedra. Parecía tener delante a Jimi Hendrix y decía que era autodidacta.

–Cuando era chama me gustaba mucho la guitarra. Me hice una que era solo un brazo de palo con los trastes marcados y con eso empecé a practicar las escalas.

–Pero cómo, si no oías nada.

–Fijándome cómo lo hacían los demás y preguntando. Así estuve tremendo tiempo hasta que el vecino de los bajos trajo un día la suya, una Höfner. La probé y me dijo que me quedara con ella, que conmigo estaba mejor. Y na', después me empezaron a invitar a tocar por ahí y yo iba y hacía los solos.

–Pero, ¿te los sabías?

–Que va, los improvisaba. Era más fácil que aprendérmelos.

Él siguió tocando todo el rato mientras hablábamos hasta que mi madre nos hizo parar. Era demasiado tarde y no quería bateo con los vecinos. Al final quedamos en vernos al día siguiente para seguir las pruebas. Esa noche no pude dormir pensando en él y esa manera tan bestia de improvisar. Tenía la sensación de conocerlo de toda la vida, de que llegaba para quedarse.

–Papito, ¿quién era ese muchacho? –preguntó mi madre cuando cerré la puerta.

–No sé mami, lo mandó Pacheco. Le dicen Bebé.

No dijo nada más, pero sin duda para ella tampoco pasó inadvertido. El tipo más raro y más bueno que conocí jamás.

En la mar de honda resonancia los peces bordan el silencio.

Óscar Hurtado

Conocí al Aceite cuando estaba ya un poco obstina'o de la guitarra. Y no por la guitarra en sí, sino por mi suegra, la Cacatúa, y mi mujer... y la plomería. Todo el día arreglando filtraciones, poniendo zapatillas, destupiendo baños. Vaya, las cosas normales del oficio. Eso tú sabes que siempre estropea un poco las manos. A veces me paso semanas enteras sin poner un dedo encima de las cuerdas porque además, cuando lo hago, enseguida aparece Olivia, la Cacatúa, y Laura, la Mimirrica, que es mi mujer. Como si estuvieran esperando la señal pa' echárseme encima y empezar a cacarear las dos a la vez: −Eso es lo único que a ti te interesa. −Te pasas el día entero comiendo mierda con la guitarrita. −Deja eso ya mijito, que me duele la cabeza. −Ave maría puríííisima qué he hecho yo pa' merecer esto. −Mira que tengo la cabeza malísima −y así sucesivamente.

Eso sí, ellas se pasan to' el santo día en el chismorreteo del solar, sin hacer ni pinga y cuando vengo del trabajo soy yo el que tiene que prender la hornilla de luz brillante, calentar el agua pa' que se bañen y la comida porque, ni eso, la mayoría de las veces cuando llego las cabronas ya han comido. ¡Se meten fría la comida del día anterior!

19

En el fondo les jode echarle agua al inodoro y bañarse con la latica. Siempre me lo echan en cara: –En casa del herrero, cuchillo de palo –y a mí no me da la gana hacerlo porque en definitiva, lo haga o no, siempre están cacareando y gritando. Con el perro galillo que tiene la Mimirrica. Cada día es más difícil llegar temprano a la casa. Tengo que hacer tremendas medias pa' llegar lo más tarde posible a Regla, cuando las dos estén ya dormidas. Casi siempre me encuentro por ahí con alguien de los viejos piquetes y nos quedamos oyendo música o tocando en cualquier parte. Un día de esos me encontré con Pacheco y me habló del Aceite.

Me contó que estaba haciendo aparatos electrónicos pa' la guitarra pero que, como ninguno de los dos tocaba muy bien, necesitaban a un tipo que les ayudara a probar sus inventos. Yo no tenía ningún pedal y la verdad que sin hierros no se puede, así que pensé en ir a ver al Aceite. Empecé a visitar su casa en el 5. En poco tiempo ya habíamos hecho tremenda confianza. Su cuarto parecía cualquier cosa menos un cuarto. La cama estaba en el suelo. Había una pila de cuadros regaos por el piso en lugar de estar colgados en la pared. Tenía una mesa de dibujo llena de componentes electrónicos y de libros amontona'os, un tocadiscos con dos bafles, también en el suelo, y varias calaveras de animales pintadas con diferentes colores. Si yo le armo la mitad del reguero ese a la Mimirrica, en la barbacoa, me queman vivo. Estar allí en el suelo con la guitarra, tomando té y oyendo música era tan volao que pila de veces nos dieron las dos de la mañana. A esa hora salía pitando pa' Regla. Cuando llegaba, por muy poco ruido que hiciese, la Cacatúa, que me esperaba sentada atrás de la puerta, se ponía a interrogarme: –Mira la hora que es. ¿Dónde tú me metes muchacho? Con lo mala que está la calle. ¡Qué desconsideración! –y así sin parar, repitiendo sin fin, hasta que despertaba a la Mimirrica. Entonces era cuando empezaba la fiesta: –Pero Bebé, ¿qué tú te crees? Yo voy a ver dónde tú te metes. A ver quién es el Aceite ese que tú dices. Yo te voy a dar a ti Aceite. Tanta guitarrita y tanta calle –y dale que dale en un coro que ni el de La Scala de Milán.

–Tú sabes muy bien Bebé que yo lo que no sé me lo imagino. No te vuelvas loco que una aquí se entera de todo. Te la corto. Ponte a bobear pa' que tú veas –A veces la amenazaba con dejarla y entonces chillaba más fuerte –¿Tú? Tú no estás loco. No sé pa' dónde te vas a ir. ¿Pa' tu casa? A ver a ti quién te quiere allí. ¡Si la única que carga contigo soy yo Bebé!

Mientras más se berreaba más se me acercaba. Entonces yo aprovechaba y la agarraba por la cintura. No paraba de desbarrar pero se dejaba. Entonces la tocaba y le decía una pila de burrás en la oreja.

–Arriba vieja bruja, ¡A dormir!

–Deja la gracia con mi madre Bebé.

–Na' más que oyendo y oyendo. A ver a ti quién te dio vela en este entierro.

Entonces la Cacatúa se piraba insultándome y la Mimirrica bajaba el volumen hasta que se le olvidaba por qué peleaba y le entraba sueño de nuevo porque la Mimirrica duerme con cojones y se pasa todo el día tirá en la cama.

–Vamos pa' la camita mami que te traje una cosa.

–Deja la grosería Bebé.

–Vamos Mimirrrrica.

Y así nos metíamos en la barbacoa arriba de los viejos y nos poníamos en la única posición que se podía singar sin hacer ruido. Una o dos horas en aquello sin respirar casi pa' que los viejos no nos oyeran, porque la Cacatúa no se perdía una. Paco roncaba pero a ella ni se le sentía. Esa vieja puta siempre estaba en las mismas.

Un día le dije a Laura que estaba pensando tocar de nuevo.

–¿Con quién Bebé?

—Con el Aceite.

—¿Pero tú no dices que ni él ni Pacheco tocan bien la guitarra?

—Ya, pero están aprendiendo.

—¿Aprendiendo? Yo voy a ver en lo que tú andas.

—En na'. Son buena gente y el Aceite además no toca tan mal el bajo.

—Como sea un invento tuyo pa' irte con guaricandillas por ahí te vas a enterar. Yo no conozco al Aceite ese y Pacheco tú sabes muy bien que tiene tremenda falta de estampa con esa flacura y esa jeta.

—Claro que no puedes conocerlo porque él nunca ha tocado con nadie.

—Pero, ¿cómo tú vas a tocar con alguien que no ha tocado con nadie? O tú no te respetas o estás en algo y quieres embarajar con eso del grupo. Porque yo no me creo que después de haber tocado en los mejores grupos de la Habana te pongas a perder el tiempo con alguien que no lo conoce nadie.

—Ya pero... ¿Tú estás sorda? Te estoy diciendo que toca bien el bajo y el piano. La guitarra no, pero tampoco tan mal y además sabe de electrónica y ya me ha hecho tres pedales.

—Sorda es tu madre.

Pero ella siguió y siguió y no paró hasta que la llevé a conocerlo. Un día nos fuimos a casa del Aceite y, como siempre, nos dieron las mil. Cuando nos fuimos, la Mimirrica volvió a la carga.

—¿Cómo tú piensas juntarte con ese hombre Bebé? Con lo ignorante que tú eres. Ese muchacho tiene cultura y educación y además es ingeniero. ¿Quién ha visto un plomero andando con ingenieros? Eso no puede dar na' bueno. Tú estás loco.

—Déjame a mí. Coño, te metes en to'. ¡Me estás cansando!

A veces uno se cansa de tanta bronca. Total pa' qué, ni se gana ni se pierde. Nunca entendí porque de repente le dio por hablar tanta mierda, porque delante de él parecía otra persona. Hablando de cosas de las que no sabe un pito. Tomando té y haciéndose la fina, cuando ella siempre decía que eso era cocimiento. Resulta que ahora era yo el apestoso. A mí me daba igual porque, si el piquete no salía, por lo menos tenía un lugar donde oír buena música y tomar té y conversar un rato. El tiempo suficiente pa' llegar a Regla cuando la Cacatúa no pudiera más y se rindiera.

La Habana del Este es lo primero que te encuentras cuando sales del túnel de la Habana hacia las playas, el primer golpe de aire fresco después de la playita del chivo. Un reparto sin calles, solo arterias principales que penetran en la urbanización abriendo parqueos a los carros, un trazado vegetal optimizado entre los bloques de vivienda en serie y numerosos parques hundidos entre los edificios.

Llegué allí muy pequeño. La ciudad se me antojó un archipiélago de juegos. La esquina de la uva caleta, el parque del círculo, el del *cake* de piedra, el pasillo de las matas de almendras o el jardín de los cactus, fueron tan solo algunos nombres que inventamos para vernos y jugar. No tuve problemas para encontrar amigos y formar una pandilla: Joel, Pacheco y yo, el Aceite. Los enemigos eran los vecinos del último bloque del 69, los Ñeñeos. Una vez fuimos los tres al Capitolio a ver una exposición. Vietnam había ganado la guerra a Estados Unidos y se exponían las trampas que utilizaron. Cogimos buenas ideas. «Ahora sí acabaríamos con los Ñeñeos». Sembramos unos cactus bajo tierra con césped fresco por encima. Fuimos a provocarles. Fue fácil. Nos cayeron atrás con palos tirándonos piedras. Corrimos saltando las trampas que se clavaron en la gruesa suela de sus pies descalzos. Nunca más se metieron con nosotros.

La Habana del Este fue uno de los primeros proyectos con aires de modernidad de la Revolución. Pretendía llegar, casi desde Cojímar, hasta el propio túnel de la bahía de la Habana, pero se quedó en lo que es, un óvalo inmenso circunvalado con una herida ancha de césped atravesándola hasta el mar. Mitad Pastorita, mitad Reforma Urbana. En realidad, era un proyecto anterior al 59, heredado. El diseño de Pastorita Núñez, futurista, de vanguardia, se abandonó en seguida. Demasiado caro para los estadistas de entonces. Materiales y acabado que para los tiempos que vendrían, no encajaban. La Reforma Urbana[6] siguió el proyecto.

La austeridad no fue el problema principal. El diseño funcional y acabado óptimo fue sustituido por nuevos sistemas de construcción incómodos y de peor calidad. Mitad Pastorita no se inunda, mitad Reforma Urbana sí. Mitad Pastorita tiene buena infraestructura telefónica, mitad Reforma Urbana apenas simbólica. Mitad Pastorita tiene un gran centro comercial, polideportivo, escuelas, mitad Reforma Urbana apenas dos escuelas primarias y una pizzería. El Ying y el Yang del Este.

Desde las azoteas saltan los últimos destellos del sol en el mar: el tragón, el eterno devorador de intrusos ignorantes. Si no conoces las reglas de juego date la vuelta. El niño que estampó una ola contra las rocas, el mulato que desapareció en el primer veril y saque del fondo con un espumarajo de frijoles coloraos en la boca, el borracho que hundió los pies en un charco, perdió el sentido, se fue de bruces y se ahogó en tan solo diez centímetros de agua. Mar jodido, secreto y silencioso. Siempre quemando y dejando la sal encima de la piel y en los pequeños agujeros del diente de perro.

---

[6] Instituto Nacional de Ahorro y Vivienda (INAV).

En la Habana del Este cada objeto vibra en el silencio del mediodía cuando todos se refugian a la sombra para echar la siesta, escuchar la novela de turno o disfrutar de la brisa salina lejos del inagotable reflejo del sol. Un canto silencioso que alguna vez quisiera transmitir, el murmullo a las cinco en el parque, los patines, las chivichanas, las bicicletas, las cuatro esquinas, el taco, el come fango.

En mi casa mi madre toca el piano y mi padre sintoniza una emisora de jazz en una pequeña y ruidosa radio que se trajo de un viaje (ya con la batería de nueve voltios colgando con un esparadrapo). A veces jugamos al ajedrez mientras lee el periódico de páginas color hueso y letras rojas y negras, el Granma[7].

Partidas intrascendentes hasta el día de mi primera victoria. No volvimos a jugar nunca más; desde entonces insistió en que debíamos nadar. Mis hermanos y yo, todos. En una ciudad marina, con instalaciones de agua dulce siempre repleta de niños y cloro, nadar era, sin duda, lo mejor para nosotros. Nos enseñó él mismo, en la costa, con los erizos clavándose en los pies. Aprendí en carne propia el protocolo de entrada y salida al agua: cinco olas pequeñas, tres grandes. Corta la ola, pásale por debajo, ahora, en la depresión, ahora, coño, que si no te arrastra por el arrecife.

Una vez, en la primaria, gané un concurso de pintura. El premio era un derecho a matricula en la Academia Nacional de Bellas Artes "San Alejandro". Mi madre no dejó elección: –Ahí no vas, esas escuelas de arte están llenas de maricones, tú mejor sigues nadando. Así creces fuerte y saludable –Mi padre, para variar, calló con el Granma entre las manos.

---

[7] Órgano Oficial del Partido Comunista de Cuba.

La pura del Aceite era una bisnera de pinga. Tenía un control con las rusas que pa' que. En la Habana del Este le decían la rubia. Era la que más cosas de los rusos vendía pero el mayor control lo tenía con los juguetes. Los reyes venían una sola vez al año. Una vez al año vendían los juguetes. Solo tres: un básico, un no básico y un dirigido. El básico era el mortal: bicicletas, troikas, patines, los juguetes más bonitos y caros, los de pilas, los más grandes. Luego venía el no básico. En realidad era cualquier otro porque el dirigido era solo yaquis pa' las niñas, bolas pa' los varones o palitos chinos. Esos valían pa' los dos.

Lo de los juguetes era de pinga. En la Habana del Este había solo dos tiendas. Las dos en la mitad Pastorita. Los niños se pasaban el año entero esperando esa semana. Días antes de venderlos empezaban a montar los juguetes en las vidrieras y a sortear los turnos por teléfono. Los fiñes pegaban las narices en el cristal; ansiosos, desesperaos, a ver cuáles tres podían elegir. Como a lo mejor no les tocaba ninguno, tenían que hacer variantes. Los que tenían la suerte de coger los primeros turnos, si tenían el dinero, podían aspirar a los tres mejores juguetes. Para el resto, lo que quedaba. Si te tocaba un D20 (el 20 del cuarto día) estabas perdido. Los F ya ni te cuento.

La madre del Aceite era la reina de los juguetes. Compraba los mejores turnos. Vendía y revendía y al final tenía siempre los juguetes que quería pa' sus hijos. Todos básicos, por supuesto. El Aceite tenía un hermano retrasa'o. No era profundo. Según su pura, complicaciones del parto. Nació casi ahoga'o y eso le jodió el habla y la locomoción y la vida, porque luego le fue atrasando en todo. Para él era todo. Todos los años le compraban un montón de juguetes que terminaba destrozando en un par de días. Ferdinando era manos torpes. Todo lo que pasaba por sus manos era descojona'o al momento, despingue al minuto. Tenía una fuerza impresionante.

Según el Aceite el primer pedal que le funcionó bien fue gracias al hermano. Quizá ese afán de romperlo todo le llevó a toquetear un circuito que estaba encima de la mesa. El Aceite entró en su cuarto y lo cogió in fraganti con el soldador en la mano. Lo regaño y lo botó de allí pero cuando lo conectó a ver la magnitud del estrago y oyó salir un sonido que ni imaginaba posible salió tras él.

–¿Qué hiciste? ¿Qué fue lo que hiciste?

–Nada. No fui. ¡No! Nada.

El pobre cada vez que hacía algo malo se ganaba tremenda paliza. Tenía seca a toda la familia rompiéndolo todo. Una vez cuando llegó su madre del trabajo se lo encontró en el alero de la azotea. Se le había roto el televisor (seguro que él mismo lo descojonó trasteándolo) y decía que se iba a matar. Estaban todos los vecinos mirando asusta'os pero nadie se atrevía a hacer na', no fuera que los descojonara también. La madre del Aceite subió encabroná.

–¡Ay chico, me tienes sin vida! ¿Tú eres anormal o qué?

–El televisor se rompió mima, el televisor se rompió, se rompió. No sirve.

–Su madre agarró un palo y le fue arriba.

–¿Tú te quieres tirar? Bájate de ahí porque te voy a matar a palos. Tírate, tírate bobito que te voy a matar a palos.

Se bajó cagando melodías.

El artista no es un hacedor; sus obras no son hechuras sino actos.

Marcel Duchamp

Bebé siempre estaba de buen humor. Te podías cagar con absoluta tranquilidad en su madre que a él, como si nada. Nunca lo oí protestar, ni decir que no. Todo estaba bien, *no problem*. Cualquier acorde era bueno, cualquier pasaje. Su intervención en una canción le importaba tanto como su suegra la Cacatúa. Se limitaba a tocar. Sin ver el fin. Sin fin.

Para Bebé no hacían falta *jeans*, ni patas de gallina. Su buena cara, su eterna mueca de sonrisa, era el espejo que distorsionaba su humildad. Su obra era él mismo, su excentricidad.

Bebé estudió solo hasta secundaria. Demasiado ocupado pernoctando en las azoteas de la Habana del Este. Muchos hermanos, demasiados para una sola madre. Hubo que repartirlos. El padre al final se fue. Quizá antes de que lo mataran. Ya no podía pegar a ninguno, no lo respetaban. Algunos habían crecido lo suficiente y le caían encima y lo sonaban hasta que huía como podía.

La madre de Bebé era sorda. Había que hablarle muy alto para que oyera. Entendía lo que le convenía y casi nunca llamaba a sus hijos por su nombre. Los olvidaba o se confundía: –Bebé ven acá, corre. –No mamá, soy Jorge. –Oye

María, ¿Ya fregaste los platos? –Sí mamá, Magdalena, María bajó a José al parque–. Los nombres de todos los hombres empezaban por J y los de las mujeres por M. Bebé se llamaba Jesús pero casi ni se acuerda. La madre llamó Bebé a todos hasta que nació Jesús. Al año siguiente, cuando nació José le llamó pequeño y siguió llamando Bebé a Jesús.

Bebé pasaba gran parte de su tiempo en las azoteas. Eran su lugar preferido para tocar, para dormir, para templar..., era donde mejor estaba. Cuando querías localizarlo era muy fácil, en alguna azotea. El problema era elegir una entre las casi mil posibles. Ahí se perdía. Sin embargo, le tenía pavor a la altura. Padecía vértigo y claustrofobia.

Él, su madre y otros diez hermanos vivían en un pequeño apartamento del 40, en un décimo piso. Cuando la madre los perseguía para zurrarlos, muchas veces saltaban por el balcón al apartamento de al lado para quedar a salvo. Estaba cerca, los separaba apenas un metro. Tenían tanta práctica que en muchas ocasiones, cuando jugaban entre los hermanos, saltaban sin más al otro lado, como si fuese una extensión de su concurrido espacio.

Una vez, Bebé estaba solo con su madre. El resto de los hermanos habían salido a buscar al padre y Bebé saltó al balcón de la vecina atrás de una paloma. Le falló un pie y quedó colgando de un solo brazo. Gritó con todas sus fuerzas pero su madre no lo oyó. Hasta se asomó al balcón en una ocasión por el lado contrario a donde colgaba Bebé. Casi un cuarto de hora después fue advertido por alguien que pasaba. Enseguida se congregó la multitud para ver el espectáculo. Primero calcularon de qué apartamento podía colgar, luego subió una comitiva que casi tiró al suelo la puerta sin éxito. Luego llamaron a la policía, pero justo antes que llegara apareció la tropa de hermanos de Bebé. Viendo tanto jaleo en los bajos de su edificio fueron a investigar y vieron a su hermano que ya no podía ni gritar, ni se le oía. Lo rescataron casi media hora después. Tenía el brazo helado. Estuvo sin habla varios días. Todos pensaron que no volvería a hacerlo. Ya se acostumbraban a la idea de tener una madre sorda y un hermano mudo cuando dijo la primera frase: –¡Me cago en Dios!

Desde entonces no volvió a llamar a su madre más nunca por su nombre. –Sorda, dame de comer[8]. –Sorda ¿Y las llaves? –La sorda hablaba poco, quizá porque no oía mucho y no pudo aconsejarlos demasiado. Bebé se crió a merced del viento, en la calle, mataperreando.

Tenía una pandilla con niños del edifico de enfrente, porque en el suyo estaban sus hermanos. Su mejor amigo era el Güicho. El Güicho tenía una enfermedad muy extraña. A partir de los dos años dejó de crecer. Solo su cabeza siguió creciendo desde entonces. Su tamaño era el de un niño, pero su cabeza como la de un adulto. No se sabía muy bien qué edad tenía. No lo sabía ni él. Por aquel entonces tendría, quizá, unos veinticinco años. Estaba obsesionado con la pornografía y los bolígrafos. Los coleccionaba y su único tema de conversación eran las mujeres. No pasaba una a la que no le dedicara un piropo. Desde su silla de ruedas, sujeto con una soga por la cintura, no había un culo que se le escapara. No porque le quedara más cerca. Era bastante retorcido. Después le hicieron una silla más alta, casi parecía un trono, pero él siguió en las mismas.

Desde que Bebé conoció al Güicho no se separó de él, hasta su muerte. El Güicho sabía que podía ser en cualquier momento, que no iba a llegar a viejo, pero no le preocupaba y

---

[8] Parafraseando una frase de un muñequito ruso –Abuela, dame de comer.

aunque era un adulto siempre andaba arrastrado por los niños. El Güicho para aquí, el Güicho para allá. Pagando todas las maldades de la pandilla. Rompían un cristal, todos corrían menos el Güicho. –Yo no fui señor, fueron esos cabrones – Cuando el Güicho los chivateaba recibía castigo. Le quitaban las revistas, los bolígrafos, lo dejaban abandonado en un asiento del parque. El Güicho los insultaba pero no podía moverse por sí solo y tenía mucho miedo a caerse. –Hijos de puta, maricones, partía de singa'os, no les voy a hablar más – Pero luego aguardaba desesperado a que Bebé lo recogiera para volver a la calle. Muchas veces la silla de ruedas del Güicho servía de chivichana.

Cuatro o cinco niños se enganchaban como podían y se tiraban por la loma del 70. No era la única, pero sí la más atrevida, la de mayor pendiente. Había que tenerlos bien puestos para tirarse en sentido contrario al del tráfico. No había mucho, pero esa idea del peligro los animaba de cuando en cuando. –No, no, no, no –protestaba Güicho–, no, no, que si viene una guagua de frente ustedes pueden salir corriendo pero yo no. –No seas pendejo Güicho, vamos –Y el Güicho que no y que no sin poder hacer nada mejor que cerrar los ojos durante el largo trayecto. Al final de la loma del 70 había una rotonda. Muchas veces cogían buena velocidad y era muy difícil parar al final, sobre todo cuando echaban competencia. Se desprendían varias chivichanas juntas a todo tren y en medio la silla de ruedas del Güicho con una pila de niños colgando por todas partes, como si fuera un racimo.

Un día pasaron un susto de muerte. Llegaban a la rotonda a mil y no podían frenar la silla. Los niños empezaron a descolgarse. Al final Bebé quedó solo intentando maniobrar en vano. Unos metros antes de chocar con el contén, viendo que ya nada podía hacer, se soltó y dejó a Güicho a merced de la suerte. La silla chocó y el Güicho salió volando una pila de metros. Cayó como un bulto sobre la hierba. Cuando pudieron llegar hasta él estaba boca abajo y no se movía. –¡Coño! Se mató el Güicho. –No seas comepinga. –¡Ay Dios! –Del miedo, alguno hasta echó a correr. Bebé le dio la vuelta y el Güicho tenía los ojos como platos. Blasfemó durante el resto del día hasta que Bebé lo llevó en brazos a casa porque la silla quedó del todo destrozada.

Ese día fue memorable para todos e inolvidable para el Güicho. –Son to's una pila de singa'os, no se me acerquen más.

El Güicho vivió hasta un poco antes de que el Servicio Militar Obligatorio (el eSe MeÓ) llamara a Bebé a filas. Un día pasó como de costumbre a recogerlo y no había nadie. Se sentó en la puerta de la casa durante el resto del día. Por la tarde llegó la madre y le contó la noticia, le había dado un infarto. –No sufrió mijito, murió sin dolor –fue todo lo que dijo.

El SMO[9] mandó a Bebé un montón de citaciones. Nunca se presentó. Muchas veces estaba en casa cuando llegaban los del comité de reclutamiento pero él se escondía en el *closet* y no salía. Nunca estaba. Al final pasaron una denuncia a la policía y empezó la carrera por detenerlo. Varios meses de vigilancia y movimientos nocturnos de azotea en azotea. Los hermanos y amigos le llevaban comida. Casi en clave recibían las coordenadas donde lo podrían encontrar al día siguiente.

Le creció el pelo y la barba. Se convirtió en un hippie auténtico. Él solo, con una manta, una grabadora, varios casetes, la guitarra y un perro que se le unió en el viaje sin retorno. Él solito, prófugo de la justicia, huyendo de ir a la cárcel. Fue divertido hasta que lo partieron; pura casualidad, pero lo jodieron vivo. Una señora subió a la azotea a tender la ropa y se encontró a Robinsón tirado con el perro en un rincón. Se asustó tanto que llamó a la policía. Ella pensó que era un borracho, o un loco, pero se equivocó y Bebé fue al DOP[10] sin escala.

---

[9] Servicio Militar Obligatorio. El artículo 64 de la Constitución Cubana dice: "La defensa de la patria socialista es el más grande honor y el deber supremo de cada cubano".

[10] Departamento de Orden Político.

Llegó a la estación de policía y lo metieron en un improvisado calabozo con otra pareja que estaba en las mismas que él. Fernando y Graciela, otros dos hippies natos de los que continuó siendo amigo hasta que Fernando se cortó el pelo, varios años más tarde.

—¿Sabe por qué está detenido? —le preguntó un oficial gordito empapado de sudor—. Por faltar a las citaciones del servicio militar que se le han hecho. Usted es un antisocial. Esto le va a costar muy caro.

Al principio lo metieron en una celda bien grande, repleta de gente, pero a los pocos días, lo trasladaron junto con Fernando y Graciela a otra que era, más que una celda respetable, una habitación con rejas en la puerta y en la ventana. A partir de ese momento las cosas fueron menos aburridas. Como le habían quitado la guitarra tuvo que marcar los trastes en un asiento para practicar en silencio sus escalas, como en los viejos tiempos. Ahora con Fernando y Graciela ya no se aburría. Podían hablar de Jimi Hendrix, de Led Zeppelin, de Deep Purple, de cualquiera. Fernando era un experto en música "de afuera".

Después de más de un mes allí las historias empezaron a repetirse. Un día Fernando pensó en voz alta: —Coño, si tuviéramos una radio de FM al menos podríamos oír música —Bebé se lo tomó al pie de la letra. Al día siguiente desmontaron unas persianas de la ventana. Eran pocas pero Bebé era delgadito y flexible. Salió por el agujero y al día siguiente apareció con su Selena y una revista Rolling Stone antigua. —Ya podemos oír la dobliu[11] —dijo sacudiéndose el polvo de entrar por la ventana; pero se dieron cuenta que no había tomacorriente y no tenían pilas. Llamaron al guardia.

---

[11] WQAM. Primera estación de radio que tuvo Florida.

–Guardia, guardia... oiga por favor, ¿dónde podemos conectar esto?

–Pero, ¿de dónde coño sacaron esa radio?

Los guardias investigaron qué había pasado. Entonces lo trasladaron a un psiquiátrico. Le diagnosticaron una esquizofrenia. En su carné de identidad estamparon un sello que decía "No molestar en tiempo de guerra, ni en tiempo de paz". Fue entonces cuando lo devolvieron a casa. Poco tiempo después, en una fiesta, borracho perdido, conoció a Laura.

–¿Tú eres Bebé verdad? Yo soy Laura.

–Sí... mucho gusto –masculló y cayó redondo al suelo, encima de su orina.

Pienso que alguien debería ser capaz de hacer todas mis pinturas por mí.

Andy Warhol

Recuerdo aquellos estúpidos versos.

Si un día la lluvia es de balas,
no quiero que llores.
Ese día será como los otros.
Saldremos con paraguas de fuego a la calle,
que cuando la lluvia cese impotente
sobre nuestras cabezas,
el arco iris del triunfo enardecido
desplegará sus alas al futuro.

Los escribí al salir de la primaria, después de saludar la bandera y cantar el himno todos los días en el matutino con mi pañoleta de pionero azul y blanca, de repetir una y otra vez "Pioneros por el comunismo, seremos como el Che", de ir a todas las concentraciones y marchas con la escuela, de echarle flores a Camilo en el mar todos los años. Después de eso llovió mucho. Llegaron los penosos 30, 45 días en el campo durante los tres años que duró la secundaria y los dos del pre, más marchas y más discursos. También Mariel en el 80 y la dcpuración en la Universidad. Se fueron vecinos, amigos. Les tiraron piedras, les insultaron.

Para nosotros, el resultado del proyecto de Hombre Nuevo del Che, todo esta hecho. No hace falta ninguna iniciativa, solo el apoyo. "Hemos" triunfado, seguimos triunfando, somos invencibles. Ganamos a la pelota, a los médicos. Hasta perdiendo ganamos porque también sabemos convertir el revés en victoria. Somos los mejores. ¿Cuál será el próximo paso? ¿A quién habrá que gritar, exiliar, matar? Ganamos y ganamos pero yo sigo sin saber qué, ni por qué, ni dónde.

Sobrecumplimiento del plan nacional de producción de cerdos, Ubre Blanca rompe el récord de producción de leche (109,5 litros en tres ordeños), se bate un nuevo récord de producción de azúcar, de zapatos; pero en la calle, en la Habana del Este, nada de nada, "La vida sigue igual".

Me dio por pintar fotos del periódico; La Sábana Santa, la única prueba de la victoria. Las imágenes escaladas, hechas cuadritos fueron de la foto al lienzo, de un cuadrito a otro, del Granma a la tela. Caras dispuestas a aplaudir, miradas de alegría eterna, campeones de boxeo, brigadistas de contingentes, largas carreteras brincando el mar y complicando el trazado del monte, planes turísticos verticales, inmensos hoteles para cubrir las playas, para levantar la valla de la discriminación. Pinté y pinté, fotos sobre fotos hasta que me cansé.

Entonces lo dejé. La prensa, mejor para limpiarse el culo. Empecé a inquietarme, a sentirme débil y culpable, involucrado. «No me puedo cansar, tengo que aguantar». Pasaba muchas horas frente a la tela en blanco. Solo así parecía estar a salvo. Estuve semanas enteras esperando inaugurar una nueva naturaleza que no llegó. Mi paciencia se disipaba en el desconcierto de una batalla perdida... rodeado, sin contrarios.

Un día mi madre compró un piano. Lleno de comején pero con buenas perspectivas. Vino un ciego a afinarlo. Me impresionó tanto que me dejó con ganas de ser Stevie Wonder. Mi madre puso el parche antes que goteara.

–Esto no lo puede tocar nadie. Solo yo. ¿Entendido? –y ahí quedó, recostado a una pared de rayas grises y amarillas en la sala.

A veces, en las silenciosas tardes de calor, ella corría la banqueta y sacaba de su interior preciosas partituras sepias que había aprendido en su juventud. Tenía un sonido cristalino e indiscreto. A veces mi padre bromeaba con fugaces improvisaciones jazzísticas que solo conseguían irritarla. –No seas bestia, no golpees las teclas. –Deja de hacer el ridículo, que vas a joder el piano. –Chico, que no puede una tocar tranquilamente sin que le jodan la tarde –Aquellas frases fueron solo el principio, después hubo muchas más duras... pero eso ahora no viene al caso.

A veces, cuando toda la ciudad dormitaba a pleno mediodía o se recogía en sus interiores "la rubia" salía a bisnear con las rusas. En la Habana del Este había una comunidad rusa considerable, en su mayoría de técnicos extranjeros y marineros, concentrada en un par de edificios. Mi madre aprovechaba esas horas de inactividad y se iba al 70 a ver a las *tavarich*. Los técnicos tenían muchos privilegios e inclusive una tienda exclusiva en el propio edificio. Las rusas compraban y mi madre vendía. Era la embajadora del trapicheo. Mucha gente nos decía los rusitos. La ropa y las sandalias nos delataban. –Un día te vas a meter en un lío –le advertía mi padre con frecuencia, pero el cargamento siguió su trajín sin ningún pormenor.

Esos momentos de acción eran los más propicios para probar con el piano. Al principio solo con el dedo índice buscaba tímidamente las notas de las canciones que ponían en la radio una y otra vez. Cada descubrimiento era una nueva sensación de angustia ante el mediodía. El tiempo se reducía inexorablemente. No va tan bien el negocio con las rusas. Cada vez había menos óleos.

–¿Qué te pasa que ya casi no pintas? ¿Se te acabaron los tubos? Si te hacen falta avísame para hablar con Berenguel o con las rusas.

—Se me acabó el blanco. De todas formas ya sabes que esos óleos rusos no me gustan.

—Bueno hijo, cuando no hay pan, casabe. A ver si Berenguel me resuelve alguno del trabajo.

—De todas formas no tengo muchas ganas.

Cada vez que mi madre llegaba de la calle se descalzaba las sandalias de cuero amarillas rusas y abría el piano. Yo salía corriendo y me sentaba a su lado. Haydn, Mozart, Mendelsson, Listz. Momentos de paz y tranquilidad que la hacían olvidar las diferencias con mi padre. Equilibrio que se descompensaba a las ocho cuando regresaba del trabajo. Peleas que prefiero olvidar, que me catapultaban a cualquier banco del parque. Tiempo que perdía mientras oía sus insultos ricos en armónicos del pequeño y mostaza piano vertical pegado a la pared de rayas grises y amarillas.

Pasado un tiempo tuvo que volver el ciego a afinarlo. Recomendó cambiar algunas tablas, como no había las originales las pusieron de *playwood* y aun así no consiguió ahogarlo. Su sonido siguió limpio y cristalino, potente y vertical. Ese día, después de la restauración, me pidió ella misma que me sentara a su lado y tocó y tocó sin atender nada más, como si nos debiera ese tiempo. Tocó para mí hasta que descubrió que no estaba sola. Una melodía ajena se incorporaba. Recorrió el teclado hasta encontrarse con mi mano. No dijo nada, solo sonrió. Cuando cerró la tapa para meterse en la cocina balbuceó.

—Cuando lo toques no le des tan duro a las teclas. Que tu padre no te vea.

Ofa decía que yo podía tocar con cualquier grupo. En Regla también estaban Los Barbas pero esa gente estaba osorbo, ¡qué va! Una vez regresando de un concierto en una Aspirina[12] chocaron y por poco se despingan to's. A Ariel le quedó un rajón en la cara que le pusieron *scarface*. Otra vez les cogió un diluvio que terminaron to's encaramaos en las matas, con instrumentos y to', hasta que los recogió la gente de la defensa civil. Encima vinieron en un anfibio que despingó to'a la guagua, la aplastó como una galleta.

Ofa me dejó meter algún solo de vez en cuando con los FA5 pero claro, él también era guitarrista y además tocaba peor que yo. Yo lo entiendo, no quiere sombra. Hace un tiempo les sacaron un *single*. Ellos trabajaban para "la empresa". Grabaron dos canciones de los Bee Gees. ¡Con lo mala que es esa música! Pero bueno, a la gente le gusta. *Staying Alive*. Metieron tremendos forros. El coro decía: –Ah, ah, ah, ah, teyingalai, teyingalai –Y por la otra cara grabaron una que ahora mismo no me acuerdo como se llama, sí, ahora sí me acuerdo, *Dancing Jet*. El coro metía: –Achirili cupé cupé, yeh, achirili cupé cupé, dancin yeh –Si yo que no sé na' de inglés

---

[12] Guagua pequeñita Girón XI de producción nacional.

me despingo de la risa con los forros, no quiero imaginar la cara de alguien que más o menos entienda.

Tuvo tremendo éxito. Después de eso, en Regla to'l el mundo lo invitaba pa' que tocara en sus fiestas. Pero eso duró poco. No sé cómo la gente se enteró que Ofa había presentado los papeles pa' irse del país. La empresa lo botó, con lo cual el grupo se descojonó. No se iba él solo. Se iban una pila del combo y la gente cogió miedo de tratar con un tipo desafecto. Al final terminó haciendo chancletas de cuero pa' vender y sobrevivir hasta que le llegara la salida. Laurita siempre estaba comiendo pinga con eso.

—Tú sigue yendo a casa de ese tipo que te van a acusar de gusano. A mí no me traigas problemas Bebé, tú sabes que Paco es del partido.

—Sí Bebé, ¿a ver dónde te metes?

—Pero… y a esta vieja, ¿quién le ha da'o vela en este entierro?

A mí me daba tres cojones visitar a Ofa, total, nunca hablábamos de gusanería ni na' de eso. Me había conta'o que se iba pero eso lo sabía ya to' el pueblo. Me dijo que cuando se fuera me dejaba su viola. ¡Tremenda viola!, semicaja, amarilla, casi nueva. Yo nunca me he metío en política. Descargábamos un poco y ya está, pero un día no me abrió la puerta. Asomó la calva, parecía una bola de billar. —Asere, lo siento pero no es buena idea que sigas viniendo. Ha estado aquí la policía y me han amenazado de retenerme la salida si sigo recibiendo gente en mi casa.

Me fui sin entender ni pinga. Sería por mí. Se lo conté a Laurita y me armó tremenda bulla.

—¿Ves Bebé? ¿Ves como tenía razón? Mira que te gusta meterte en líos. A ese hombre lo están vigilando hace rato. ¿Por qué tú crees que no va nadie a esa casa?

—Pero si vende las sandalias de cuero.

–No Bebé. Las sandalias las vende su mujer por La Palma. Y ya le han avisa'o. ¿De dónde tú crees que sale ese cuero?

–Yo que sé.

–Eso es roba'o Bebé. ¿Dónde venden cuero en este país?

–A lo mejor son recortes que botan. Yo te he hecho unos cuantos zapatos así mismo, así que ahora no te hagas la del comité.

–Pues ya le han avisa'o que lo van a investigar.

–¿Y tú de dónde sabes to' eso?

–Aquí todo se sabe Bebé. Y acuérdate que yo, lo que no sé, me lo imagino.

–¡Coño! Pero si no puede trabajar, ni vender zapatos, ¿De qué coño va a vivir hasta que le llegue la salida?

Por suerte la salida le llegó pronto. Tan pronto que no tuvo tiempo ni de darme la viola. No supe más nunca nada de él.

Con la autorización de mi madre para tocar el piano volví a las acuarelas, los óleos y las temperas rusas con la policromía que elogiaba mi padre. Nada de caras. Nada de fotos. Nada de sonrisas, ni lágrimas. Solo color. Color por todas partes, todos los colores juntos. Me encantaban unos lápices chinos de colores chorreados, con esa ligera impresión de gotas al azar. Mis padres no sabían que coleccionaba un montón de cosas: lápices de colores chinos, plastilinas de colores (que fundía al azar hasta obtener una masa polícroma y amorfa), sellos, peces, monedas, insectos, mariposas y polimitas.

Las sesiones de piano se ampliaron y mi madre accedió a enseñarme algunos de sus secretos. Con mucha paciencia llegué a aprender de oído el *Claro de Luna* de Beethoven. Pero lo que más le animaba era cuando me veía tocar alguna canción que no figuraba en sus partituras.

–¿Cómo puedes hacer eso?

–No sé, voy buscando las notas.

–Pero yo no puedo.

–¿Cómo no vas a poder?

–Ay hijo, tu madre tiene el oído cuadrado.

–¿Cómo puedes tener el oído cuadrado y tocar a Chopin?

–Yo simplemente leo lo que tengo que tocar.

Esa fue una de las primeras contradicciones que nunca llegué a entender. Lo que para mí era tan fácil, ella decía que le era imposible y sin embargo era capaz de leer las dos manos a la vez en aquellos libros desgarrados con las páginas colgando llenas de símbolos negros y anotaciones. Nunca aprendí a leer. Estudié la teoría de los símbolos pero de leer con fluidez, nada. Según mi madre era solo cuestión de tiempo pero, por muchas horas que le dediqué, jamás pude encontrar la fórmula. Antes me aprendía las notas que poder leerlas del pentagrama.

Al final consiguieron que nadara y me internaron en una escuela especial de waterpolo donde pasaba toda la semana. Siete días entre agua, cloro y disciplina. Con uniforme, estrictos horarios y un régimen casi militar de entrenamientos. Los fines de semana parecían inalcanzables. Nos soltaban el sábado por la tarde. Llegaba agotado. Tiraba el maletín en el sofá y abría el piano hasta que el sueño me catapultaba a la cama. Los domingos por la mañana solía bucear en el mar desde el alba hasta la hora de almorzar pero nunca, en cualquier recorrido de la casa, evitaba los encuentros con aquel cansado armatoste mostaza.

–No te sientes con la trusa mojada, me vas a joder la banqueta.

–Que no, que está seca.

Así pasaron varios meses o quizá más de un año hasta el sábado en que llegué y vi la pared de rayas grises y amarillas completa, vacía. Con una mancha húmeda prieta de aquellas dimensiones que conocía tan bien. La casa parecía mucho más grande, demasiado para que me oyeran. No dije nada. Llegué lo más rápido que pude a mi cama y dormí por primera vez la siesta sin lanzar los bártulos al sofá. Cuando desperté se acercó mi madre.

–Tuve que hacerlo mi vida, tenía deudas… dime algo por favor.

No dije nada, ella sabía que no iba a abrir la boca. Las deudas eran solo la excusa que extinguía lentamente la casa. Cada semana echaba en falta algo o cambiaba parte del mobiliario. La mesa de cedro por una de pino. La bandeja de plata por una de plástico con chinitos de la mano y sonrisa de oreja a oreja. El jarrón de porcelana por un búcaro de barro cocido. Algo estaba pasando. Algo que absorbía todo. Algo desconocido. Así que, no había nada que decir.

Meses después tuve un accidente que por poco me deja ciego y me obligó a estar hospitalizado un par de semanas. Fue en la construcción. En la escuela especial de deportes, de alto rendimiento, todos los años nos obligaban a trabajar un mes en la agricultura o en la construcción. En una de esas saltó una piedra de una hormigonera y fue a parar a mi ojo derecho. Todo se nubló. Se fue la luz. Desapareció el color. La presión arterial se dislocó y estuve a punto de morir. Helado de la cintura para arriba, hirviendo de la cintura para abajo. Hirviendo de la cintura para arriba, helado de la cintura para abajo. Durante todo ese tiempo mi madre me lavó con flores y cascarilla. Cada día traía un remedio distinto que no podía rechazar ante la imposibilidad de ver y valerme por mí mismo. Sentí la santería muy de cerca, en mi almohada, en la ropa, en la cama, en las pastillas e inyecciones. Así hasta que un día me quitaron el vendaje y la luz me quemó los ojos. Poco a poco empezaron a surgir rostros, caretas deformadas por el dolor y el color. Rostros de nadie que no pude olvidar y me acompañaron hasta la obstinación. Jetas transparentes a la luz.

—Te tenemos una sorpresa —escuché a mi madre—, te la compró tu tío.

Miré cuando pude ver, recorriendo la sala con dolor hasta que surgió una silueta bien distinta, una guitarra.

Open the door o me cuelo por la window.

Uno que quería entrar a la fiesta

Hendrix se oía en los bajos del edificio. Distorsionado y opaco pero agresivo y potente. «Es aquí donde Bebé me dijo que era la fiesta». Subí las escaleras hasta el quinto. Un racimo de gente colgaba hasta los bajos. Dentro, más gente salía por las ventanas casi invisibles en la oscuridad rojiza del único foco encendido. Toqué la puerta varias veces. La única respuesta fue el coro de la gente cantando, fusilando. Las melodías se aprendían más o menos por la fonética. Eso era fusil. Cantar en inglés era fusilar, más bien asesinar la lírica[13]. *Yesterday* se cantaba: –Llesterdeissssss. Guan tu tri for fai six seben eisssss –Una de Michael Jackson que la gente coreaba: –Echi, echa, se te cae la trusa –o el de *Get Down On It*, de Kool And The Gang, que era interpretado como: –Que cojone, que cojone.

---

[13] Vladimir de la Caridad, en su artículo *Traidor a la Lengua*, cuenta «Se hizo costumbre escucharlo cantar "Al bidet" (originalmente I'll be There, de los Jackson Five) mientras se duchaba, o hacer la cola en la panadería al compás de "Indagar a la vida" (In-A-Gadda-Da-Vida, de Iron Butterfly), o "La mafalla" (Light my Fire)... , más de una salió huyendo cuando un Vladimir inspirado cantaba su personal versión de American Woman, donde "mama let me be" se convertía en "mámame el pipí"».

–*Open the door* o me cuelo por la *window* –gritó uno que golpeaba la puerta a mi lado con una explosiva camisa de flores y el pelo por la cintura.

–¿Conoces a los de la fiesta? –pregunté.

–No, pero parece que está buena.

De repente se para la música y se oyen las voces de adentro:

–¡Coño compadre! Pon algo más funky. Llevamos to'a la noche con el Jimi y Black Zabbath.

–Si quieren otra música se buscan a otro.

– Bebé no me hagas eso compadre.

Al rato se abrió la puerta y salió Bebé con un pedazo de bafle casi de su tamaño y un amplificador de válvulas metido en un maletín inmenso.

–¿Qué pasó Bebé?

–Si quieren oír mierda que la ponga otro, yo me voy.

Lo acompañé a bajar las cosas en medio de las dudas del resto. –¿Y ahora qué hacemos? –El tito tiene buen equipo. –Ya, pero hoy lo alquilaba en otra fiesta. –Ese tipo está loco...

–Llevan rato con la comepinguería que no les gusta la música. Les traigo a Hendrix y a Black Zabbath y no les gusta. ¡Me voy pa'l carajo!

–¿Y qué más trajiste?

–¿Cómo que qué mas traje? ¿Para qué más?

Nos echamos la pesada carga al lomo y la llevamos a casa de un amigo de Bebé, por suerte cerca. En la fiesta alguien encendió la radio y sintonizó Nocturno. La gente siguió el baile coreando: –Abre las patas y goza –con la canción de Queen, *Another One Bites The Dust*.

–¿Quieres descargarle?

–¿Ahora?

–Sí, Adrián toca hoy en el 65. Seguro que nos dan un filo.

–Bueno...

Nos fuimos al 65. Desde los bajos se oía *Stairway To Heaven*. Subimos hasta el último piso y entramos a la casa. La puerta estaba abierta y había bastante gente pero no tanta como de donde veníamos.

Adrián y otros dos tocaban versiones de los Top de la WQAM y la KAAY. La gente disfrutaba y el ambiente era salvaje. Un penthouse con la brisa del mar despeinándote. Había un ponche muy rico y muchas niñas preciosas.

Bebé llegó y en la primera pausa Adrián lo llamó al improvisado escenario. Enchufó la guitarra y tocaron la versión más larga de *Smoke In The Water* que conozco. La gente bailaba, tarareaba y movía la cabeza en los solos de Bebé. Apenas se le veían los dedos, el brazo de la guitarra parecía cortísimo. Adrián lo animaba con el bajo y el Pérez dormitaba en algún lugar de la galaxia arrancando a la Stratocaster los tan conocidos acordes. Le siguieron una y otra más hasta que a la una vino el dueño de la casa y dijo que la fiesta tenía que seguir con música grabada y el volumen más bajo para evitar problemas con la policía. Ese día fue bestial. Mientras yo, fascinado por el acontecimiento, pegado a una esquina, enamoraba a una gorda de pestañas largas y tetas dispuestas a saltarme al cuello en cualquier momento.

–¡Aceite tú no pierdes tiempo! Que Laura no te vea porque me voy a buscar una de pinga. Por cierto, ¿Tú la has visto?

–No.

Desapareció y regresó al cabo de media hora hablándole al oído a una flaca muy graciosa de pantalones cortos. Yo ni me enteré atrapado en medio de la brisa, mi gorda y el *Easy* de Commodores.

–Está durmiendo –me susurró al pasar por mi lado.

La Habana es sinónimo de fiesta. Se hacían muchas. A principio de los 80 seguimos disfrutando la música de los 70. Algunas con grupos, otras no, con cintas de bobina, con casetes, con discos de vinilo, con la radio, pero cada sábado podías con seguridad recorrer la Ciudad de la Habana entera y pasar, como de club en club, de una fiesta a otra. No había invitaciones, ni invitados. Solo el azar o el boca a boca. Cuanto más hippie, más oscura. A veces con una miserable bombillita roja mal pintada colgando del techo, el humo del cigarro y el vapor del sudor ascendiendo. Melenas y afros (espendrunk) por todas partes, música de las emisoras yanquis, zapatos plataformas de madera y cuero, pantalones campanas, camisas ajustadas con bordados, diversionismo ideológico en estado puro. Todo estaba prohibido y mal visto. Así que cualquier idea o comportamiento que se apartara del ideal de hombre nuevo que habían diseñado era un enemigo en potencia, una lacra a barrer, estaba automáticamente prohibida.

Chic, Labelle, Wild Cherry, Kool & The Gang, Rare Earth, Chicago, Led Zepellin, James Brown, Grand Funk, Commodores, Earth Wind & Fire, Blood Sweat & Tears, Steve Miller Band, KC And The Sunshine Band, Black Sabbath, Joan Jett, The Ventures, Boston, Silver Convention, Osibisa, Boney M, Abba, Deep Purple, Eagles, Fleetwood Mac, Bee Gees, Kansas, Lynyrd Skynyrd, Pink Floyd, Toto, The Temptations,

Bob Marley, Peter Frampton, Santana, Barrabás eran algunos de los grupos que amenizaban esas noches. Casi siempre la bebida era ponche, un mejunje de alcohol barato o aguardiente y frutas, pero no importaba. Lo más importante era disfrutar de esa música hipnótica, rítmica, fuerte, conocer gente nueva y empatarse con alguien que te gustara y bailar y rozarse y besarse y tocarse hasta que acabara. Tenías un horario para encontrar tu pareja. Los permisos de las fiestas solían durar hasta las dos de la madrugada y había que pedirlos a la policía con días de antelación.

A partir de la medianoche empezaba la sección lenta. A esa hora tocaba José Feliciano, Barry White, Nelson Ned o Roberto Carlos. Daba igual con una letra carcelaria o un desamor ridículo. "Al verla con su amante a los dos yo los maté, por culpa de ese infame moriré". Canciones que sonaban a una Santa Bárbara tatuada en la espalda o un sagrado corazón atravesado por una flecha. Lo importante era algo cadencioso, suave, melancólico para agarrar a tu pareja y rematar el ataque. Esta hora era la más peligrosa. Era la hora de los prohibidos y el límite del tiempo permitido. Por alguna razón u otra había un montón de músicos prohibidos. No los pasaban en la radio y podías buscarte un problema si llegaba la policía y tenías su música puesta. Si cantó a un dictador, si hizo no se cual declaración, si compartió escenario con algún "desertor" en el exilio. La verdad nadie sabía a ciencia cierta por qué uno o el otro, pero a esa hora se bajaba la música y en las casas más recatadas subían la luz. A esa hora acababa la fiesta y empezaba la confronta.

El ejecutor de una empresa atroz debe imaginar que ya la ha cumplido, debe imponerse un porvenir que sea irrevocable, como el pasado.

Jorge Luis Borges

—¿Por qué no hacemos un piquete?

—¿Tú crees?

—Por qué no, yo puedo conseguir pa' tocar en un montón de fiestas.

Bebé estaba entusiasmado. A mí me daba un poco de miedo. Menuda responsabilidad para unos cuantos experimentos.

—Pacheco y yo tocamos las guitarras, tú tocas el bajo Aceite, buscamos un batería y ya está el café.

—¿Con esta mierda de equipos? Un amplificador de bombillas, otro del tocadiscos Sanyo y una bocina RFT reenconada.

—No te preocupes, yo puedo conseguir algunos hierros prestados cuando vayamos a tocar.

—Bueno.

Empezamos a ensayar, ya teniendo en mente lo del piquete. Bebé alargaba los números hasta el infinito. Según él, así las parejas tendrían más tiempo de restregarse y zarandearse por el suelo. Para descansar preparaba la improvisación de interminables blues en los que sobraría tiempo de conquistar en pleno Woodstock la rubia de tus sueños. Compases a ojos cerrados, sentimientos y caricias mezclándose indisolublemente, imposibles de imaginar. Bebé improvisaba como nadie y su digitación fresca, precisa y natural era demasiado. Tocaba como él mismo se enseñó, fuerte, vertiginoso, original. Rara vez repetía una frase. Era un verdadero guitarrista y, contradictoriamente, no sabía poner el acorde más simple. Su improvisación era motivo de admiración y a la vez de duda, de misterio. ¿De dónde provenían aquellas combinaciones? ¿De dónde su inagotable fraseo? No creo que tuviera conciencia de su talento. A menudo lo malgastaba caminando y conversando en cada esquina. Era buen caminante. No podía llegar puntual a ninguna parte porque siempre se las arreglaba para empatar cualquier socio y aunque no tuviera nada que decirle le dedicaba al menos tres cuartos de hora. Era imposible que llegara en hora a cualquier lugar.

Un batería, dos, tres, la lista no paró hasta que un par de años después conocimos al Abuelo. Hasta entonces, solo nos mantuvimos Bebé y yo, un imperfecto par. Pacheco no duró mucho. Bebé empezó a desenchufarle el *plug*. Hacía eso cuando alguien no le gustaba.

Lo empezó a hacer con su primer grupo. Un combo era su mayor ilusión pero no tenía dinero. Entonces apareció un personaje que tenía absolutamente todo, todo, menos talento para la guitarra. Bebé transó y le dejó el puesto de rítmica. El costo a pagar fue irreparable: corriditas fuera de tiempo en el escenario, muecas grotescas, ni una sola nota en su lugar, total desacreditación. Todos deseaban cortar su *plug*. Hasta el público. Pero no era fácil, sin él no había concierto.

La situación llegó a ser insostenible. Un día, Bebé punteaba, el payaso buscaba el acorde correspondiente pero nada.

Exploraba todo el mástil y nada. Se oía tan mal que ya desesperado, Bebé se acercó a su amplificador y lo fue bajando poco a poco. El payaso ni se enteró. Tenía los ojos cerrados y jadeaba como un cerdo. Entonces Bebé pudo empezar y todo fue ya distinto.

Ese grupo solo duró unos meses. El tiempo se encargó de perdonar todas aquellas circunstancias, tan comprendidas por los espectadores, ajenas al fenómeno musical. Cuando se tiene sed no se anda mirando que se bebe. A pesar de su efímera vida se hizo popular. Un ciclo de historietas ininterrumpido que flotó más de una vez por el techo de su barbacoa, entre sus herramientas de plomería y entre las piernas de su mujer.

Nos quedamos solos los dos, pero con las cosas claras. Daba igual como sonáramos. Íbamos a armar una familia, no un grupo; amigos de confianza, comunidad, armonía para divertirnos y disfrutar de esos ratos. Íbamos a hacer rock aunque eso significara buscarnos cualquier cantidad de problemas. Íbamos a cantar en español. Estaba bien ya de fusil; nuestras propias canciones, con letras en castellano, nada de fotocopia ni papel de calcar. Queríamos ser auténticos y lo más importante, independientes. Así empezamos el largo recorrido. No era nada fácil encontrar lo que buscábamos. Para Bebé casi nadie valía: –Este está frito. –Ese está embarca'o. –No me cuadra. –¿Con esa falta de *swing*? –Tremendo cheo. –Ese es un cabrón. –Hacía pocas concesiones. ¿Le habría quedado el trauma del payaso? No lo sé, pero tenía que parecernos bien a los dos.

También empezamos a buscar dónde ensayar. Mi madre se alegró muchísimo. Así le evitaba más problemas con los vecinos y disgustos con mi padre. Bebé vivía en Regla, con la Mimirrica, Paco y la Cacatúa por lo que mi madre debió suponer que nos íbamos bien lejos.

–Ya tenemos un local de ensayo.

–No jodas, ¿dónde?

–En Regla, al doblar de mi casa.

–Coño, ¡volao!

El "local" que Bebé había conseguido era un patio lleno de animales, gallinas, patos y un chivo.

–Aquí pueden ensayar sin líos –dijo el socio de Bebé con una amplia sonrisa de satisfacción que delataba sus dientes de oro. Bebé estaba contento. A mí me parecía una locura, pero allí estábamos. Nos llevamos el tinglado y empezamos. La batería era solo una caja y de plato una guataca que encontramos en el mismo corral. Bebé salía a su amplificador de bombillos con un bafle enorme y yo al amplificador del tocadiscos que tiraba por la bocina (a pelo, sin caja).

Solo duramos allí una semana. En un descuido, por poco el chivo se merienda nuestro único altoparlante mientras el anfitrión se peleaba a gritos con la vecina de enfrente que amenazaba con matarlo como a un perro: –Te voy a dar candela maricón. –Vete a rescabuchar a tu madre hijo 'e puta. –Sin vergüenza. –Degenera'o –Casi a escondidas levantamos el campamento. Solo dos infructuosos empeños y ya comenzaba nuestra primera soledad. No teníamos prácticamente nada, apenas diez canciones a media factura y unos principios amaneciendo.

Habíamos iniciado un recorrido sin señales de tráfico. Cada parada solo alcanzaba para contar los pasos anteriores. Había que divisar una salida aunque terminara siendo la próxima parada.

Vendo estomatólogos y dolores de muela.

Leo Maslíah

Tuve que esperar un rato hasta que llegó el Aceite. Había terminado en la pincha antes y quería verlo. Tenía un par de cantantes para probar, iban a venir y no había podido decírselo. El Fito que tiene tremendo galillo, tipo Gilan y el otro es uno Calvo amigo de Pacheco que nunca he oído, ni sé quién es, pero dicen que canta bien. El Aceite estaba pa' la costa. Muchas veces lo hacía. Por muy tempranito que llegara a su casa ya él estaba metido en el agua. Llegó en trusa y to' moja'o.

–¡Coñó! ¿Tú vienes así desde allá abajo?

–Claro, ¿cómo quieres que venga?

–No sé, pero así en trusa. ¿No te da vergüenza?

–Claro que no.

–Yo, con estas canillas, ¡ni loco!

–Nadie te manda a ser tan canillúo. ¿Y tú qué? ¿Ya acabaste? ¡Cada día más temprano! Yo cuando sea grande quiero ser como tú.

–Un cabrón lo que vas a hacer tú. Ya tengo un par de cantantes pa' hacerle la prueba.

–¿Qué prueba Bebé?

–Pa' saber si saben cantar bien. Les pedimos que canten lo que les dé la gana y si nos gusta ya está.

—Bueno.

—Y tú, ¿por qué estás tan desgana'o?

—No, no estoy desgana'o, estoy un poco cansado. Hoy se ahogó uno en la costa y nos hemos pasado toda la mañana buscándolo.

—¿Quiénes?

—Los bomberos, el gallego y yo. Al final lo encontramos nosotros. Estaba metido debajo de una laja en el primer veril. Pero casi a un kilómetro de donde desapareció.

—¿Y cómo lo encontraron?

—Echando frijoles coloraos por la boca. Tremenda impresión.

—Asere, usted está osorbo. Eso es la pila de huesos que tienes por ahí regaos. Eso trae mala suerte.

—Estás igual que mi madre. ¿Desde cuándo tú crees en la mala suerte Bebé?

—¡Solabaya! ¡Pa'llá, pa'llá!

—¿Cuándo vienen los cantantes?

—Ya deben de estar al llegar.

Lo de los muertos es verdad. Otra vez él y un socio se encontraron a un borracho muerto en una poceta. Una pocetica de una cuarta de agua. El borracho se fue de cabeza y ahí mismitico quedó. ¡Coño, hay que tener mala suerte! Hay que estar bien sala'o. Otra vez sacó a un niño que las olas lo habían incrustado en el arrecife. Iba paseando. De pronto una pila de gente gritando y corriendo y el fiñe como si fuera un muñeco entre las olas.

—¡Bebééé!

—Dime pura —porque la madre del Aceite es como si fuera la sorda.

—Dichosos son los ojos que te ven. ¿Me vendiste eso?

—No. Quedé con el tipo en vernos mañana, pero descuida que eso va.

–¿Van a ensayar hoy?

–No. Hoy vamos a probar a un par de nuevos.

–A ver si se hacen famosos y se largan definitivamente por ahí y los vecinos me dejan tranquila.

–¿A ti te molesta que toquemos?

–¡Qué va mi niño! Son los vecinos. Todo les molesta.

Al poco rato aparecieron los dos juntos. Pensé que se conocían. ¡Coño, que coincidencia! Pero no, pura casualidad. El Fito tenía mucha fama. Había cantado con una pila de gente. Se parecía a Frank Zappa. El otro, Calvo y con barriguita. ¿Qué se piensa éste que es esto? Esto es un grupo de rock. Les pedimos que cantaran cualquier cosa. Empezó el Fito, pero no quiso cantar sin micrófono. Empezó a dar unos gritos de pinga. El Aceite no decía ni una palabra y yo no sabía qué hacer. Apareció su mamá.

–Mijito, ¡que nos van a llamar a la policía!

–Perdone señora –le dijo el Fito–, es que el *rock & roll* hay que cantarlo con fuerza.

Después le llegó el turno al Calvo. Estaba nervioso. Tenía una voz muy aguda pero mucho más musical y melodiosa que la de Fito. Cuando nos quedamos solos nos pusimos a discutir a ver con cuál nos quedábamos. Yo prefería al Fito. Tenía mejor estampa. Desafinaba como un singao pero parecía un rockero auténtico. El Aceite prefería al Calvo. Era muy musical y parecía buena gente. Igual con el tiempo cambiaba un poco la imagen.

–Oye, ¿y esa jeba tú? –el Calvo era fan del porno. Yo traía una Play Boy que un socio de la brigada Aedes Aegypti, el Huevo, me había prestado. Había una rubia tetona en la portada. Al Calvo los ojos se le pusieron hecho cuadritos.

–¡Coño, el tipo está en llamas! –le dije al Aceite.

Al final nos decidimos por el Calvo.

La necesidad es el estímulo de las artes; solamente ella obliga a que los hombres trabajen.

Teócrito

Yo no tenía bajo. Hacía el bajo con la guitarra de Pacheco. Subía los graves en el tocadiscos y más o menos escapaba. Pero mis manos son grandes y los dedos gruesos. Me era muy difícil pisar menos de dos cuerdas. No sé por qué hacen los brazos de guitarra tan estrechos. ¿Es que todos los guitarristas tienen los dedos puntiagudos? A Bebé desde luego le sobraba. Yo sabía que si disminuía a la mitad la frecuencia de la onda podía obtener algo parecido al sonido del bajo pero hacer esto de forma analógica era muy jodido. ¿De dónde podía sacar un bajo?

Estuvimos preguntando y nada, hasta que nos llegó el rumor de que un grupo de cabaret estaba desarmando en piezas el bajo de una Casa de Cultura para mejorar el suyo. Además supimos también que el antiguo almacenero había quemado los papeles de propiedad del instrumento. No estaba inventariado. Al tipo lo habían botado por meter las manos y antes de irse quemó todo lo que pudo. No le pasó nada por estar bien apadrinado, pero el nuevo director era un ingenuo que aterrizó en tierra de nadie completamente ajeno y engañado. Esta era la oportunidad. Si la dejas, pasa de largo.

—Nos han dicho que usted es el nuevo director.

—Sí. ¿En qué puedo ayudarles?

—Sabemos que no nos conoce pero nosotros somos músicos de esta Casa. El problema es que el grupo del club está inutilizando un bajo que necesitamos y que además es de aquí. Si usted nos firma este papel donde se le pide que lo devuelvan entonces podríamos usarlo nosotros.

El hombre firmó. No preguntó nada. Firmó sin saber que nunca habíamos puesto un pie en esa Casa y que no nos volvería a ver. Nunca más. Esa firma era nuestro bajo. El grupo del club tenía un montón de cosas prestadas. Ese papel era una señal para ellos. Están en peligro. Están en remojo.

Bebé y yo fuimos con el papel. Él los conocía. ¿A quién no conocía Bebé? Llegamos, enseñamos el papel firmado al pianista que se quedó blanco como una hoja.

—No se preocupen, que este director es nuevo. No creo que sepa mucho de los trapicheos de antes —dijo Bebé para el puntillazo.

—Ahora se los traigo —nos dijo y salió en bicicleta calle arriba.

Al poco rato apareció con el monstruo. Era un bajo ruso inmenso, pesado como una roca de un color amarillo degradado a rojo y con mucho brillito y laca. Le faltaban las cuerdas pero las unidades y las clavijas estaban bien.

—¿Qué vamos a hacer con este monstruo?

—No te preocupes. Esto lo desmontamos, le metemos lija hasta dejarlo en la madera y luego lo pintamos —parecía que Bebé se dedicara a esto toda la vida.

—Si ni siquiera tenemos lija.

—Con cristales, con botellas rotas.

—¿Qué?

—Rompes una botella y con la parte afilada del cristal raspas la madera. Con mucho cuidado de arrancar solo la pintura hasta que pierda el filo. Luego se le da lija fina. De esa tengo un poco, nos alcanza, y la pintura, de barco. Las pinturas de barco son de laca y sirven para eso. Tengo un socio en el puerto que nos puede dar una latica. Con eso sobra.

Así hicimos. Lo del vidrio roto fue increíble. Los trozos de aquella mierda roja, negra, amarilla de brillitos salieron sin chistar. Luego nos encontramos otra capa verde que era imposible con eso. –Déjalo, eso se quita con lija fina. –Es increíble lo que se puede encontrar uno cuando escarba. Después de pelar el bajo quedé convencido de que las cosas no son lo que se ve. Capas y capas de cebolla, cada una con su película. El color que consiguió el amigo de Bebé era un amarillo pollito chillón y pegajoso pero ¿qué le íbamos a hacer? A caballo regalado no se le mira el colmillo. Lo pintamos, conseguimos unas cuerdas con un tipo que las vendía nuevas en la Lisa y a seguir. Ahora con guitarra y bajo.

–¡Bebé! ¿Qué tú haces allí arriba tanto rato con ese hombre chico? –berreaba Laura desde abajo.

No le podía decir na' porque entonces sí que se iba a formar. Había subido con el Calvo a buscar unas cuerdas y oímos un tropelaje en la casa de al la'o. En el solar to' se oye. La vecina estaba templando y había empeza'o el gimoteo. El Calvo lo oyó y abrió los ojos.

–Esa es la vecina. Está riquísima. Jaman y se ponen a templar. Es tremenda escandalosa.

–Oye, ¿no se puede coger un filito? –el Calvo era buena gente pero tremendo rescabuchador.

–Desde esa ventana se ve to'.

El Calvo se tiró de cabeza pa' la ventana, en el suelo de la barbacoa, y abrió las orejas de par en par, como un Jeep con las puertas abiertas.

–Aquí no se ve nada.

–Sí que se ve. La ventana de ella tiene una rejilla pero si cierras un poco los ojos la ves –me tiré al lado de él en el suelo y me dio risa estar en esta situación tan extraña.

–Ya, ya, ya la veo. ¡Coño, mira que culito más rico tiene!

–¡Bebé! ¿En qué tú andas? Y esa risita. Ay chica que cansá me tiene este hombre.

–Ese es el culo del tipo, maricón.

−¿Cómo va a ser el culo del tipo? Ah sí, mira ahora se está dando la vuelta. ¡Coño que teticas más ricas!

−Métemela entera papi. ¡Que me duela! ¡Así, que me duela! Muérdeme los pezones −la vecina empezaba a ponerse caliente y ponía a hervir a to' el solar.

−Más bajito, que aquí viven personas decentes −gritaba la Cacatúa.

−Bebé, baja inmediatamente.

El Calvo no daba crédito. No podía ni respirar. La vecina seguía gritando cada vez con más fuerza: −Dale papito, métemela más duro. −Dame esa leche espesa que tú tienes que me voy a venir to'a. −Muérdeme. −Pégame. −Métemela por el culo. −No, no la saques. −Dios mío, me tienes desesperá. −Acábate de venir que me arde −La vieja bruja y Laurita por otro la'o: −Bebé baja. −Shhhhhhiiiiiii. −¡Qué poca vergüenza! −¡Voy a subir Bebé!

−A ver Laura, ¿qué cojones quieres?

−¿En qué tú estabas?

−Buscando unas cuerdas.

−¿Y por qué cuando te llamo no vienes?

−Porque te pasas to' el día llamándome.

−Dile a ese hombre que baje. ¿Por qué has dejado a ese hombre solo en el cuarto, Bebé?

−Está poniendo las cuerdas.

−Si el guitarrista eres tú Bebé. A mí ese hombre no me gusta nada. No traigas más ese hombre a esta casa.

El Calvo bajó las escaleras con la cara como un tomate.

−Fuera, fuera que tengo que limpiar ahora −empezó a vociferar Laurita−, fuera Bebé, váyanse pa'l parque un rato hasta que yo termine.

Nos fuimos porque como se diera cuenta de en lo que estábamos se iba a formar la gorda.

−Oye, ¿tú no te habrás hecho una paja en mi cuarto no?

—Disculpa pero no pude evitarlo. Te prometo que no lo voy a hacer más. Te lo juro. Perdóname.

—¿Y por dónde la echaste?

—Por la ventana.

—Asere. ¡Búsquese una jeba! Deja a Manuela. ¡Mira hueco!

Ahora sé que el infierno no es circular ni candente, sino que es un presente instantáneo, ocupando todas las dimensiones de nuestra desgarrada memoria.

Reinaldo Arenas

—¿Y eso tú por aquí Bebé?

—Te estaba esperando. ¿Vas pa' tu casa?

—Sí. Además estoy hecho mierda. Las guaguas están de truco.

—¿Por qué no me haces la media a un recado que tengo que hacer?

—Ok, pero déjame soltar todo esto primero.

—Bróder es que en tu casa ahora mismo hay un escándalo de pinga.

—¿Mis padres otra vez?

—Sí. Los vecinos han llamado la policía y to', pero ellos siguen.

—¿Con mi hermano por medio?

—Tu hermano se ha roto la camisa y se ha arañado hasta sacarse sangre. Las pingas se oyen por todo el vecindario.

—Vamos a recogerlo primero y sacarlo de allí.

Cuando llegamos, la pura del Aceite estaba dentro, el padre afuera y todos los vecinos en los bajos del edificio.

—¡Maricón! ¡Tú lo que eres un maricón!

–Y tú una puta. ¡Cochina! Venirme a pegar los tarros con un negro.

–¿Y todos los que me pegaste tú, hijo de puta? Con un niño enfermo en la barriga y otro de menos de un año. ¿No te da vergüenza maricón? Toda la vida has sido un mal padre. Mucho trabajo voluntario y mucha responsabilidad pa' estar jodiendo por ahí cabrón. A mis hijos los he criado yo solita.

–¿Pero por qué me haces esto? Vuelve conmigo.

–No. Ya estoy harta de ti. Ya te he aguantado bastante y ya mis hijos son grandes.

–Pues entonces vete a la mierda. Sigue quemando petróleo por ahí.

–Racista. Eres un racista de mierda. ¿Pero sabes qué? El negro es más hombre que tú.

La verdad es que daba tremenda pena el espectáculo. Los gritos del hermano del Aceite no cesaban. Él subió solo. Yo me quedé esperándolo abajo. Cuando pasó por al la'o de su padre le dijo.

–¿No te da vergüenza? ¿Tanto doctorado y tanta mierda para esto?

–Tú no te metas que esto no tiene nada que ver contigo.

–Me das lástima.

Cuando entró la madre se le tiró encima.

–Ay mijito, menos mal que has llegado. Yo no puedo más. Ya yo no puedo más.

–Ven. Baja conmigo.

–No puedo. Tengo la comida en la candela. Llévate a tu hermano, que mira el pobre como se ha puesto.

Su hermano empezó a llorar. El Aceite lo refresco con agua. Le ayudó a cambiarse la ropa y bajó con él. Mientras, llegaba la policía. Nos fuimos los tres. El hermano del Aceite iba refunfuñando y protestando pero no se le entendía.

–Hola Ferdinando.

–¡Pinga!

–Déjalo Bebé que ahora está muy alterado. Vamos a tomar natilla. ¿Quieres?

–Sí.

–¿A la Habana Vieja? –pregunté.

–Vamos. Te acompañamos primero a tu recado y luego nos vamos a tomar una natilla.

–Por la lanchita.

–No Fernan. Regresamos por la lanchita pero ahora no, porque Bebé tiene que hacer un recado. ¿Quieres montar la lanchita de Regla?

–…

–Antes acompañamos a Bebé.

Nos fuimos los tres a hacer mi recado. Nos tomamos una natilla en la Casa de la Natilla (el Aceite y yo, porque el bróder se tomó cuatro) y después me acompañaron hasta Regla en la lanchita.

–No te preocupes bróder. Algún día se irá –intenté consolar al Aceite.

–Ojalá se muera.

Los artistas deben ser "terroristas", no masajistas; "agresivos", no pasivos...

Hugo Ascuy

Después del fracaso en el patio-corral de Regla decidimos probar suerte en una "Casa de Cultura". Las Casas de Cultura fueron instituciones creadas por el Ministerio de Cultura con la pretensión de acercar la cultura al pueblo, o el pueblo a la cultura, a gusto del consumidor. Normalmente casonas de ricos que fueron expropiadas o, mejor dicho, apropiadas por el estado. Había un grupo de funcionarios encargados de la misión en cada casa. Preparaban actividades, talleres, exposiciones, clases de algún instrumento, etc. Les daban algunos medios. Algunas tenían *sets* completos de instrumentos, otras menos. No sé de qué dependía esto, quizá de la gestión, pero así era.

–Buenas tardes –dije tímidamente a una gorda de gafas redondas y lentes muy gruesos. –Mire... nosotros somos músicos. ¿Admiten inscripciones?

–Que va mijito, la situación está difícil. Estamos completamente congestionados. De todas maneras déjame ver si puedo hacer algo. ¿Qué género trabajan?

–Rock. *Rock & roll.*

–No, no, que va mijito, eso no. Para eso no hay nada. Por las tardes tenemos dos grupos infantiles que ensayan todos los días y por las noches un coro del círculo de abuelos. Hasta hace poco venían por las mañanas pero no sé por qué ahora lo han cambiado para por la tarde. Todos los cubículos están llenos. Cinco lo usan los de artes plásticas y los otros dos para danza. El resto son oficinas. Esto parece muy grande pero no lo es. ¿Tú crees que puedo sustituir alguna de esas actividades para meter un grupo de rock? Ni aunque quisiera. *No hay cama pa' tanta gente*, mijo.

Y así sucesivamente en una y otra y otra. En todas las Casas de Cultura. Las más cercanas, las mejor equipadas, las más perdidas. Solo faltaba quemar los últimos cartuchos. Había que cambiar la estrategia.

–Hola buenos días –bla, bla, bla….– ¿Admiten inscripciones?

–No, que va, estamos hasta arriba, hay lista de espera y todo, de todas formas a ver qué se puede hacer. ¿Qué género trabajan?

–Trova, nueva trova.

–¿Como Silvio y Pablo?

–Más o menos.

–Pues fíjate, quizá tengan suerte. Últimamente nos han pedido músicos de la trova para cubrir distintas actividades y no tenemos nada. Así que nos vendría de maravilla. Vengan por aquí la semana que viene y les digo. Tengo que consultarlo con la directora y ahora no está. Está en un seminario metodológico, pero en cuanto vuelva se lo digo.

La semana siguiente estábamos admitidos.

–Tendrán que compartir el local con danza, pero no importa. Vamos a asegurarnos que no haya interferencia. Los miércoles deberán tocar en la peña de la trova. Viene gente de otras Casas. También los sábados…, pero bueno, ¿cuándo empiezan?

–Tenemos que traer las cosas.

–Aquí tenemos algunos equipos que pueden usar.

–¿Tienen batería?

–Sí, una grandísima. En realidad son dos, pero el grupo que había antes las usaba como una sola.

–Perfecto.

Al fin íbamos a tener local de ensayo, y batería. Parecía mentira. Solo nos quedaba un problema por resolver. Había que buscar a un baterista.

–No te preocupes. Yo conozco a uno que dicen que es muy bueno y vive por aquí cerca. Le dicen el Nazi.

–Y eso, ¿por qué?

–Por el pelo. Tiene la cabeza rapada y teñida de blanco.

–Aceite. ¿Qué bolá con la rubia esa de ojos verdes que está allá abajo? ¿Es extranjera?

–Uruguaya. ¿Por qué?

–¡Qué rica está! ¿Has visto las glándulas mamarias que tiene?

–Sí.

–¿Tú la conoces? Preséntamela compadre.

–Luego cuando suba te la presento.

–Ah pero… ¿va a subir y to'? ¡Coño! Hoy es mi día de suerte.

Nos fuimos al cuarto del Aceite a tocar guitarra. Ya teníamos un montón de temas. Nos poníamos a improvisar y grabábamos. El Aceite tenía una grabadora de cinta Sony que el puro había traído del trabajo. Aunque era mono grababa bastante bien. Luego cogíamos los pedazos más volaos y los empatábamos unos con otros. Al principio parecían rompecabezas pero luego metíamos puentes que suavizaban y trocitos pa' que los cambios no fueran tan bruscos y salían unos temas de pinga. Ya podíamos tocar en vivo. Por fin apareció la uruguaya.

–Hola –dijo riéndose como si hubiera fiesta.

–Bebé. Te presento a Nena. Mi novia.

¡Que hijo de puta! ¡Y yo diciéndole de to'! Lo que hubiera da'o por ser un avestruz.

–Mucho gusto –¡Qué vergüenza Dios mío! Que guardaito se lo tenía–. Yo soy Bebé.

–Me han hablado mucho de vos. Sos muy bueno.

Después de aquella broma nos hicimos amigos. Hasta la Mimirrica que nunca quería salir del solar empezó a venir conmigo a casa del Aceite. Con el tiempo se casaron. Los padres de la Nena estaban exiliados en Cuba, eran tupamarus[14], pero cuando se acabó la dictadura volvieron. Se la querían llevar. Ella no quiso irse. Ya había acaba'o la carrera y estaba enamoraita del Aceite. La madre le armó una de pinga y al final, pa' que se fuera tranquila, se casaron. No fue buena idea. Ellos se gustaban y eso, pero el Aceite no estaba muy enamora'o de ella. Más bien eran amigos. Eso fue antes de casarse. Después cambió mucho. Engordó como una foca y empezó a protestar por to'. Le dio por ahí…, se lo fue buscando. Cuando se acabó la amistad, se acabó el querer. No sé por qué a tantas les da por lo mismo. En cuanto se sienten señora de la casa, se jode to'. La Mimirrica igual. Cualquier día la mando pa' la pinga. Se lo está buscando con tanto celo y tanta comepingá.

La Nena era buena gente y la verdá lo pasamos bien. Muy bien hasta que se jodió la cosa. Pero lo peor no fue eso. El detonante fue algo más grave. Algo que el Aceite tenía guardaíto y que, mucho tiempo después, me lo contó su pura.

---

[14] Movimiento de Liberación Nacional Tupamaros del Uruguay (1962-1973).

Tenía las tetas más redondas de Montevideo,
dos gotas de miel buscándome la altura
y una floresta de muelles bañándole la espalda.

Veía por los más endiablados vitrales
llenos de luz, estéreos, evaporantes.

Me asfixió entre las gotas del ombligo,
tan cerca de donde empieza el día,
que tuve fuerzas para sentarla en mis puños,
y devorarla sediento entre sus matorrales.

Probé la sangre de Dios en su clítoris
y me hice devoto del sexo.

Sentí su motor, impresionante,
irrigar todos los espacios
y comprendí que nunca
perdonaré su magia.

Girasoles

Un día el Nazi apareció en mi casa.

–Vengo por lo del grupo.

Habíamos visto a unos cuantos bateristas ya. Este era el noveno. Algunos sin batería, o una mierda de batería que sonaba a lata, otros con alguna flamante Ludwig. Pero ninguno con el *swing* que buscábamos. Ninguno en nuestra cuerda. El Nazi no solo tenía los pelos blancos bien cortos. Llevaba arete, un pulóver desgarrado con las iniciales de AC/DC, el jean encartonado de churre y una chancleta de goma azul y la otra roja.

–Me dijo Bebé que era aquí.

–Pasa, no te quedes ahí. Tú eres baterista, ¿no?

–Sí.

–¿Y has tocado antes? ¿Con algún grupo?

–Mira, ustedes me prueban y si no les convengo me lo dicen y me voy.

El tipo tenía la voz ronca. Era muy brusco. Lo probamos. Le tocamos un par de canciones, se las grabamos en un casete y se las llevó. Quedamos en vernos en una semana en su casa. Vivía en Centro Habana, muy cerca del Paseo del Prado. En la azotea de un edificio viejo. Entre un montón de jaulas de palomas. Allí tenía instalada la batería. Puso la cinta y la acompañó. Tocaba muy fuerte. Pegaba a los parches con rabia.

El acompañamiento era simple, sin nada de florituras pero seguro y potente. Nos gustó mucho.

Lo llevamos a la Casa de Cultura y empezamos a ensayar. El Calvo, él, Bebé y yo. Era difícil. Los directivos de la casa se quejaban del escándalo de la batería. No les dejábamos trabajar. Se suponía que el local era para eso, pero protestaban constantemente. No se explicaban por qué ensayábamos con tanto ruido siendo un grupo de la trova, pero no se atrevían a dejarlo claro porque los miércoles y los sábados aparecíamos por allí el Calvo y yo con la guitarra y cantábamos un montón de canciones (algunas versiones acústicas de temas del grupo). Al Calvo le encantaba la música popular y hacía unas voces segundas muy convincentes. No podían objetarnos nada, pero molestábamos.

Había un profesor de pintura que pasaba mucho por allí cuando ensayábamos e inclusive nos animaba a asistir a su taller. A mí me encantaba y volví a pintar algunas cosas. El hombre se esforzaba y organizaba exposiciones colectivas de sus talleres. Pero el resto del personal de la casa apenas nos saludaba. Empezábamos a estar de más. Un día llegó una banda de salsa. Eran profesionales pero les dieron espacio, nuestro espacio y tuvimos que irnos.

Fui al taller de pintura a despedirme. Allí estaba este hombre organizando aquello. Más que un taller de pintura parecía el almacén de decorados de un teatro. En un latón grande de basura había un montón de instrumentos. Cogí uno pequeño que me llamó mucho la atención.

–¿Esto qué es?

–Un bombardino. Ya no se usa. Es un bombardino afinado en Do, de principios de siglo.

–¿Y qué hace aquí en este tambucho de basura?

–Lo van a botar, ¿lo quieres?

–Claro, ¿me lo puedo llevar?

–Sí, llévatelo, seguro estará mucho mejor contigo.

Me llevé la joyita, del 1900. Bebé me recomendó un lugar donde los restauraban y me lo dejaron nuevo. De la Casa de la Cultura nos tuvimos que ir. Como grupo solo pudimos dar un par de conciertos. Uno en el parque Mariana Grajales, frente al preuniversitario del vedado. Y el otro en el anfiteatro de Alamar. En una jornada de la cultura del municipio Habana del Este. Ambos memorables.

El concierto del parque Mariana Grajales fue impresionante. Fue el primero. Llegamos muertos de miedo e inseguridad. Había un montón de gente. No éramos los únicos. Tocaban muchos más músicos. Nos dejaron casi para el final. La música era muy variopinta pero de mucho nivel. Muchos trovadores. Solo un grupo de rock (nosotros) y algunos otros de escuelas de música.

Poco a poco se nos fue pasando el susto. Había gran ambiente. Muchos plásticos pintando por los jardines. Aquello más que un concierto, parecía una fiesta, una gran fiesta. Todos aplaudíamos con entusiasmo compartiendo este momento mágico que luego fue más o menos histórico. Todavía conoces gente que te hablan de aquel día. El día del concierto del parque Mariana.

Hubo una actuación que nos impresionó especialmente. Bebé se pasó casi todo el concierto tirado en la hierba pero cuando tocó Mister Acorde se incorporó y se fue casi hasta la improvisada tarima. Eran dos hermanos. Un dúo de guitarras. El dúo Acorde. Tocaban las guitarras de una forma muy peculiar. Punteaban con acordes. Una sucesión continua, infinita de acordes. Precisos, hermosos, con un gusto y una plástica increíble. A uno de los dos le decían Mister Acorde.

La leyenda cuenta que participó en un festival de guitarra clásica. No lo dudo. Era un tipo impresionante. Su historia acabó mal. Su hermano se metió en algún grupo de derechos humanos, se fueron complicando hasta que los metieron presos. Los separaron. Uno no salió nunca de allí. Hizo una huelga de hambre y palmó. Mister Acorde salió tostaito. Triste final para los dos.

Para nosotros aquello prometía ser un mal trago. Después de la actuación del Mister Acorde, Bebé tenía que "quemar la guitarra". El Calvo se puso tan nervioso que, en el momento de la actuación, apareció borrachísimo.

–Aceite, lo siento pero no puedo cantar.

–¡No jodas!

–No puedo, lo siento, lo siento mucho, perdóname –y se echó a llorar.

El Nazi no decía ni una palabra. Estaba asustado.

–¿Qué hacemos Bebé? –le pregunté.

–Tocar, ¿no vinimos a eso? Pues a tocar.

–¿Qué hacemos con las letras? El Calvo no va a cantar.

–Cántalas tú. A ti te quedan mejor que a él.

No sé por qué me dijo aquello, de esa manera y en ese momento. No sé si fue una lección de control o de irresponsabilidad pero funcionó. El Calvo faltaba a menudo. Trabajaba en la televisión y tenía unos horarios muy raros. A mí me gustaba mucho su voz, tan frágil y cristalina. A la vez, me daba mucha pena botarlo del grupo. Le habíamos cogido cariño. El único problema era ese. No podíamos contar con él casi nunca. Así que me fui aprendiendo las canciones para sustituirlo en los ensayos. Jamás me pasó por la cabeza que iba a tener que hacerlo en nuestro primer concierto.

Y lo hice. Subimos los tres y empezamos a tocar. Canté tema a tema hasta el final. Los números sonaron potentes. Solo guitarra, bajo, batería y voz. Todas las canciones fueron hechas en función de Bebé. Muchas, de hecho, eran solo construcciones aisladas, que traía él, encadenadas convenientemente. Bebé se pasó con sus solos. La mayoría de las canciones tenían solo pequeñas secuencias con voz. Muy simples en su mayoría. El resto era todo improvisación de guitarra y bajo. Bebé era incapaz de aprender una secuencia de más de cuatro o cinco acordes. En los solos, en cambio, no repetía una frase. El mismísimo Mister Acorde vino a felicitarnos.

Cuando bajamos del escenario el Calvo estaba impresionado. Se le había quitado la curda. —Ya no voy a seguir más con el grupo —me dijo–, contigo funciona mejor, lo haces mejor que yo —Intenté convencerle que él sería capaz de vencer ese miedo escénico y que no, que me gustaba más como lo hacía él pero, no fue posible. No volvió nunca más a un ensayo.

El trío progresaba así que me apunté en un conservatorio de música. Quería ser un virtuoso del bajo. Por aquellas fechas mis padres habían decidido matarse. Ya lo tenían casi a punto. No se soportaban. No dormían juntos. No vivían. Eran dos extraños. Compartían el techo y las ofensas, nada más. Se dirigían la palabra solo para insultarse a gritos y armar algún escándalo en condiciones, con policía incluida. Así que, para estar más a tono con Bebé y menos tiempo en casa matriculé en el Conservatorio de Música para trabajadores de Guanabacoa Gerardo Guanches. Bebé también se animó, le quedaba relativamente cerca de Regla. Así que empezamos los dos, yo en bajo y él en guitarra. No duró ni una semana. Se fue quejándose: –Ese método es una mierda. –Aquí no se aprende na'. –No me dejan usar la púa –Pero no era realmente eso lo que le jodía, sino el solfeo: –Pa' que quiero yo saber la mierda esa si lo que quiero es tocar guitarra –Casi como llegó se fue.

Mi madre, mientras, había empezado a salir con un hombre. Un tipo corpulento mucho más joven que trabajaba con ella. Me enteré cuando Bebé los vio en la lanchita de Regla abrazados pero no dije una palabra. Mi madre empezó a perderse de casa y mi padre a sospechar. Fue fácil. La siguió un tiempo y pudo comprobar él mismo lo que pasaba. En lugar de largarse, decidió parquear frente al trabajo del sujeto, esperar a que saliera e insultarle diariamente. Fue mi propia madre quien me lo contó.

–¿Hasta dónde va a llegar este personaje, chico? ¿Es que no tiene vergüenza, ni pudor, ni amor propio? ¿Cómo se puede llegar a ser tan miserable? Lo voy a denunciar, en su trabajo, para que vean lo que se esconde detrás de su doctorado en pedagogía y sus cargos y sus conferencias. Parece mentira, chico. Como me lo encuentre de nuevo vigilándome o dándole ese espectáculo a Barbarito le denuncio. Él a mí no me conoce bien todavía.

–¿Por qué no se divorcian?

–Porque no me da el divorcio. Hace rato que se lo estoy pidiendo. Tenía que haberlo dejado desde que nació tu hermano. ¡Qué odio le tengo chico!

La convencí que esperara un poco, que me dejara hablar antes con él. Fui a buscarlo a la puerta del taller de Bárbaro. Llegué tarde. –Degenerado, hijo de puta. Síngate a una negra desgraciado o es que prefieres destrozar familias. Ojalá te mueras por cabrón –Bárbaro ya no podía más. El pobre hombre intentaba ignorarlo pero mi padre seguía como un energúmeno lanzándole los improperios más racistas y ofensivos que llegaban a su lengua. Bárbaro se dirigió hacia su coche. Un Fiat que le habían asignado en el trabajo como correspondía a un funcionario de su categoría. Mi padre intentó arrancar y el motor no respondía. Bron, bronnnn, brohj. Bárbaro se le acercaba. Otra vez el chucho, otro acelerón y el motor encangrejado. Bárbaro que llega. Cuando casi lo tenía encima arrancó y se largó chillando ruedas. «¡Qué cobarde!».

Hablar con él fue imposible así que mi madre fue a su trabajo y contó la novela. El partido lo llamó a contar: –Deja a esa mujer tranquila o te levantamos un expediente. –¿Cómo vas a seguir atrás de una mujer que te pegó los tarros? –Tu cargo está en peligro. –Un funcionario de tu rango tiene que tener una conducta moral ejemplar. —A partir de ahora estaremos observándote así que tú verás.

El toque laboral funcionó. Nosotros dejamos de hablarle, desde ese momento hasta que, definitivamente, permutamos la casa por dos y se perdió de vista. De la casa de la pared de rayas grises y amarillas, de mi amplia habitación con vistas al mar, pasé a una barbacoa en medio de la Habana Vieja. De la calma al ruido. De la limpieza a la suciedad. Fue como caer en picado. No obstante, seguí en el conservatorio.

Amado, mi profesor de bajo, trabajaba en la Orquesta del Lírico como contrabajista. Un luchador nato. Tocaba los tambores batá en fiestas de santos y en alguna representación popular del teatro, era el experto en santería. Con otros dos de la orquesta empezaron a tocar en restaurantes y así buscarse unos dólares de propina. Como el contrabajo era muy grande y tenía que compartir el dinero con los otros, terminó aprendiendo acordeón y armónica y tocando solo. Tenía las manos más duras que unas suelas de zapato y un corazón más blando que un flan. No solo me enseñó a tocar bajo. Con él aprendí también a conocerme a mí mismo.

El curso de bajo lo terminé en un año pero, como tenía que esperar otros dos para terminar el solfeo, me enseñó algo de bombardino. Amado tenía su propio método e insistía en ponerme lecciones de música cubana: —Así no —me decía a veces—, deja la boina y las alpargatas afuera. Escucha el ritmo. No toques exacto lo que lees. Tú síguelo, cógele el tumbao —Bebé seguía protestando: —¿Tú pa' qué quieres tocar son? Eso no te hace falta —pero se alegraba porque tocaba mucho mejor, más rápido, más preciso y no aparecía ningún atisbo de son por ninguna parte. Para él estaba fuera de peligro. Para mí estaba mejor preparado.

Un día llegué más temprano que de costumbre. Allí durante el día funcionaba un conservatorio tradicional para niños.

Había dos jugando en el piano. Tocaban una partitura. Las manos entraban y salían del teclado entre empujones y risas sin interrupciones. ¡Estaban jugando! Al verlos me di cuenta que empezaba demasiado tarde. Salí del conservatorio sin pensarlo dos veces. —Adiós —me dijo una señora muy mayor, que tejía con un ovillo de lana, compañera de la clase de piano. Nunca más volví.

–Ya tengo local de ensayo, instrumentos y equipos.

–¿Todo eso? ¿Junto?

–Efectivity wonder.

–Qué bien. Hoy todo son buenas noticias. Mira, quería enseñarte esto.

–Oye, que es en serio. En Bahía. Es un tipo que le dicen el Huevo. Ahora es taxista, antes era mata-mosquitos, pero siempre ha tenido negocios de grupos. Él prepara un repertorio, busca donde tocar, se incluye en la plantilla como músico.

–¿Y a cambio?

–A cambio recibe un sueldo. Como si fuera un músico más.

–A mí me da igual lo que el Huevo gane sentado en una silla porque además, por lo que vamos a cobrar, la verdad es que da igual; pero eso del repertorio… Nosotros hacemos esto porque nos gusta Bebé, no por dinero. Si ese tipo nos prepara un repertorio prepárate para tocar bola de mierdas.

–Ya, pero podemos seguir con nuestra onda aparte.

–Pero Bebé, si tú apenas logras aprenderte lo nuestro. ¿Tú crees que vas a tener tiempo para el resto?

–Entonces qué. ¿Le digo que no?

–No. No te mees frente al ventilador. Vamos a hablar con él antes. Mira… ven a acá a ver esto.

Nos fuimos al cuarto del Aceite. Cogió el bajo y empezó a tocarlo. Se oía en los bafles del tocadiscos de la sala.

–¿Has visto?

–¿Qué bolá? ¿Y los cables?

–Esa es la cosa. No hay cables. Es un control remoto.

–No jodas. Tremendo *swing* ¿Sirve pa' la guitarra?

–Claro.

Agarré la viola y el Aceite me enganchó el circuito. Era una tarjetica muy chiquitica con un cable pa' meter en la viola. Se oía empinga'o. Me puse la correa y empecé a moverme por to'a la casa tocando. Me imaginaba esto en un concierto. No había ningún grupo en la Habana con eso. Me fui a la azotea y todavía se oía el sonido clarito, clarito.

–¡De pinga bróder!

–¿Has visto? Pensé que no iba a funcionar muy bien por el ancho de banda pero no. Con un varicap quedaría todavía mejor.

–Me estás hablando en chino.

Se me ocurrió una idea. Llevé al Aceite a la casa del Huevo y fuimos con el aparatico. Lo había metido dentro de la viola y no se veía. Lo iba a impresionar. Sabía que tenía un montón de aparatos pero nada como esto. Y a él le gustaba impresionar.

–Mira chico, yo le decía a Bebé que les podía conseguir un contrato como si ustedes fuesen profesionales para poder tocar en *clubs*, en las villas turísticas de las playas del este y demás. A veces salen otras cositas por ahí. Yo tengo un *set* completo de amplificación y otro de instrumentos. Ustedes usarían todo eso e inclusive les proporciono un local de ensayo. Es una casita, muy cerca de aquí, que yo la tengo habilitada para eso. Oséase que podrían empezar cuando quisieran pero antes debo decirles cómo sería el trato.

El Huevo era un tipo colorao de más de cuarenta años, siempre soltero, que había dedicado buena parte de su vida a mantener grupos. Una especie de manager-productor. Había invertido todo su dinero en comprar equipos de música. Independientemente del negocio, era un melómano irremediable. Buscaba talentos, los adhería a su banda. La banda del Huevo. No, él no sabía que le decían así. La banda de los Vidrios Rotos. Le garantizaba un local para ensayar, los equipos y contraticos de mierda en clubes del circuito hotelero de las playas. Iba como un músico más y además de recibir sus honorarios por ello descontaba el veinte por ciento a cada uno de los músicos, según él en concepto de gastos de electricidad, desplazamientos, inmueble, etc.

Daba la impresión de ser un tipo inteligente pero cuando cruzabas dos palabras con él enseguida notabas con qué tipo de gente funcionaba. Su lógica corta y aparentemente práctica actuaba eficazmente en psicologías adaptadas a la oscuridad, sin posibilidades de reclamación o respeto, sin mucho entrenamiento de consistencia interior. Sistematizaba un diálogo conformado por palabras imprecisas, rebuscadas y altisonantes, derribado continuamente por barrabasadas ortográficas como haiga, culeco, guindao y otras.

–Yo les propongo el siguiente trato –hizo una breve pausa y continuó–. Yo selecciono el repertorio: canciones de moda, música romántica, guarachas, lo que haga falta según el lugar. Yo cobro como un músico más y además les descuento un pequeño porcentaje por el local y eso. Ustedes a cambio tienen local de ensayo, equipos y actuaciones garantizadas en lugares importantes.

Escuchamos toda su jerga varias veces. Traté de explicarle otras tantas que teníamos una obra, nuestras canciones, y que no era posible tirarlas a la mierda, pero él se limitaba a no entender. Él era el dueño del negocio. Él ponía las condiciones.

–No. Así no.

–¿Es tu última palabra?

– Sí –Bebé se mantenía en silencio y el Huevo aprovechaba para retomar su retórica otra vez desde el mismo punto. Él no podía entender mi negativa. Había que estar loco. ¿Cómo se puede rechazar la posibilidad de ganar dinero, de darse a conocer en los clubes de la playa, de acercarse a la vida profesional? ¿Por quién nos toma este tipo? Me preguntaba. ¿Dónde supone que tenemos la cabeza para creernos toda esa sarta de tonterías demagógicas? ¿Este se cree que nací ayer? Sus argumentos giraban siempre en torno a las supuestas aspiraciones de la mayoría; esa que le hacía culto y veneraba. No contaba con ese pequeño grupo que vive de otro empleo y hace música en absoluta libertad. Música libre, lo único que no nos pueden arrebatar. A partir de ahí siguió toda su conversación solo con Bebé. Supongo que convencido de tener delante al tipo más imbécil que podría conocer en vida. Cuando Bebé tampoco pudo más le preguntó.

–¿Tienes por ahí algún radio FM?

–Sí. Ahí en la sala tengo un buen equipo. Vamos para allá.

Fuimos y lo encendió. Bebé sintonizó la frecuencia, sacó la guitarra y empezó a tocar. El Huevo tenía una risita nerviosa.–¿Y eso qué es? –¿Un control remoto? –No jodas, ¿dónde lo compraron?

–Lo hizo éste –le dijo Bebé.

–¡Coño! ¡Eso está bueno! ¿Te ha costado mucho hacerlo?

–¡Ah! –le interrumpió Bebé– de eso ya podemos hablar con más calma. Hasta podríamos vender algunos.

El Huevo cogió la viola y lo probó el mismo. Después preguntó si para un micrófono también servía. Le dijimos que sí, que servía para cualquier instrumento. Estaba más colorao que de costumbre. Luego le preguntó qué otros pedales tenía.

–No tengo muchos, un *delay* digital, un *fuzz*, un compresor, un *phaser* y un *flanger*. ¡Ah!, y un ecualizador de cinco bandas.

–Te deben de haber costado mucho dinero ¿no? Yo no llego a la mitad.

–Nada, me los hizo éste… es ingeniero electrónico.

El Huevo hizo una pausa. Había que negociar.

–A nosotros nos viene muy bien toda esta serie de cosas. La tímbrica del rock depende mucho de la tecnología y lo novedoso ayuda.

–Esto no es nuevo. La gracia ha sido encontrar una forma asequible de hacerlo, con componentes rusos reciclados.

–Ya, ya, ya… Mira chico, estaba pensando... ahora mismo que mi grupo está parado y los equipos están subutilizados, si quieren podrían ensayar en La Casita. Aunque no quieran cambiar su línea de trabajo. Allí se puede freír un huevo a las dos de la tarde, pero la pongo a su disposición pero…, ¿tú estarías dispuesto a cambio, a repararme algunos aparatos y a construirme alguno? Como esos que le hiciste a Bebé. Lo del repertorio y los clubs olvídenlo. Si quieren tocar, por lo que sea, llevan sus canciones y si les gusta bien y si no... da igual, en definitiva a ustedes no les importa el dinero.

–Volao. Llevamos paraos ya un tiempito y nos hace falta meter caña. Te vamos a dejar un aparatico de estos para que lo vayas promoviendo –Bebé tenía muchas ganas de seguir y yo también.

–Muy bien.

Empezamos a ensayar en La Casita. El Huevo apenas molestaba. Apareció más al principio trayendo un montón de amplificadores rotos. Por suerte pude arreglarle casi todos, hasta los de válvulas. A cambio cumplió su trato. Nos dejó usar sus equipos y tocar lo que nos dio la gana. Fue una época muy fructífera. Allí, en La Casita, se reunían muchos músicos a descargar. En su mayoría guitarristas de un nivel impresionante. Aprendimos mucho y lo pasamos muy bien. Poco a poco, según entraba la noche y refrescaba el techo de zinc, la música fluía en aquella casita de madera, calurosa y pequeña.

Yo sabía que los días en La Casita estaban contados. El propio Bebé me dio la alerta: –Si le sigues arreglando todo, cuando ya no haya más na', nos pira –Tuvo razón. Con el tiempo, al Huevo le funcionaron bien las cosas y encontró a un grupo de muchachitos que empezaban, gustosos de someterse a sus requerimientos.

–Son las cosas del negocio, hace falta reducir a la mitad los ensayos para que esta gente pueda ensayar.

Luego empezaron a extraviarse cosas. Había que darse prisa. La cuenta atrás estaba a punto de llegar a cero.

Los equilibristas llevan años preparando su función. Ningún espectador se prepara durante años para verlos, ni siquiera para gritar si fallan. Es por eso que los equilibristas no ocultan que todo es a riesgo de sus vidas. Nada es más riesgoso que mostrarse ante un público que ni siquiera está preparado para gritar si fallan.

Radames Molina

Después del concierto del parque Mariana seguimos ensayando a trío. Un día Bebé llegó con la noticia. Nos invitaban a tocar en la clausura de la semana de la cultura del municipio Habana del Este. Bebé le había arreglado no se qué de plomería del baño a una mujer que resultó ser la directora de actividades culturales del municipio. Él no la conocía. Se metió con ella como lo hacía con todas, con la misma vulgaridad: –¿Jugamos a la pelota? Yo pongo el bate y tú las pelotas –Y cayó. Su novio poeta la había dejado recientemente y estaba vulnerable. La ordinariez de Bebé hasta le pareció sublime. Le invitó a tomar té y con el pretexto del calor se puso ligera de ropa. La mulata era ya una temba pero aún tenía el culo duro y las tetas pequeñas y bien puestas. Bebé no se lo pensó dos veces y al primer roce le fue encima. Se la templó bien. Por delante, por detrás, en la cama, en la cocina, diciéndole cochinadas mientras la penetraba, como un animal desatado. A ella le gustó. Le fascinó. Le quitó el queso. La puso al día. Despertó sus fantasías. Trató de conquistarlo. Lo invitaba a tomar té. Le regalaba libros de poesía. Le compró una camisa.

Bebé se sentía por primera vez atendido. Trató de estar a tono hasta que una vez se la encontró en la casa del té. Ella estaba allí rodeada de mucha gente. Todos le rendían pleitesía. Se acercó a saludarla pero ella lo ignoró, como si no lo conociera. Bebé se sintió dolido. Nunca lo habían tratado como una mierda. Pero eso fue después. Cuando la diva satisfacía sus fantasías eróticas con Bebé, escondidos en su casona, pretendió seducirlo con la oferta de ese concierto.

Todos los años se celebraba una jornada cultural del municipio. Fue la fórmula que encontraron para que las distintas Casas demostraran su rendimiento. Ese año la sede era el anfiteatro de Alamar. Una construcción prefabricada al lado del mar. Sólida como una roca y muy poco frecuentada. Nos tocó actuar el último día, el de clausura. Nos alegró mucho aunque sabíamos perfectamente que se lo debíamos a la pinga de Bebé.

Llegó el día y aparecimos por allí. El Calvo fue para ayudarnos a montar las cosas y animarnos. Llegó la hora de empezar. Había apenas veinte o treinta personas, frikis, todos frikis. Empezamos a tocar. Todos se acercaron a la tarima de hormigón a bailar. Nos revolvió la química. Tocamos duro. Bebé les daba solos cada vez más potentes. La noche funcionaba. Poco a poco aparecía más gente pero, por la pinta de la mayoría, no creo que muy entusiasta de nuestra música.

Llegaban un montón de ambientosos. Camisas de encajes, peinetas en el bolsillo de atrás, pañuelos tapando la boca. Aseres, consortes, negües, rufa, guapería, mucha guapería. Al principio no se acercaban. La mayoría se quedaba al final de las graderías pero, según aumentaba su proporción, la masa se movía lentamente hacia nosotros como una marea negra, amenazante. Empezaron a insultar a los frikis: —Pelúos de mierda. —¿Quién ha visto un hombre con el pelo teñío?, maricones. —Cochinos, sucios —etc., etc., etc. Los frikis ni caso, siguieron bailando como si no existiesen. Ellos estaban acostumbrados a esas peleas, conocían el ritual y lo que no sabíamos, estaban preparados.

De repente me tiran una piedra que choca en el bajo. «No debo perder la tabla». Seguí tocando como si no hubiera ocurrido nada, pero al poco rato llegó otra más grande que rompió el parche del bombo. Paré la música.

—Al que no le guste esta música puede irse. Aquí nadie vino obligado, ni nadie está obligado a quedarse —se hizo silencio, así que seguí y fue cuando metí la pata. —Nosotros vamos a tocar hasta el final porque para eso vinimos y aquí hay mucha gente que sí les gusta y tienen derecho a divertirse.

Los frikis empezaron a gritar e insultarlos: —Váyanse partía de ignorantes. —Váyanse con su rufa a otra parte. —Vuelvan a la jaula de donde salieron. —Cuida'o no te caigas, que si te caes comes hierba —etc., etc., etc.… Se armó la gorda.

Los que estaban atrás bajaron corriendo hasta el escenario. Las piedras volaron por todas partes. Se formó la piñacera: cabillas, navajas, piedras. En un minuto había sangre fresca corriendo por todas partes. Nos metimos detrás de los bafles que nos sirvieron de escudo hasta llegar a la guagua. Desmontamos como pudimos las cuatro mierdas que llevábamos y el chofer de la aspirina pisó el acelerador a fondo. Se alejó tan rápido como pudo. Ya al borde de la carretera, a unos cincuenta metros del anfiteatro se oyó un tiro. Cundió el pánico y la guagua se desprendió más deprisa aún.

No daba crédito a lo ocurrido. ¿Cómo pude ser tan imbécil? Evidentemente nos faltaba fogueo. Al día siguiente nos enteramos que detrás de la bala hubo un herido, un friki y que, durante toda la semana, habían tocado solo grupos de salsa.

Que ese día inclusive había programado uno. Un grupo del cual el poeta exmarido de la dirigente de cultura que se singó Bebé, era el manager.

Los ensayos en La Casita tampoco duraron lo suficiente. Era de esperar. No estábamos en la frecuencia del Huevo. La Casita estaba en obras, de esas eternas a las que estamos acostumbrados en la Habana. Un día el Huevo nos dijo que había conseguido unos sacos de cemento e iba a reanudar "la construcción". Había llegado el momento. Rescindía nuestro trato. A buscar otro local de ensayo.

A la semana de largarnos, Bebé hizo un trabajo de plomería en la casa de un tipo que trabajaba en el Ministerio de la Pesca, al fondo de la bahía de la Habana y muy cerca de su casa. Hablando y hablando le contó que estaba buscando un local y el tipo le dijo que en su empresa había un teatrico que no se utilizaba, que fuera por allí a verlo. Fuimos. Resultó que el hombre era muy amigo del responsable de actividades culturales de allí y nos dio el teatro como local de ensayo. Un sitio pequeño pero súper bien para ensayar.

El trato era, a cambio, tocar en las actividades de la empresa y de vez en cuando en algún barco. Hasta nos hizo ilusión eso de ir a tocar en medio del mar.

Estando allí un día, el Nazi nos dijo que tenía novia. Nunca hablaba. Siempre andaba callado por los rincones. Cuando le decían algo contestaba con brusquedad pero con el tiempo nos fuimos adaptando y no nos molestaba. En realidad era como si el grupo fuésemos solo Bebé y yo, con él de acompañante.

Como le quedaba cerca, Laura iba con frecuencia al teatro. Más que a oírnos, a controlar a Bebé. El Calvo también se pasaba a cada rato y nos animaba y ayudaba con algún que otro arreglo.

Después que el Nazi nos anunció su noviazgo, empezó a comportarse de manera diferente. Ya no usaba las chancletas de goma azul y roja. Se quitó el arete y no volvió a decolorarse la cabeza. Se acercaba más a nosotros y hasta hablaba: —Está embolla'o —me dijo en una ocasión Bebé. Y efectivamente lo estaba. Sigilosamente se estaba transformando. ¿Cómo será? —nos preguntábamos. Un día vino con ella.

Era rubia, teñida, bajita, muy escotada, con una falda corta tutú, tacones muy altos y los labios bien rojos. Todo lo contrario del Nazi, reclamaba mucho la atención y no paraba de hablar. Se sentó al lado de Laurita y, subiendo los pies en el asiento, contempló el ensayo. Cuando acabamos, en un momento que nos quedamos solos, Bebé me susurró.

—¿Te has fijado? No me ha quitado los ojos de encima.

—No jodas Bebé, ¿tú te crees que eres Marlon Brando o qué?

—Oye, tremendo punto la jeba del Nazi —viene el Calvo también a opinar.

—Se pasó todo el concierto mirándolos, a Bebé y a ti.

—¡Viste compadre! Que no eran ideas mías.

—¡Bebé! —se sumaba Laurita.

—Venga, fuera todo el mundo que tenemos que recoger esto.

Aquello no prometía nada bueno. Luego bajamos todos y se prendió del cuello del Nazi como una lapa. Lo besaba y le regaba su pintura roja por toda la boca y el cuello sin quitarnos la vista de encima. Era una provocadora.

—Menos mal que todavía están aquí —decía un negro grande mientras se acercaba a nosotros.

—Aceite, él es el jefe de actividades de la pesca, de quien te hablé.

—Ya, ya, mucho gusto.

–¿Qué tal están aquí?

–Muy bien, la verdad es que muy bien.

–Si tienen calor pueden encender el aire acondicionado, luego les enseño donde –¿Cómo pueden pasarnos estas cosas? Me preguntaba.

–Quería ver si podía contar con ustedes para el próximo viernes. Es la asamblea de balance del Partido y después hay una fiesta. ¿Podrían amenizar?

–Sí, cómo no. No hay problemas –le dije.

–Muy bien, pues nos vemos el viernes.

Y se marchó. Ya teníamos un repertorio de una hora más o menos y, dadas las circunstancias, Bebé lo podía alargar media hora más. Así que no habría ningún problema. Faltaba ver la reacción del público. No era un público que venía a vernos. Era gente que salía de una asamblea del Partido y se iba de fiesta. Nuestra tarea no era tocar, sino amenizar. Otra vez estábamos en las mismas. Durante los pocos días de la semana que quedaban hicimos un esfuerzo de supervivencia.

–Bebé, acompaña más con el tumbao de la timba.

–No puedo, no me sale.

–Claro que te sale Bebé. ¿No te gusta Santana? Pues toca como Santana.

Se esforzó pero no consiguió gran cosa. Nos esperaba una buena fiesta.

El público es maravillosamente tolerante. Todo lo perdona menos el genio.

Oscar Wilde

Al fin llegó el día del balance del Partido. La fiesta era en el comedor. Montamos los equipos mientras llegaba la gente. Venían cansados. Esas reuniones solían ser muy largas y tediosas. Los militantes llegaban y conectaban con la cerveza inmediatamente. Tenías que empezar y los equipos empezaron a fallar. Hasta se fue un fusible y aquello no arrancaba. Al final empezaron todos a pedir que tocáramos. Una masa grande dispuesta a machacarnos. Nosotros sudábamos y perdíamos la noción de lo que hacíamos. El Calvo dio la señal que ya estaba todo listo, más o menos. Si algo no funcionara, lo arreglaría él sobre la marcha.

Empezamos. Tocamos el primer número y ni caso. El segundo y empezaron a protestar y pedir música grabada: –Este grupo no sabe tocar. –Vaya mierda. –Estamos cansaos pa' tanta bulla –La cosa se ponía cada vez más fea de momento a momento. Cuando acabó la segunda canción les pedí a los dos un montuno: –Un montuno o nos queman.

Bebé comprendió la señal y tocó como Santana; a su manera pero con la sensación de montuno. –¡Ah, eso es otra cosa! –¿Pa' que nos hacían sufrir tanto antes? –Eso eh, música cubana –La fiera comenzaba a aplacarse. El Juanito, como le decía Bebé, funcionó. La gente empezó a mover el esqueleto. Se movieron y bailaron y hasta aplaudieron sinceramente cuando paramos exhaustos veinte minutos más tarde. Inmediatamente, antes de que se enfriaran arranqué otro tumbao con el bajo. Hicieron un círculo frente a nosotros. Se formó la rueda de casino. Las parejas empezaron a improvisar con giros espectaculares, gracia y una sincronización impresionante. Aquella gente bailaba como no había. Estaban literalmente gozando la papeleta y yo sufriendo sin saber qué sería lo próximo.

Había que meter la jeringuilla. Era la hora de la medicina. Teníamos que aprovechar el buen ánimo para la cura de caballo. Le hice una seña al Nazi. Respondió con una sonrisa. Sin perder el compás, la batería cambió la cadencia. Bebé captó la señal y siguió con una nueva digitación. Comenzaba el electroshock. Al mismo tiempo aparecía nuestra música: agresiva, transgresora y desenfadada; pero ahí estaban los trabajadores del puerto bailándola. Descargábamos toda la fuerza y se trasmitía. La gente se convulsionaba desprejuiciadamente. Con rápidos movimientos de cintura, una mulata de culo grande se tiró al suelo delante de nosotros y arrastrándose epilépticamente pasó por entre las piernas de un negro inmenso que se movía frenético. El clímax llegaba a su punto. No podíamos mantener por más tiempo aquella descarga. El vapor del sudor ascendía y cargaba el salón. Para parar subimos la velocidad. Queríamos que estallaran.

No hubo más señal. Los tres aceleramos a tope al unísono. Ya no podían seguirnos. Sus cuerpos no se podían mover tan rápido. Los movimientos asíncronos con la música se tornan ridículos; se pierde la armonía, desaparece el baile. Del más ensordecedor ruido llegó la calma, el silencio total.

Casi sin respiración aplaudieron. Una ovación fuerte y cerrada. Querían más. Y tocamos más, el repertorio entero.

Habíamos domado la bestia. Nos habían oído y ahora disfrutaban. Ya podían poner, cuando quisieran, música grabada.

Acabamos muy tarde de ensayar. Cerca de las doce. El custodio echó los cerrojos al teatro y se sentó en su taburete a dormitar con los mosquitos. –Al fin se acabó la bulla –lo oímos susurrar al despedirnos. Para ellos todo era bulla, ruido.

Estaba muy cansado. Habíamos repasado varias veces parte del repertorio y me agotaba mucho. El bajo pesaba una tonelada y cantar me obligaba a esforzarme muchísimo. Todas las melodías las hice pensando en el Calvo con su voz de tenor ligero y ahora tenía que cantarlas yo, un barítono bajo. Sin ninguna técnica, muchas veces acababa sin voz. Este era uno de esos días. Bebé silbaba de vez en cuando, hacía algún comentario: –Has visto qué culo. –Menudas peras. –A esa me la singo yo –o tarareaba sin parar. A juzgar por su boca, por su pinga había pasado medio Regla, Habana del Este, Guanabacoa y alrededores. Esta se movía así, la otra se venía asao, aquella se la mamó... y así, así, para no aburrirse.

Bebé no tenía puertas. Privacidad era una palabra demasiado sofisticada para él. Llegamos a su casa después de casi tres cuartos de hora caminando.

–Seguro que la Mimirrica está durmiendo –dijo mientras buscaba la llave–, pero de que se la encajo, se la encajo. Aunque la tenga que sacar de abajo de la cama.

–Coño Bebé, siempre estás en las mismas.

–Shhhh, shhhh.

—Pero si eres tú el que no para —apenas susurré. El pasillo estaba oscuro. Solo bateas con un poco de agua recogida y una miserable luz amarilla y titilante en su puerta. Era inevitable no despertar a alguien. Cuando Bebé se calló, se oyeron gemidos desde dentro de su casa.

—Los cogí —me dijo muy bajito. Se asomó por encima de la puerta subiéndose al vertedero—. Los cogí —repitió. Metió las llaves sigilosamente y preparó el asalto. Entró y encendió las luces de golpe. Sus suegros estaban templando. En la cama, frente a la puerta, los dos viejos estaban en cueros uno encima del otro luchando con la impotencia. Se armó un reguero espantoso. Bebé seguía chillando sin parar.

—¡Los cogí! ¡Los cogí! ¡Al fin los cogí!

Yo salí afuera al pasillo del solar. No sabía dónde meterme.

—¿Qué cojones pasa aquí? ¡Bebé! ¿Estas son horas de llegar?

Laurita bajaba de la barbacoa en medio de todo el jaleo. Se encuentra a los viejos en cueros. Paco subiéndose el pantalón del pijama. Tenía una pinga larga y flácida. La vieja Olivia en la cama intentaba cubrir la pellejera con la sábana pero con tanto nerviosismo no podía. Llevaba casi la vida entera sin salir de aquel solar, de aquellos escasos veinte metros cuadrados. Tenía varices por todas partes. Su piel era una abundante colección de pellejos transparentes y agotados, una cortina grasienta zurcida de gusanos azules y rojos de todos los tamaños y grosores. Tenía unas uñas largas y curvas con las que se aferraba en vano a la sábana. Debajo de toda aquella mole de carne desahuciada se escondía su sexo entumecido. Otro bulto de carne ácida cubierta por unos pocos pelos grises.

Bebé se descojona de risa. Con una risa aguda y mal oliente. Una risa punzante que se clavaba en los miembros heridos de los viejos. Paco lloraba. Olivia miraba con ojos asustados.

—¿Dónde vas? No, no, no, ven acá, entra —me agarra por el brazo en medio del pasillo.

–¿Qué pinga es esto Bebé? ¡Mira como has dejao a esta gente! ¿Y ustedes por qué vienen tan tarde? –Laurita estaba casi en cueros, con una camiseta grande rota y las tetas saliéndose por los lados.

–¿Tú qué haces aquí con esa facha? ¿Quieres que to' el solar te vea las tetas o qué? –Laurita se cubrió los pechos y subió. Entonces salió la vieja con una bata de casa de flores desteñidas.

–Estás perdío Bebé. Esta me las vas a pagar –Bebé le soltó otra carcajada.

–Pero, ¿qué te pasa vieja 'e mierda? ¿Éstas son horas de templar? A ver si te da un infarto. Ya tú no estás pa' eso.

–Menos mal que viene contigo –me dijo–. Últimamente llega to' los días tardísimo. ¿Yo no sé en que tú estás Bebé? Esto te va a costar caro.

Laura bajó de nuevo con un vestido.

–Bebé no me has contestado. ¿Por qué tú llegas a esta hora formando to' esto?

–Estaba ensayando. No jodas más.

–Tú procura Bebé. Tú procura que yo no te coja en na' porque te voy a dar candela. Mira –levantó la mano con el puño cerrado y se besó entre el pulgar y el índice–, te lo tengo jurao.

–Pero, ¿no ves que vengo con el Aceite?

–Búscate una tapadera. ¿Tú te crees que soy anormal Bebé? No me importa. Te lo tengo jurao –y subió corriendo a la barbacoa.

–Sube, que ahora te voy a perforar. Hoy tú no te me escapas. De que te la encajo, te la encajo.

–Se la vas a encajar a tu madre.

Dejé el bajo y me fui. Me fui recordando la primera vez que puse un pie en esa casa. Me llevó el flaco Pacheco. Nada más entrar Laurita le armó un escándalo impresionante. Quería que le encendiera la cocina, una hornilla de keroseno.

–Bebé, ¿cuándo cojones tú piensas encender el lu' brillante? Llevo to'a la mañana detrás de ti y tú na' ma' que'n la comepinguería. Deja la guitarrita ya Bebé que mira la hora que e' y todavía aquí no hay comida.

Bebé salió, nos saludó y siguió hablando tranquilamente mientras su mujer seguía insultándolo desde adentro. Bebé no se inmutaba.

–Permiso un momento. Déjenme encender el fogón pa' que ésta cierre el pico porque si no va a seguir con la misma cantaleta to'a la tarde.

Daba la impresión que no se tenían el menor respeto. Sobre todo ella le insultaba y chillaba como si fuera su hijo.

–¿Qué bolá con esta gente Pacheco? –pregunté cuando nos fuimos–. Parece que a Bebé le tienen cogida la baja.

–No, ¡qué va! Él no le hace caso. Eso ella lo formó pa' lucirse delante de nosotros.

Con el tiempo me convencí que aquel escándalo de Laurita fue solo una manera de llamar la atención, de probar su existencia. Bebé era el jefe de la casa. Él lo hacía todo. Laurita no trabajaba. Los viejos tampoco y solo Paco tenía una jubilación de mierda. Así que el único dinero que entraba en esa casa era el miserable sueldo de Bebé.

–Si éste no comiera tanta mierda con la guitarrita –protestaba Laurita a menudo–, podría ganar más y no la porquería que le pagan. Eso no alcanza pa' vivir Bebé. Esa mierda no da ni pa' llegar a fin de mes.

–'Tate quieta –repetía Bebé pero a veces Laurita se pasaba.

–Chica si no te alcanza con lo que yo cobro trabaja.

–Eso tú lo dices de boca pa' fuera. Cada vez que lo intento en serio siempre buscas alguna excusa pa' no dejarme.

–Qué excusa de qué. Por mí como si quieres salir a jinetear por ahí. Vete con Carmita tu amiga.

–Qué coño Carmita Bebé, ¿así que tú te has fijao en Carmita?

–¿Qué me voy a fijar en Carmita, Laura? Yo me fijo en tu culo. Abre las piernas anda. Trae pa'cá la vaselina y abre las piernas que voy.

–Hazte el gracioso.

–Sí Bebé, si no fueras tan vago –se sumaba la suegra.

–Pero a ti, ¿quién te ha da'o vela en este entierro vieja 'e mierda?

–Vieja 'e mierda será tu madre. No me faltes el respeto Bebé.

–Anda a que les den po'l culo.

Bebé pasaba de la quietud a la euforia como si nada. De cero a cien. Cualquier cosa le provocaba una risilla histérica y se alteraba sin control. Brincaba o apretaba la boca con una mueca de pavor pellizcando lo que encontrara a mano: un papel, la camisa, una oreja, la barriga, lo que fuera. No era exactamente un pellizco. Hacía rollitos con los dedos índice y pulgar. Todo lo enrollaba y desenrollaba nerviosa y compulsivamente.

—Déjame pellizcarte —pedía y te agarraba la oreja—. ¡Qué bisté! ¡Coño, qué bisté más rico!

—Pareces un anormal Bebé —protestaba Laura—. Chico, ¿cómo puedes ser tan mongo? No sé cómo coño me pude empatar contigo.

—Dame el pezón anda. Que te voy a enseñar por qué te empataste conmigo.

—Siempre estás en las mismas. Suéltame las tetas delante de la gente Bebé.

—¿Tú sabes por qué te casaste conmigo? Porque la muevo bien sabroso y porque a ti no hay quien te meta el diente.

—Eso te crees tú.

—Yo voy ver en qué putería tú andas. A ver si de verdad fuiste a las clases de mecanografía, porque al final no sabes escribir ni pinga. Como seas una puta igual que tu madre te mato.

—Deja la gracia. Deja de hacerte el payaso ya, que no da risa.

En una ocasión tomábamos té en su casa. Olivia estaba, como casi siempre, sentada en la cama y Laurita peinándose frente al espejo apenas con azogue. Bebé había preparado el té. Desde que lo tomó en mi casa le gustaba y cada vez que iba a verlo preparaba. Hice un chiste estúpido que le provocó mucha risa. Empezó a recrear la historia saltando en la cama.

–Bebé no saltes así que me duele la cabeza –le dice Olivia sin moverse.

–¿Tú estas sordo chico? Para ya Bebé –le recrimina Laurita sin soltar el cepillo, pero él siguió saltando y Olivia protestando.

–¡Que me duele la cabeza Bebé!

–¿Te duele la cabeza? Yo te voy a dar a ti dolor de cabeza.

Se sacó el rabo y empezó a golpear con él encima de la cabeza de la vieja. –¡Aspirina!, ¡Aspirina! –gritaba mientras martilleaba. Las dos se desternillaban de la risa.

–Ay Bebé. Tú tienes cada cosa –repetía Olivia.

Laurita se reía con placer, con abundancia, orgullosa de su marido.

Me preguntaba continuamente cómo el Nazi podía pegar tan fuerte a los tontones y la caja sin romperlos. Bebé decía que era por el material: acetatos de placa (radiografías) usados. Pegaba sobre huesos fracturados, columnas desviadas, sacros y costillas marcando con puntos donde se encajaba la baqueta como una angustiosa enfermedad en crecimiento.

Un día para demostrarme su teoría arremetió contra uno de los tontones. Al tercer o cuarto golpe lo desfondó. Por suerte tenía unas placas de la Cacatúa Olivia y pudo reponerlas. Al final, pasada la vergüenza, se alegró. Ahora el Nazi atizaría continuamente una buena tunda de palos contra los huesos de la vieja.

El Nazi tenía las facciones de la cara muy femeninas y atraía a muchas niñas. Bebé no se le despegaba, a ver si se le pegaba algo. –Con la suerte que tiene –decía– y no la aprovecha. Dios le da barba al que no tiene quijá.

Después de las constantes insinuaciones de la novia, el Nazi desapareció un tiempo. Últimamente compartía menos y discrepaba continuamente de cualquier decisión por estúpida que fuera. Después de un par de semanas de no aparecer por los ensayos fuimos a verlo. Se había casado. Estuvo áspero y distante. –Esta semana me voy a pasar a recoger mi batería –el hombre estaba más raro que de costumbre. –No hay problemas, pasa cuando quieras –le dije, y nos fuimos.

Ya en los bajos del edificio nos encontramos con el primo.

–¿Qué le pasa al Nazi?

–Na', que está celoso de ustedes y resentío.

–¿Celoso y resentido? ¿Por qué?

–La jeba asere, la jeba. Pa' ella to' el mundo quiere meterle mano. Le habrá dicho que ustedes la estaban vacilando o algo así.

–¡Qué guaricandilla!

Nos fuimos pensativos. ¿Cómo era posible que aquella infeliz enana decolorada pudiera sembrar tanta discordia? ¿Habrá sido una estratagema para tenerlo recogidito en casa o una venganza ante la indiferencia con que fueron recibidas sus provocaciones? –Si yo llego a saber que era eso –Bebé estaba furioso–, le hubiera pasado la cuenta –Lo cierto es que, una vez más, el grupo se iba al garete. Otra vez Bebé y yo solos. La aparente estabilidad conseguida con el Nazi desaparecía bajo los *blumers* de su señora esposa.

Había que buscar otro baterista. El Nazi fue a recoger sus cosas. Escogió cuidadosamente el momento para no tropezar con nosotros. Con el tiempo nos enteramos que se había ido del país. El padre de ella los reclamó y se piraron. La vida es así. Unos se van y otros se quedan. Se quedan intentando, una y otra vez.

A Cocó, Bebé lo conoció en una estación de policía cuando lo querían reclutar para pasar el servicio militar. A la puerta de Cocó también tocaron. Abrió y un jabao grande con uniforme militar y un montón de boletas se apresuró en preguntar por él.

–No, no es aquí. En este edificio no vive nadie con ese nombre –el militar ojeó minuciosamente sus papeles verificando los datos.

–No puede ser. Aquí dice que vive aquí.

–No, no. Se lo puedo asegurar. En este edificio no vive nadie llamado así.

–Bueno, debe ser un error, gracias y disculpa la molestia.

Cocó cerró la puerta y cuando calculó que ya el guardia había tenido tiempo de salir del edificio bajó por el ascensor. «Qué suerte». Cuando se abrió la puerta, el agente estaba preguntándole a unos fiñes por él y ya se sabe: los niños no mienten.

–¡Es él! ¡Es él!

El militar lo esposó y lo sacó a empujones del edificio.

–Así que aquí que no vive nadie ¿No? La has caga'o. Has mentido a la autoridad y te has resistido al arresto.

–Yo no me he resistido, eso es mentira.

–¿Ah, sí? ¿Y quién lo va a probar? ¿Tú? ¿El prófugo?

En la estación de policía le hicieron un montón de preguntas pero, como no contestó a ninguna, lo encerraron para que se le aclararan las ideas. Allí estaban Bebé, Fernando y Maricela, más de lo mismo. Mucha gente no quería pasar el servicio militar pero era obligatorio. Ibas preso. Solo te libraba de la cárcel un buen certificado psiquiátrico. Mutuamente atraídos por sus pintas se acercaron y conversaron de sus cosas. Como si estuviesen en un parque, sobre la hierba y nadie molestase. Cocó había estado en alguna fiesta donde tocó Bebé. Se le había quedado grabado.

Cocó era un mulato fuerte y corpulento de nariz aguileña y una melena afro, a lo Angela Davis, que parecía el tapón de espuma de goma de un micrófono gigante. Tenía un tic con el pelo. Llevaba siempre consigo una peineta de madera en el bolsillo y continuamente ponía orden a aquella monumental arquitectura oblonga sobre su cabeza. Le contó a Bebé que era cantante y baterista de un grupo de rock, de *heavy metal*. Para convencerlo entonó alguna de sus frases favoritas. –¿A quién le están dando po'l culo? –gritó el guardia desde la recepción–. Si no te callas te voy a poner con los bugarrones de verdad.

Para los guardias ambos eran la misma escoria, unos penetrados ideológicamente, dos pelúos sin trabajo, dos renegados del deber, dos contrarrevolucionarios. Para ellos era una suerte compartir aquel infierno juntos. A los pocos días trasladaron a Bebé al psiquiátrico. Cocó tuvo que esperar un poco más. En ninguno de los interrogatorios habló. Ni una palabra, no le dio la gana. Agotaron cualquier tipo de amenazas pero Cocó no tenía nada en el mundo. Nada que perder. Solo un hijo que vivía con su madre y jamás veía porque esa familia se lo tenía prohibido. Así que calló. Finalmente le pusieron un abogado de oficio, le dieron fecha de juicio y lo mandaron a casa.

Una semana más tarde lo detuvieron en una cafetería al lado de su casa. En uno de los bolsillos de su apretadísimo pantalón blanco hasta los tobillos le encontraron hierba. Nunca supo cómo llegó hasta allí pero había la cantidad suficiente para encerrarlo un buen tiempo. Se acercaba un evento deportivo internacional de renombre. Cocó era un lumpen, era peligroso. No pudo hacer absolutamente nada. Le quitaron su pelo y lo encerraron de verdad, en una prisión. Dos años esperando juicio. Dos años completicos preso sin condena. Al final lo soltaron. Absuelto por falta de pruebas. Sin retribución de ningún tipo. Sin disculpas. Sin nada.

Cuando salió a la calle todo había cambiado. La madre de su hijo se había casado con un tipo que los sacó del país. No los vio en todo ese tiempo y no lo volvería a ver nunca más.

Después de la partida del Nazi, Bebé se acordó de Cocó. Lo localizó por Alamar y fuimos a verlo. Se alegraron muchísimo de encontrarse de nuevo y rememoraron sus viejas, cortas y penosas historias. Bebé le dijo que estábamos buscando un batería. Cocó prefería cantar. Lo intentamos convencer sin mucho éxito. −Aunque toque la batería no puedo estar en un grupo sin cantar. Mi religión me lo prohíbe. Déjenme hacer coros por lo menos. −Al final quedamos en cantar los dos. Bebé insistió. Y nunca pedía nada.

Cuando Cocó se sentó en la batería y empezó a repartir baquetazos, menudo desastre, una auténtica calamidad. Lo peor es que no se daba por enterado. No sabíamos muy bien cómo decírselo sin lastimarlo pero no había forma. No era capaz siquiera de mantener el tempo. Al final Bebé encontró la forma: −Coño compadre, con otras manos y otros pies, ¡Tremendo baterista! −A Cocó no le gustó mucho el chiste pero se resignó. Entonces pidió que lo oyéramos cantar. Fue peor. Desafinaba salvajemente y derrochaba un ímpetu más que innecesario.

–Coño Aceite, el socio está escacha'o. Vamo' a tirarle un cabo. Vamo' a dejarle un tiempo pa' que estudie. A ver.

Accedí. Quizá estudiando un poco mejoraba lo suficiente para llevar el tempo. Después que lo habían machacado tanto, no íbamos a hacerlo también nosotros. Podíamos probar. Cocó también abrió la puerta: –Yo me comprometo a mejorar con la batería. Me voy a conseguir un *practic pad* y me voy a poner día y noche pa' eso –Nos dio mucha pena y nos equivocamos. Es preferible ponerse rojo una vez que cien veces rosado. Al final por mucho que puso de su parte no logró tocar decentemente ni un solo número y nos provocó tremendo retraso. Con el canto fue peor. Era imposible hacer un coro o que cantara una canción más o menos. Llegó el momento en que no sabíamos que hacer con él. No faltaba a ningún ensayo. Nos buscaba día a día. Se esforzaba, pero nada.

En una ocasión una amiga me invitó a ver una película de vídeo en su casa, un musical de Led Zeppelin: *The Song Remains The Same*. Vivía en una tremenda mansión de Nuevo Vedado. Su padre era médico, director de uno de los hospitales más grande e importante de la Habana. La pobre Alicia había crecido entre las cuatro paredes maravillosas de su casa y en la mejor escuela de natación del país, complacida y consentida por toda su familia. Todo lo que tenía de ingenua, lo tenía de buena. Era una bella persona de pocos amigos. Se me ocurrió que era buena idea invitar a Bebé y a Cocó. Cuando llegamos al edificio Cocó comentó con un tono un tanto despectivo.

–Oye, este barrio es la *hi*. Aquí son to's una pila de burgueses.

–Éstas son buena gente Cocó. Tienen de todo, pero son buenas personas, gente que no se mete con nadie.

–¿Gente fisna? –no podía faltar Bebé a la changuita.

–No jodan que si no es por ellos no pueden ver ni pinga de película así que, si no están dispuestos a comportarse, nos vamos pa'l carajo. Alicia es mi amiga y no quiero ninguna historia desagradable.

–Que no compadre, que es broma. Tú verás que bien me voy a portar.

–Compórtense porque si no, no los saco más a pasear –ahora la broma era devuelta a los dos.

Entramos, saludamos, nos presentamos. Había más gente esperando para ver la película. Nos sentaron en un amplio y cómodo sofá. Alicia puso té con galleticas. Cocó y Bebé no decían ni una palabra. Miraban la bandeja pero no se atrevían a meter las manos. Cuando vieron que me serví lo hicieron ellos y se relajaron. En medio de la película llegaron sus padres y la abuela. Saludaron. La madre se sentó con nosotros a ver la película. Con los créditos finales Cocó se puso de pie y se dirigió a ella.

–Señora, por favor. Me puede decir dónde queda el baño para echar una meada.

Al principio nos quedamos todos de piedra pero Bebé rompió una carcajada y todos le siguieron. En cuanto terminó su meada nos fuimos. Literalmente con el rabo entre las piernas. Estaba desubicado. Era bueno e ingenuo, fiel como una sombra, bestia y bruto como una tapia e insoportable como una lapa. Todo eso junto. Un día, el propio Cocó buscó una salida digna a la insostenible situación.

–Les voy a presentar a un baterista, al Abuelo. Un socio del cerro que es diseñador pero que toca bien con cojones y tiene una batería inmensa. Seguro que les cuadra porque además, el tipo es empinga'o y está en la misma frecuencia que ustedes.

–¿Y por qué no habías dicho ni pinga antes?

–Es igual Bebé, ¿qué mas da que lo diga ahora?

–No me acordaba. ¡Eh, eh! ¿Qué pinga te pasa Bebé?

–Seguro no dijiste na' pa' tocar tú. Di que no.

–Lo juro por mi madre.

Y así siguieron, como dos niños. Diciéndose sandeces, antiguas y primarias, como las que probablemente oyeron en aquella pequeña celda improvisada donde se conocieron o como los propios tiempos.

–¡Cojones! ¿Qué he echo yo para merecer esto? ¿Es que ese singa'o no piensa morirse?

–Te van a meter presa por gusana –Se fue la luz. La pura del Aceite se estaba bañando con el calentador eléctrico y claro… agüita fría.

–¿Qué presa ni que pinga Bebé? ¿Tú te crees que esto es justo chico? Mira la hora que es. Hoy no hay planificado ningún apagón por esta zona. ¿A ver por qué ese señor nos hace esto?

–A lo mejor es una avería –le dijo el Aceite.

–¡Coño, no lo mataron, pero como lo torturaron!

Después cuando salió de la ducha seguí metiéndome con ella.

–Con esos coros, en cualquier momento te recogen.

–Tú sigue que va a ir presa por tu culpa.

–Mira mijito. Yo no estoy en na', ni me meto en na'. A mí me importa un carajo la política. Yo me he jodío mucho por este gobierno, ¿sabes? Total, pa' na'. Porque a mis hijos los he educado yo y por suerte, nunca se enferman. Muchas armas que traje pa'l movimiento 26 desde Miami. Muchas noches que me pasé por el monte alfabetizando. ¿Y qué? Na'. Pa' que ahora no tenga ni dónde caerme muerta. Porque ahora el que no tiene dólares, na'. Si tim tiene, tim vale, si no tiene, ni tim vale. ¿Pa' eso me jodí yo tanto? ¿Pa' no poder ni siquiera terminar de bañarme con agua caliente? ¡No chico!

–Vas a tener que pirarte –al Aceite no le hacía mucha gracia oírla desbarrando.

–¿Por qué? ¿Por qué me tengo que ir yo? ¿Por qué no se van ellos? Coño, después dice que son de izquierda. Rosca izquierda es lo que son. Que parece que aflojan pero aprietan. Nos han quita'o hasta el nombre. Mira Bebé, déjame tranquila que el horno no está pa' pastelitos.

–Yo me voy. Voy a coger una balsa y me piro.

–No jodas Bebé. Ni loco hagas eso. Ni loco. Mira la cantidá de gente que desaparece en el mar. Dios me libre y me ampare que a alguno de mis hijos se le ocurra eso.

–Bebé para ya de joder.

–No, yo lo digo en serio. Cualquier día cojo una balsa y me piro.

–Pero si has tenido un montón de posibilidades y no lo has hecho. Hasta le hiciste una balsa al Titi y a la pandilla del 40.

–Pues la próxima va a ser pa' mí –empecé jodiendo a la pura del Aceite pero en verdad me estaba calentando con eso. No podía tener ni una puta viola decente. Tenía que estar to' el día buscando comida pa' las parásitas de la Mimirrica y la Cacatúa y pa' lo que vendrá. Esto no es vida.

–Vamos Bebé. No jodas.

–La Mimirrica está embarazada.

–¿Qué?

–Lo que oyen. Está embarazada y es varón. Le voy a poner Hendrix. Hendrix López.

Era muy importante que el Abuelo tuviera batería y más, como decía Cocó, como nos cuadraba a nosotros. El Nazi había recogido y no podíamos regresar más al teatrico de la pesca en el puerto. Después de un tiempo sin ensayar nos había reemplazado un grupo de salsa. –Es un cohete –decía Cocó de la batería del Abuelo– y el socio está en talla.

El Abuelo vivía en el Cerro, en una casita pequeñísima al final de un pasillo muy largo repleto de puertas desiguales. La suya, roída por el comején y la intemperie, tenía los números colgando de un solo tornillo cada uno, el 69. Apenas un postigo imposible de descubrir detrás de una monumental enredadera y un montón de malanguetas y helechos nacidos de la pared. La puerta de al lado era el número doce.

Su salón, a pesar del rincón, era muy húmedo y fresquito. Arriba, en una barbacoa de madera, el Abuelo compartía habitación con un hermano. Las paredes eran de cartón tabla y el techo de zinc. Ahí si que hacía un calor insoportable pero era donde tenía armado el cohete.

–Aquí tiene la mecánica el Abuelo –dijo al subir.

En las improvisadas paredes, debajo de la cama, en una pequeña mesita, encima de una silla, por donde quiera, había montones de casetes, discos de vinilo y dibujos eróticos: mujeres desnudas, parejas templando, pingas paradas como vigorosas plantas, vulvas y clítoris como frutas, música, sexo y *rock & roll*. Para subir allá arriba había que maniobrar bien. A la pequeña escalera de madera le faltaban unos cuantos peldaños. Seguramente para evitarle a su abuela un infarto seguro. Había solo una pequeña ventana con una inmensa cortina hecha de filtros de cigarrillos ensartados por una fina cuerda de nylon, del suelo al techo.

–Coño Abuelo, usté es enfermo del porno –apuntó Bebé, siempre tan oportuno.

–Más o menos.

–Te puedo conseguir unas Playboy de un socio de la pincha pa' que las veas. Tiene un montón. El hermano es marino mercante.

–No, eso no interesa. Estas fotos –explicó riéndose–, solo le importan al Abuelo desde un punto de vista artístico.

Con el tiempo se convenció que no. Aquel mundo prohibido lo excitaba. La pornografía era su *hobby*, pero en aquel momento su timidez le impedía reconocerlo públicamente. Le avergonzaba. No tenía claro si esa afición era sana o solo un reflejo de un mundo interior retorcido y enfermizo. Y era sano. Era quizá el más sano de todos.

El Abuelo se sentó en la batería. Puso el casete. Oyó la primera canción. Rebobinó y volvió a dar al Play acompañando. Casi, casi. Una tercera vez. Como si la conociera de toda la vida. Algunas imprecisiones pero seguro y con gusto.

–Déjenlo y así el Abuelo se las aprende con calma –dijo al final.

Me dio muy buena impresión. Era el mejor batería que había oído hasta entonces. Bebé también estaba emocionado, pero más por todos los desnudos y los discos. Quedamos en grabarle los números que faltaban y llevárselos. Él se los aprendería y mientras, seguiríamos buscando otro local de ensayo.

Un par de días después regresamos con el Calvo y el casete. El Abuelo tenía ron. Estuvimos tomando y oyendo música relajadamente toda la tarde. Luego llegó su novia, un auténtico colirio para los ojos, de talle estrecho, muy bonita, alta y un poco insulsa. No había en ella el estímulo de aquellas fotos. Tenía nombre de lata de leche condensada: Nela.

El Abuelo, más que coleccionarlas, amontonaba las fotos en una enorme pira. Nalgas lisas y rollizas, pubis afeitados y afelpados, senos abruptos, redondos, pequeños, pezones negros, rosados, acaramelados. Leña suficiente para incendiar su imaginación, aspirar incienso y expandir la orgiástica satisfacción en su interior. Su novia se fue y otra vez tocamos el tema. El placer erótico y la aberración, la obscenidad son códigos difícilmente separables, jodidamente comparables. Me temo que el Abuelo no tenía claros sus límites. Quizá por eso buscaba una explicación exculpadora. Quizá no era necesaria. La culpa. Hilo de acero para sostener un orden. Se clava y duele. Se deja caer y ella solita hace su trabajo. Mejor que la policía o el ejército.

El Calvo prefería la visión de una mujer desnudándose a través de un agujero en una puerta, a tenerla cabalgando encima o penetrarla entre las piernas abiertas, de par en par. Prefería que se lo contaran. Era un mira hueco, un *voyeur*. Era capaz de reconstruir y recrear una escena erótica solo por quejidos y murmullos imperceptibles. El Abuelo no. Disfrutaba de sus fotos con una lujuria sana que no pasaba de alterar su pulso y de avivar los juegos sexuales con sus amigas. Fantasías que entraban como bola por tronera ante la rigidez, los prejuicios y el recato de su hermosa novia.

Mucho tiempo después, el día de su cumpleaños, Bebé y yo le regalamos un *cake* de coco con una enorme vulva de chocolate encima hecha por él mismo. Por entre los hinchados labios de merengue tostado le salía una enorme y gruesa vela encendida. Le encantó y nos divertimos mucho. Todos excepto su novia que permaneció con cara de tranca toda la velada.

Laurita se incorporó delante de él creando un juego de sombras en la pared. Aún le corre semen por las piernas. Habían tenido que esperar mucho por este momento. Todos compartían la misma habitación con barbacoa. Bebé, la Mimirrica y Hendrix arriba, la Cacatúa, Paco y el televisor que se ganó en la zafra un montón de años atrás abajo. No era fácil poner de acuerdo a tanta gente para conseguir un orgasmo. Normalmente se tendían en el suelo, la cama hacía mucho ruido, y bajo la sábana se acariciaban lo imprescindible. Luego él la penetraba de costado con una pierna medio suspendida en el aire para facilitar la entrada. Así transcurrían una hora o más, sin un suspiro, atentos a cada movimiento a su alrededor en el vaivén de provocar el deseo. Tanto tiempo es un riesgo. Aumenta la expectativa de la interrupción. Menos tiempo es imposible con tan escaso meneo. Todo un arte. Orgasmos como una explosión en una campana al vacío. Cuando los dos alcanzaban el éxtasis, él paralizaba el movimiento y la apretaba hasta el límite. Los dos sentían entonces derramarse uno dentro del otro y el tiempo se alargaba en el silencio y se hacía ininterrumpible.

Esta vez estaban solos pero ya no sabían hacerlo de otra manera. Repitieron el ritual de sus escasas penetraciones en medio del salón. La ventana entreabierta dejaba entrar la luz de la luna. El cuerpo de ella se proyectaba en la pared. Les hizo gracia ver sus sombras templando y Laurita se incorporó. Por primera vez los senos le parecieron más que dos inmensas bolsas colgadas del cuello. Bebé le pellizcaba los pezones. – Suave Bebé, ¿Tú te crees que mis tetas son los botones del radio chico? Mira toca aquí, suavecito. Viste que rico. No Bebé, por el culo no. Tú sabes que no me gusta –Bebé frotó su pubis sobresaliente, abundante y Laurita estiró las piernas a la oscuridad. Tuvieron varios orgasmos. Todos raros, nuevos.

Viéndola salir al baño Bebé notó que a pesar del parto aún mantenía las gruesas curvas sobre la cadera y las nalgas lisas y prominentes. Dos nalgas enormes convergiendo en una grieta negra y profunda. ¿Por qué el sexo de su mujer, después de tantos años, le parecía tan provocativo e inexplorado?

Realmente veían muy poco su desnudez. La noche hizo la escena más monocromática. La palidez de su mujer se desvanecía según se alejaba de él en dirección al lavabo.

«Tiene un culo que parece una guitarra», pensó Bebé.

El Abuelo nos cuadraba. A simple vista se notaba que apenas le dedicaba tiempo a la batería, sin embargo, funcionaba con todo aquello como un pulpo, con gusto, precisión y gracia. Ninguno de los elementos cogía vacaciones. Y no eran pocos. Además de los siete tontones tenía unos diez o doce platos, desde diámetro veinticuatro hasta diámetro cinco, dos bombos, dos tontones de pie y el *high*. Les daba bien y no se parecía a nadie. Le gustaba Neil Peart. Le encantaba Rush; pero no tenía nada que ver con lo que hacía. Era incapaz de hacer un *hand to hand* medianamente decente a la vez que tocaba con un gusto increíble. Conocíamos a otros bateristas que ejecutaban unos ejercicios de percusión impecables y eran incapaces de hacer algo original. No aportaban nada.

Su batería era como una torre de babel instrumental. Prácticamente cada elemento era de una marca diferente. El Abuelo había forrado todos los tontones de plástico blanco. Él mismo había construido una estructura con tuberías de plomería donde sostenía todos los tontones aéreos y algunos platos. Una verdadera instalación hidráulica. Daba la sensación de empezar a regar en cualquier momento pero dejaba buena impresión.

Él también había estado en el parque Mariana. Le había gustado mucho lo que hicimos. Cuando supo que la mayoría de las piezas eran casi improvisadas no daba crédito. ¡No jodas! ¿Cómo pueden ponerse de acuerdo tan bien? No supimos que decirle. La respuesta la encontró él solo un tiempo después, cuando acompañaba esas mismas canciones como si las conociera de toda la vida.

Tenía una memoria musical increíble pero mucha inseguridad. –Esto es provisional. –Todavía no está muy bien cuadrado. –Aún quita el sueño –Eran algunas de sus frases favoritas. Nunca dejó un número cerrado. Siempre modificaba algo, el eterno insatisfecho. A veces un arreglo era tan diferente del anterior que la canción parecía otra. Tema con variaciones en persona.

Pasaban los días y no encontrábamos local de ensayo hasta que el propio Abuelo consiguió uno, la casa de un amigo que vivía solo en el Vedado, al lado de la escalinata de la Universidad de la Habana. El hombre era profesor de matemáticas de la escuela vocacional Lenin. Al parecer un tipo inteligente y agradable. Fue profesor del Abuelo y lo sacó del fuego varias veces. Compartieron música, alcohol, alguna salida y luego no volvió a verlo hasta que un día se lo encontró por el Coppelia. Se pusieron al día. El Abuelo le dijo que estaba tocando en un grupo pero no tenía local de ensayo y él le ofreció su casa. –Hace años que vivo solo –le dijo–, que estén ustedes por ahí me va a venir muy bien –Nos alegramos de la noticia pero el Abuelo no estaba muy convencido. –No sé, es un poco neurótico –nos dijo.

Llegamos a casa del matemático, un casón impresionantemente grande y vacío. Apenas había muebles.

–Mi mujer me dejó hace poco y se llevó todas las cosas.

–Se siente –le dijo el Abuelo.

–¿Qué coño se siente? Mejor que se haya ido pa'l carajo. Ojalá se muera –dijo y se alejó del salón por un largo pasillo–, monten las cosas en la sala. Ahí no molestan a nadie.

Nos quedamos de piedra. El Abuelo se encogió de hombros. No había para escoger. Ese día no lo volvimos a ver. Despareció en el interior de la casa y no volvió a salir. No sabíamos como irnos. Al final salimos y cerramos la puerta. Él sabrá.

–Un poco raro ¿No? –dijo el Abuelo un poco sorprendido– Antes no era así.

–Ese bróder está pa' terapia intensiva –anotó Bebé. «Mira quien habla».

La casa tenía un puntal muy alto. Reverberaba mucho. El Abuelo tocaba muy fuerte pero no molestaba. Había suficiente volumen para tragarse el sonido. Mientras, seguíamos con la jodedera de Cocó y su empeño de cantar. No había forma humana de que entendiese su desafinación así que mucho menos de que la corrigiera. Cada vez que abría la boca salía aquel chorro de voz nasal vibrando por debajo de las notas, provocando unos batimentos insoportables. Cerraba los ojos, se colocaba en pose y chillaba. Luego los abría como diciendo: –¿Has visto? ¿Has visto que clase de potencia? –Bebé no decía nada y el Abuelo tampoco. Tenía la impresión que aquello se estaba convirtiendo en un problema entre él y yo solamente. No podía aguantarme callado. Un día le pregunté al Abuelo.

–¿Tú quieres que cante así en público?

–Por supuesto que no –respondió–, pero quién sabe cómo se le puede decir que no cuadra sin herirlo.

Ya llevábamos un mes allí y no habíamos vuelto a ver al matemático pero un día, en medio de un pasaje muy fuerte, abrió la puerta. Nos cortamos y paramos. Traía una cara de perro impresionante.

–Sigan, sigan –dijo, y siguió para adentro.

–¿Tú crees que le haya molestado? –preguntó Bebé al Abuelo.

–¿Tú lo dices por la cara? Na', él es así.

Y siguió tocando tan alto como cuando apareció por la puerta. La próxima vez que le vi fue dos o tres meses más tarde. Llegó y sin decir ni una palabra se sumergió en la casa. Al poco rato apareció con unas libretas escolares. —Son poemas —dijo—, he pensado que igual podían servirles para la letra de alguna canción —se sentó en un sillón que trajo de adentro y leyó unos cuantos. Eran horribles y monotemáticos: el hombre abandonado, el hombre agredido, el hombre resentido. Despertando siempre en la oscuridad. Moviéndose en la noche.

Ella no me vio,
no pudo verme,
mi luz la quema,
desaparezco en las sombras.

Ese día no hubo ensayo. No paró de leer y no supimos cortarlo. No habíamos sabido parar a Cocó, menos a éste. Al final nos hizo prometer que pondríamos música a alguno de sus poemas. A partir de ese día no faltó más a ningún ensayo. No volvió a retirar el sillón. Llegaba y se sentaba a mecerse mientras duraba todo el ensayo. Atento, observando. Sin decir nada. Alguna vez inclusive con espejuelos de sol. Mirando sin que supiéramos dónde, ni a qué. Alguna vez preguntó: —¿Y lo del poema qué? ¿Cuándo? —Cuando se termine de montar este número —le daba largas el Abuelo. Pero acabábamos con uno y seguíamos con otro y del poema nada.

Era asunto mío encontrar la letra y hacer la melodía. Leí un montón de veces aquellas libretas escolares llenas de caligrafía apretada sin encontrar nada interesante. Definitivamente, no estábamos en esa frecuencia. Al final pensé en coger versos de aquí y de allá para salir de él. En definitiva todo aquello parecía lo mismo. Una mujer ideal, incapaz de verlo. Un desencuentro constante. ¿Cómo hacer una canción de un tipo que vive solo, sin amigas siquiera, enamorado de un coño que no existe? Vaya apuro.

Entre el matemático y Cocó estaba empezando a hartarme. Había que solucionar aquello de una vez por todas. Agarré un par de libretas y construí un poema cogiendo versos aislados, al azar. Un ejercicio de composición a lo John Cage. Fue incluso divertido. Cuando tuve más o menos una hoja llena le pedí a Bebé que improvisara siguiendo una línea de acordes menores. Encontramos un ciclo bonitillo. Solo faltaba una melodía que encajara en la música aquellos versos horribles. Apareció, surgió. La grabamos en un casete y le pusimos *Campana*. Cocó se la aprendió y el Abuelo le hizo un acompañamiento muy simple. Cuando todo estuvo listo se la tocamos al matemático. Él escuchó en su sillón, balanceándose como siempre, hasta que terminamos. Se quedó en silencio. Entró y salió con una pipa encendida. Volvió a sentarse y echó una bocanada grande.

—No es un poema. Es solo mi letra, pero la construcción me parece inteligente. Es perfecta. ¿Cómo notaron la conexión implícita de la esencia? ¡Que sensibilidad! Y la música me gusta. Es magnética y melodiosa —¿Quién lo iba a decir? —Pero éste canta muy mal. Muy desafinado. Además no interpretas nada de lo que estás diciendo. Suena frío y distante —Cocó se heló. Nosotros igual —¿Podría cantarla yo?

Nos miramos sin saber qué hacer. La situación se complicaba. Ese tipo estaba completamente chiflado. ¿A buscar local de ensayo otra vez?

—Pero, ¿tú dices, por ahí, cuando demos un concierto? —preguntó Bebé.

—No, no, aquí. Ya sé que ustedes no me necesitan de cantante. Sería solo cantarla aquí y grabarla con mi voz.

—Sí. No hay ningún problema —le dijo el Abuelo.

Cocó se sintió dolido. La actitud del matemático lo hizo reaccionar. Primero desapareció unos días pero luego reapareció. Me pidió disculpas por haber sido tan empecinado. Después de lo que pasó aquel día se fue a matricular a un conservatorio para tomar clases de canto. Suspendió la prueba de ingreso. –La música no es lo suyo –le dijeron–, tienes muchos problemas para colocar las notas. No tienes buen oído y nosotros no tenemos muchas plazas. No pierdas el tiempo. Probablemente puedas ser muy bueno en otras cosas –Sentí un gran alivio. Él no parecía destrozado. Al contrario, se disculpó como si me hubiese volcado café encima. Aquí no pasa nada.

–Como no puedo cantar –dijo–, me voy a matricular en guitarra. Así podré seguir con el grupo.

«¡No puede ser!» Bueno, de todas maneras, aprender le llevaría un tiempo. Serían unas merecidas vacaciones pero se perdió, desapareció. No lo volvimos a ver nunca más. Se casó, tuvo otro hijo. Probablemente deseó que fuese cantante como su padre. Quizá no lo sepa nunca. Un día agarró una balsa y partió a Miami. Nadie supo más de él. Se internó en la oscuridad del mar y no volvió a salir.

... el intelectual especialista de hoy sabe cada vez más y más de menos y menos – hasta llegar a saber todo... de nada.
Gustavo Tornera, *Revolución y Cultura. Año 1. No 9. Abril 30, 1968*

En una ocasión, un contacto nos resolvió un turno de grabación en una emisora de radio. De otra manera hubiera sido imposible. Un periodista en crisis nos oyó y sintió mucha pena que todo eso irremediablemente se perdiera. –No debe pasar inadvertido, es muy interesante –nos dijo, pero creo que completamente convencido de que así iba a ser. Lo cierto es que, semanas después de aquella conversación, apareció por casa del matemático y nos dio la noticia. Había resuelto un turno de grabación en Radio Progreso. En total seis horas para todo: grabación y mezcla. Casi nada. Planificamos lo mejor que pudimos. Era la gran oportunidad y no se podía desaprovechar. El tiempo apenas alcanzaba para una pieza. Todas eran muy largas. La mayoría sobrepasaba los siete minutos. Se lo comentamos y el tipo fue claro: –El criterio de selección lo establece la radio, no ustedes. Por orden de importancia tendrán en cuenta en primer lugar la letra, en segundo la complejidad y por último la duración. Una semana después le llevamos los textos como habíamos acordado. Los leyó, nos miró y preguntó: –¿No tienen otra cosa?

–¿Por qué? ¿No te gustan?

–No, no es eso –hizo una breve pausa, quizá le daba vergüenza cuidarse tanto el culo–, es que son un poco fuertes.

–¿Cuál, por ejemplo?

–Por ejemplo, ésta. *Si en vez de darme en el cráneo me dieran en las bolas... Pude romper el fémur de Dios... Torturado sospecha que fue niño.* ¿Esto qué es?

–Lo siento, yo solo te puedo decir lo que significan para mí. De todas maneras, y para tu tranquilidad, esos textos no son nuestros, son de Mafhud Massís y fueron publicados por el gobierno. El libro se llama "Los poetas chilenos acusan al fascismo", un nombre ideal para limpiarse el pecho.

–Ya pero, sin esa información, puedes pensar cualquier cosa.

–Eso es problema de cada cual. Yo no puedo intervenir en el pensamiento ajeno. A mí particularmente los poemas de Mafhud me parecen muy buenos. La pieza, si te fijas, es una Trilogía. También hay un texto de Cilia y otro de Omar Lara, todos autores bastante desconocidos. Este otro es un poema de Andrés Eloy Blanco. Éste de Paul Eluard.

–Ya pero… y esto en inglés al final de la Trilogía, esto de *Because the russian love the children too.*

–Eso es de Sting. Lo pasan por la radio. ¿Qué tiene que ver que esté en inglés? –Las calles están llenas de carteles y nombres en inglés, *Turist Shop, Sea Man Club, Morro Castle.* En la pelota los comentaristas no dicen fuera sino *out* y *double play* y *center field,* y *pitcher, catcher, ampayer* o *referee, hit, punch, foul, strike, home run.* Yo que sé. Un montón de cosas–. Por suerte o por desgracia el espanglish es ya un hecho.

–Esto no es lo mismo.

–Si quieres míralo como un *collage.* No hay otra intención.

–Bueno, veré que puedo hacer porque las otras están peores. Quiero decir, son más fuertes.

–Solo ten en cuenta una cosa. El libro donde están esos poemas lo puedes comprar en la librería. Las que he escrito yo, no las he traído.

No sé desde cuando "fuerte" se convirtió en sinónimo de "crítico". Quizá porque el uso de la propia palabra "crítica", de repente, resultó demasiado altisonante. Si algo es fuerte no lo debes repetir. Te puedes buscar un problema. Estar del otro lado es fácil. Cualquier cosa es muy fuerte. El significado se ha expandido como la pólvora. Aumenta la crisis, aumentan las palabras fuertes. Al final cedió y eligió la Trilogía aunque seguro de que no iba a ser puesta en la radio jamás. –Es demasiado larga –dijo–. Las canciones radiables duran menos de tres minutos. Más que eso es difícil de radiar. A no ser en un programa especial.

La verdad nos importaba poco. Lo principal era tener una grabación decente de algo de lo que estábamos haciendo. Que se perdiera menos. Cuando llegamos al estudio nos advirtieron: –Seis horas para grabar y mezclar. No hay más – Solo pudimos grabar los instrumentos. Ni voz ni mezcla. Pero nuestro contacto, al ver el resultado, nos prometió gestionar un segundo turno. Lo consiguió. Nueve meses después pusimos la voz y lo mezclamos. No nos acordábamos de nada. Aquello fue como un parto. Tuvimos que escuchar cada fragmento un montón de veces. Bebé ya no estaba. La verdad ya no nos interesaba aquello. Así y todo lo terminamos y tuvimos un programa especial. Allí mismo en Radio Progreso. Pusieron la Trilogía completa y el periodista se lamentó que no hubiese más material para poner.

La mezcla no fue buena. Tuvimos los mejores técnicos de sonido del estudio. Así funcionan los contactos. Pero nunca habían grabado a un grupo de rock. –Tenemos cuadrada esta mecánica para la salsa pero de rock nada –decían sudando cada vez que le pedíamos algo. Había instrumentos saturados constantemente. La voz peor. No estaban acostumbrados a mucha dinámica. Si no oían subían pero, cuando subíamos de golpe, no les daba tiempo a bajar. La lógica de la grabación era también muy diferente. Muchas masas instrumentales que por ser tan pocos teníamos que grabar en distintas pistas y pasadas. En la mezcla hubo un montón de detalles que se perdieron y otros que recibieron mucho más valor que el justo.

No obstante quedamos satisfechos. Podíamos sonar bien. Con cuerpo, con fuerza, con sensibilidad y precisión. Estábamos listos para algo más serio. No habíamos trabajado en vano. Dos semanas después me pasé por el estudio a ver si me podían hacer una copia de la cinta que grabamos sin la mezcla, solo la multipista. Quizá alguna vez se podría editar.

–Ya la borramos –me dijo el operador–. Hay pocas cintas y esto funciona veinticuatro horas.

La estrella lloró rosa...
La estrella lloró rosa, al corazón de tus orejas;
el infinito rodó blanco, de tu cuello a la cintura;
el mar peleó rojo, sobre tus tetas bermejas,
y el hombre sangró negro en tu blanco soberano.

Rimbaud

El matemático cantaba su Campana a diario. La perfección de las sinusoides de dos amantes que se aman. Conviven en una campana pero no se atreven a tocarse. Comparten una ilusión platónica y viven la paranoia de que explote el día que sus carnes contacten. Bebé, además de la preciosa secuencia que hizo para la canción, con introducción incluida, improvisaba unos solos muy acertados. Preparamos bloques muy complicados entre guitarra y bajo y algunas secciones para que el matemático cantara. Resultó una pieza difícil y sumamente larga, de aproximadamente diez minutos de duración. Creo que me pasé seleccionando los versos pero es que si no, aquello no tenía mucho sentido. El texto era muy largo y la conexión entre una sección y otra requería de sendos instrumentales.

Curiosamente esta pieza fue decisiva para nosotros. Nos deshizo de Cocó y nos permitió hallar una fórmula de composición que nos satisfizo. Fue el devenir de la Trilogía. La próxima que hicimos de más de doce minutos de duración con tres poemas de autores chilenos víctimas quizá de la dictadura de Pinochet. A partir de la *Campana*, las piezas fueron todas bien distintas, largas y virtuosas.

Hicimos un montón de minutos sin parar. Un repertorio muy grande e interesante. Estábamos muy contentos experimentando. Ahora éramos un trío. Un trío con un repertorio amplio, virtuoso y potente. Con el matemático las cosas mejoraron. Cuando aparecía le tocábamos su canción y con la misma se perdía complacido. Era el momento de volver a tocar, de salir a la calle.

La primera vez fue en la calle del Abuelo. El 28 de septiembre, en la fiesta del Comité[15], él se ofreció para amenizar. Nos costó muchísimo esfuerzo trasladar todo. Invitamos a otro grupo que hacía rock progresivo y era muy bueno: Hojo x Oja. Entre los dos juntamos los equipos suficientes y compartimos la noche. Una ocasión excelente para desvelar el trabajo. No hubo público. Solo un montón de niños que se quedaron electrizados, sentados en el suelo, escuchándonos. No se movieron. Aplaudieron con la humilde gracia de su inocencia. Valió la pena. Los temas de Hojo x Oja eran muy buenos, muy virtuosos y complejos. Fue un concierto memorable.

La segunda vez fue en una Unidad Militar. Nos llevaron en un camión militar hasta allí, en medio del monte. Nos dieron comida y a tocar en un improvisado escenario en el mismo comedor. Los reclutas nos pidieron *Smoke In The Water* y *Stairway To Heaven*. No nos sabíamos ninguna de las dos. Cantamos un par de temas y el comedor se quedó vacío. Nos fuimos sin pena ni gloria.

---

[15] Comité de Defensa de la Revolución (CDR).

Después de aquello le pedimos permiso al matemático para dar un concierto en el patio de su casa. Sería solo para los amigos. Una buena oportunidad para cantar al mundo su *Campana*. Dijo que sí. No había problemas. −En quince días − concretó. Avisamos a alguna gente. Corrió la voz y se extendió.

El día señalado la casa del matemático amaneció sin agua. Se rompió la bomba. Pasamos el día entero ayudándolo a cargar agua y con las gestiones de la reparación del dichoso motor. Nos cogió muy tarde. Nos fuimos a dar una ducha y regresamos casi a la hora que estaba todo el mundo convocado. Cuando llegué, la calle estaba llena. Delante de la puerta del matemático no cabía ni un alfiler. Allí estaban un montón de amigos y muchísima gente que no conocía, muchos músicos de otros grupos, amigos de amigos, pero mucho silencio. Cuando alcancé la puerta me encontré al Abuelo recostado a la pared.

−Dice éste que no hay concierto. Que no se puede hacer la fiesta.

−¿Por qué?

−Na'. Solo dice que no se puede hacer.

Miré adentro. Estaba sentado en el sillón con un puro en la mano, largando bocanadas de humo sobre los espejuelos de sol. Ni siquiera entré. Despejamos la calle pidiendo disculpas. Nos quedamos solos.

−Bueno −dije−, es hora de irnos de nuevo.

−Mañana mismo el Abuelo está aquí a primera hora con un camión recogiendo la batería.

Así fue. Recogimos todo y nos fuimos. Jamás volví a pisar aquella casa. Otra vez paralizados. Sin campanas por quien doblar. En la calle. Pero no duró mucho. El Buda, guitarrista de Hojo x Oja, nos invitó a compartir su local de ensayo en El Patio de María. Estaban allí solos. Quedaba un cubículo disponible para guardar los instrumentos y les había llegado un rumor: Un grupo de *heavy metal* estaba luchando el local.

—Antes que a ellos —dijo—, preferimos mil veces a ustedes.

Qué pasa, qué mentes podridas nos quieren llevar a un final
en que el fuego nos caiga del cielo como llovizna infernal.
Qué pasa, qué juegos de guerra pretenden planear
qué futuro le espera al mundo ante esta amenaza nuclear.
Qué pasa, qué hocicos de acero apuntan al centro del corazón
de la paz, del amor, de lo humano y la razón.
Qué sudario se prepara, cuánto odio acumulado,
qué futuro nos depara esta amenaza nuclear.
Qué pasa, digan si es preciso que cada habitante del mundo
sea solamente una cifra perdida en planes de guerra,
digan si es preciso cargar en los hombros el ataúd de la tierra,

Título: *Amenaza Nuclear*
Grupo: Venus
Letra: Humberto Manduley
Fecha: Abril 1985

Wolf era amigo del Abuelo. Vivían en el mismo barrio y estudiaron diseño juntos. Tenía el pelo muy largo y los ojos rasgados. Caminaba dando salticos, siempre vestido de negro. Fumaba compulsivamente. Había trabajado en prácticamente todo. Lo mismo montaba las luces que un decorado, tocaba guitarra, pintaba, escribía. Era el hombre orquesta. Sus dibujos eran de rasgos muy simples pero potentes y coloridos, con una paleta de colores polarizada según una lógica importada de otro planeta. Tenía que aprender los colores constantemente a causa de un extraño daltonismo; sobre todo cuando estaba en la Escuela de Diseño, estrangulado por el modelo ortodoxo de la academia. No lo necesitó mucho tiempo. Lo expulsaron en el segundo año de la carrera. La causa, una fiesta que organizó en los jardines de la escuela con una banda de rock.

–Este país es una puta pirámide de pirámides –decía–. En lo más alto quien tú sabes: Pocholo y su pandilla. En el medio los marferlain, los que no dan ni dicen donde hay. En el fondo, nosotros, la chusma. Y esos tres niveles los puedes dividir en los que te salgan de los cojones. Siempre con uno arriba jodiendo al personal de abajo. ¿Por qué tú crees que todo es tan complicado? Porque tiene que subir hasta arriba pa' que lo aprueben y luego bajar. El sube y baja muchacho, como en el son, pa' arriba, pa' abajo, pa' la izquierda, pa' la derecha. Por eso nosotros que estamos en el fondo, en la base, como dirían los comuñangas, somos los privilegiados del descojonamiento. ¡Claro! Todo se viene abajo, no arriba.

Su discurso era según su visión. Despachaba auténticos monólogos con restos de conversaciones, fragmentos de discursos, obras de teatro. Cualquier palabra que estuviera a mano valía. Y se reía que daba gusto.

Una vez se dio la oportunidad de grabar en un estudio. Era muy poco tiempo así que lo mejor era improvisar. Wolf recitó el azufaita. ¡Oh! Azufaita. Y daba su nombre completo y el número del carné de identidad. A la niña que grababa le dio tanta gracia que fue incapaz de coger bien el nivel del micrófono. Tardaron más en eso que en grabar luego y mezclar. Según él, el azufaita era para reservarle la voz al Aceite. Él iba a resolver otro turno. –No puedes aflojar las cuerdas vocales –le decía constantemente.

Era difícil distinguir cuándo hablaba en serio, siempre con ese modo indirecto, con esa óptica daltónica. Tomando era un campeón. Nunca se emborrachaba. Tampoco se encabronaba. Sufría de un autismo expresivo. Nada iba con él. Él era su propia obra. El arte era su actitud ante la vida. Le importaba poco poner un acorde, solo lo que lograba con... el concepto. Un tipo de buenas intenciones que organizaba conciertos donde daba igual qué tocar y cómo. A Wolf le apasionaba la guitarra. Se matriculó en un conservatorio y estuvo varios años sin tener instrumento. Yendo a clases día a día y tomando apuntes para cuando tuviera la oportunidad. –Todo está cuadrao –decía–. En cuanto tenga una viola, le descargo.

Poniendo un pie en la calle, expulsado, lo cogió el verde, el servicio militar. No le importó. Pensó que podía tocar en la banda y sería tan volao que iba a estar los tres años haciendo solo eso. Iba a tocar viola en la banda. No tenían pero él iba a proponerlo y como era una idea tan genial iba a ser la banda más original de todo el ejército. La realidad fue bien diferente.

Su idea no tuvo el más mínimo éxito. Lo más cerca que estuvo de la banda fue marchando.

Un día haciendo guardia descubrió que uno de los almacenes guardaba un set completo de instrumentos: bafles, amplificadores, batería, bajo, organeta, guitarra, todo Yamaha, todo de buena calidad. Pasó la guardia entera en vilo. «Voy a convencer a esta gente. Aquí hace falta un grupo. Yo mismo le doy clases».

Al día siguiente se personó en la comandancia a presentar su irrefutable proyecto. La negativa fue fulminante. –¿Un grupo de rock en las Fuerzas Armadas Revolucionarias? ¿Se ha vuelto loco soldado? Arriba. A formación.

Wolf no se deprimió. Si no querían tener grupo allí lo organizaba fuera. «Me escapo. En el próximo permiso me escapo. Y me llevo la viola».

El día del pase esperó ser el último para salir. En la garita hacía guardia un conocido. «¡Volao! Así todo será más fácil».

–¿Qué bolero Billy Wilman?

–¿Qué tal Wolf? ¡Qué bien! A casita, ¿no?

–¿Quieres que me quede por ti?

–Si se pudiera.

–Claro que se puede muchacho. Dame acá –casi le quita el arma.

–Deja eso Wolf. Ojalá.

–Oye, me hace falta un favor tuyo.

–¿Qué cosa?

–Mira. Necesito llevarme una guitarra que hay en el almacén, al lado del comedor, pero no quiero que te metas en candela. Déjame darte un golpe en la cabeza, suavecito. Así no te pueden incriminar. Te tiras al suelo. Yo salgo con la guitarra, ya sé como sacarla del almacén, y me largo. Luego tú te levantas, das parte al oficial de guardia y... asunto concluido.

–Es una broma. ¿A que sí?

–Wolfmildón no bromea con estas cosas. ¡Es serio compadre!

–¿Tú estas loco? ¿Cómo voy a prestarme pa' eso? Si te dejo robar la guitarra soy tu cómplice y me puede costar carísimo. ¡Que va! No. Nie panimaju. Ni hablar.

–Compadre, sé razonable. ¿Quién va a pensar que estamos compinchados? Si te doy un golpe, flojito claro, van a creer que fue alguien de afuera. Yo entro desde afuera y salgo caminando pa'tra'. Tú di que te dieron por la espalda y no le viste la cara.

–¡Qué compincha'os ni qué ocho cuartos! Que va, que va. Ni hablar.

–Vamos consorte. No te pongas farruco. Mira la hora que es ya.

–No, no, no, nereida naranjo. Imposible.

–¿Seguro? ¿Tú última palabra?

–Seguro.

–Bueno, no pasa na'. Seguimos siendo socios.

Entró otra vez al albergue. ¿Se había olvidado algo? Cogió un bate de béisbol y regresó. El posta miraba a la carretera. A lo mejor pensando en lo que Wolf le había propuesto, quizá lo había olvidado. De seguro cagándose en la hora que le tocó estar allí de guardia, en ese momento y en ese lugar. Oscurecía. De un momento a otro los mosquitos vendrían a la carga. El atardecer era su horario de paseo preferido. Wolf se escondió entre los arbustos. En el primer descuido le asestó un batazo por el casco. Tan duro como para hacerle perder el conocimiento y tan suave como para no hacerle daño. «No lo había querido así pero... quién te manda a ser tan atravesa'o». Se desmayó. Wolf fue al almacén y sacó la guitarra. Tenía que entrar y salir por una ventana pero se las arregló y lo hizo viola en mano. Cuando llegó a la posta de nuevo, el recluta se recuperaba del golpe. Lo ayudó a levantarse, lo sentó y se despidió «Tú lo has querido».

El recluta en cuanto recuperó el habla llamó al oficial de guardia y denunció el robo. Con todos sus pormenores.

La Rampa no es una calle,
La Rampa es un estado de ánimo.
De modo que La Rampa
puede ocurrir en cualquier parte.
En cualquier lugar de la Habana.
En cualquier ciudad de Cuba.
                    Mario Trejo, *La Rampa. Anatomía de una calle*

La Rampa fue un símbolo de modernidad y desenfado urbano, demográfico, estético. La Rampa significa Habana Libre, becarios, estudiantes, una planta de radio y televisión, técnicos checos y soviéticos, una funeraria que despacha café y bocaditos de jamón, modelos de cabaret, un banco de sangre, una agencia periodística, losas de Lam, Portocarrero, Amelia, Mariano en las aceras, el cine Yara, La Cinemateca, el Pabellón Cuba, teatros, el Mandarín, el Moscú, el Polinesio, Wakamba, Las Maracas, el Centro de Desarrollo de la Moda, la Casa de la Cultura Checoslovaca, la pizzería Vita Nuova, el Siete Mares, músicos, policías, bailarinas, bares, ministerios, agencias de aviación, la escuela de Economía, el Quijote y una enorme heladería de hormigón que parece un OVNI, el Coppelia, a pesar del tiempo y las ausencias.

Salón Rojo del Capri, Caribe, Pico Blanco, El Gato Tuerto, La Zorra y el Cuervo, el Parisién, música, baile, *feeling*, no se duerme, para eso está el día. En Coppelia, el botón principal del satinado traje de La Rampa, las colas no terminan. Empezaron un día y se han mantenido hasta entonces. Estudiantes de la Universidad de la Habana, del pre del Vedado, de la Escuela de Enfermería, becarios de pase, constructivistas que crujen el algodón del pulóver de su hermano pequeño para marcar los bíceps afeitados y lustrados, chicas con licras transparentes, brillantes, ajustadas, imposibles de ignorar, una segunda piel, una descripción explícita de la carne, Michaeles Jacksons deslizándose en la acera, bailadores de *break dance* haciendo tornillos de cabeza en el asfalto, locas nerviosas, en puntillas de pies, mirando y no viendo, pavoneándose ante los hérculitos, listas para salir corriendo. La Rampa es lo que fue, solo memoria.

Muy cerca del Coppelia, en los estudios de televisión, trabajó el Abuelo como escenógrafo. Justo enfrente vivió una actriz que estuvo muy loquita por él. Pelirroja, con un bigote rojo imposible de depilar, ni esconder. Eso fue lo que enfermó al Abuelo «Le tostaba ese mostacho». Eso, las amplias caderas, el culo descomunal, las teticas empinadas, la estrechez de la espalda. Apenas tuvieron palabras. Un día, después de almorzar, cruzaron la calle directos a su apartamento. Nada los detenía. Ese día no volvieron al trabajo y durante los próximos hicieron la digestión uno dentro del otro.

—Hazme el mira quien viene —le pidió un día ella.

—¿Eso qué es?

—Yo me pongo en el balcón, tú me la metes por detrás y singamos mirando a La Rampa, pero no te vengas antes que yo.

—Eres una loca.

La cosa duró hasta que botaron al Abuelo del trabajo. En realidad no del todo, más bien lo exiliaron, lo mandaron a rodar una serie a la Ciénaga de Zapata. Iba por tres meses pero una gastroenteritis lo devolvió en dos semanas. Siguió hundiendo su verga tibia en el húmedo bollo de su compañera, en su culo, en su boca hasta que no pudo más. Su jefe era el novio de su amante. Los había visto en el balcón, mirando a ninguna parte, como si tal, pero él sabía de qué iba la cosa. Su novia Nela también se lo ponía difícil. Consciente de lo sosa de su relación decidió echarle un poco de sal y empezó a aparecer por el estudio sin avisar.

—Esto no puede seguir adelante. Tiene que acabar —le propuso él un día a la vikinga.

—Yo estoy enamorada de ti, ¿sabes? Lo dejaría todo por ti si me lo pides.

—Nadie quiere que dejes nada. Todo esto es demasiado complicado. No puede ser.

—¿Ya no te gusto? Y hazme el favor de no hablarme más como si fuera otro coño.

—No es eso. Los dos tenemos una vida paralela y este mundo no está hecho pa' eso. No quiero que tu novio me destierre más por ahí para que me coman los mosquitos. No quiero hacerle daño a Nela. No quiero lastimarte a ti. No quiero estar en esta zozobra constante. Es mejor dejarlo.

—Si me dejas me mato —le dijo y salió corriendo al medio del malecón sin mirar el tráfico. Un mejillón, un Ford del año de la corneta, por poco la atropella. Se desmayó delante.

No fue fácil dejarla. Tuvo que esperar un mes más. A ella la mandaron a Italia a rodar una película. No regresó, desapareció, y La Rampa volvió a ser lo que era, un montón de desconocidos Rampa arriba, Rampa abajo, sin los mostachos rojos, con muchas más ausencias y ese hormigueo inagotable a todas horas.

El arte es largo y el tiempo corto.

Baudelaire

Wolf tenía guitarra. Al fin podía practicar lo que aprendió en la escuela de música. Se la enseñó a todos los socios. –La viola de la unidad –decía. Pero la fiesta duró menos que un merengue en la puerta de un colegio. Esa misma noche lo detuvieron.

Las condenas militares se cumplen en prisiones militares y aunque los delitos son comunes, el rigor es mucho mayor. Le hicieron un juicio sumario más bien informativo. La condena fue terminar el servicio militar en la cárcel. Cuando se enteró su madre no paró de llorar. El padre solo dijo: –Se lo merece – Su hermano lo miró detalladamente. No lo reconoció. Sus amigos prometieron escribirle. Las visitas eran solo para los familiares más cercanos.

Nunca habló nada acerca de su vida en el tanque. Para él solo fue una pesadilla, un sueño malo. Aprendió a soldar. Se encaramaba donde nadie se atrevía. No respetaba las normas de seguridad. Hizo los trabajos más peligrosos. Fue Spiderman hasta un día que por poco se electrocuta. En lo alto de una torre le cogió una descarga eléctrica y aterrizó de espaldas. No se mató de milagro. A partir de ahí no le estaba permitido trabajar. Lo mudaron a la enfermería con autorizaron para pintar. Pasó el tiempo restante pintando un autorretrato en una sábana. Un árbol cuya foresta era su cabeza fragmentada, detallada y distorsionada por una lupa y el tronco un cuello seco y escamoso que se clavaba en la tierra profundamente con miles de brazos. Por su buen comportamiento lo liberaron antes. Llegó a casa con un tatuaje en el brazo. Una viola Gibson. Regaló el retrato a su madre que se deshizo en llanto y se hundió en la desidia.

Por primera vez Wolf no quería hacer nada. No quería trabajar. No quería escuchar música, ni tocar. Nada, no quería nada. Solo ver el tiempo pasar. Pasaba largas horas tirado en su jardín olvidando muchas veces las comidas, ahorrando las palabras, reservándolas.

–Han venido a verte.

–No estoy pa' nadie.

–Ay hijo. Así no puedes seguir –pero ya no había más palabras.

Un día se pegó una plancha caliente en el hombro. No mas tatuaje. La quemadura fue violenta. Le levantó la piel y la dejó marcada para siempre. Wolf no protestó. La raspó diariamente con alcohol y algodón para que no se infectara. Adiós guitarra. Es hora de empezar de nuevo.

–No me esperen hoy. Posiblemente no vuelva.

Quien sabe qué pasó por su cabeza cuando se marchó. Solo él lo supo. Al cabo de unos meses regresó: –¡Cómo has cambiado! –¿Dónde dejaste el tejo? –Él apenas sonreía. Fue entonces cuando el Abuelo le regaló su viola. –Wolfformein – le dijo abrazándolo– toma. Toda tuya. A ver si haces un piquete de pinga de una vez –La guitarra estaba casi nueva, una Höfner negra.

Wolf empezó a prepararse para tocar. Se subía en uno de los frondosos árboles del parque, al lado de su casa, y practicaba el día entero una a una todas las lecciones acumuladas en su memoria reservadas para este momento. No iba a la casa ni siquiera a comer. La madre le llevaba la comida a su árbol. Con el tiempo, ni siquiera a dormir. Estuvo tres días enteros sin bajar de allí. Todos los vecinos y la policía se acercaban para persuadirlo: –¡Compañero!, haga el favor de bajar del árbol. Ahí no puede estar –gritaba el policía por su megáfono–, está alterando el orden público y dañando la propiedad social. Si nos obliga a bajarlo de ahí podemos arrestarlo por desacato a la autoridad –Pero a él de qué le iban a amenazar. –Hazlo por tu madre mijito, bájate de ahí. –Chico no te busques más complicaciones de las que ya tienes. –Oye que el que nace pa' martillo, del cielo le caen los clavos –Hacía oídos sordos. La policía y toda la *people* terminaban marchándose bajo las súplicas de su madre hasta el día siguiente. Al tercer día bajó. La gente aplaudió. Fue derechito a casa del Abuelo. –Ya estoy listo.

Así fue como empezaron los dos. El Abuelo tocaba el *drum* desde los días de la escuela de diseño aunque cada vez menos. A él tampoco le preocupaba lo concreto sino lo general. Tocaron por pasar el rato, por experimentar, por compartir sin mayor pretensión. Esas prácticas inconscientemente devolvían a Wolf a la normalidad, le ofrecían un nuevo lenguaje para expresarse en un mundo donde solo habitaba un subconjunto minúsculo de la realidad.

Él y su padre nunca definieron claramente sus posturas pero era evidente: cada vez se tragaban menos. Su padre era militante del partido y estaba al frente de un departamento de arquitectura de un organismo importante. No había peleado durante la guerra, era muy joven, pero fue de los primeros que el gobierno graduó en la Unión Soviética. De ahí también se importaron sistemas de construcción completamente anti-tropicales y ajenos a la tradición, pero aparentemente más económicos y funcionales. Lo barato sale caro. El diseño de una ciudad entera se reducía prácticamente a colocar una serie de módulos convenientemente, como en un juego de cubos. Según Wolf su padre se dedicaba a eso, a jugar a los dados, a encerrar a la gente en espacios que, por muy funcionales que fueran, los ahogaba de calor y hacía insoportable la convivencia con los vecinos. Quizá en Yugoslavia la gente es más tranquila pero en la Habana los vecinos ponen la televisión o el radio a todo meter, viven con la puerta abierta y conocen uno a uno a todos los que habitan, no solo en su bloque, sino a varios kilómetros a la redonda. Su padre viajaba con más o menos frecuencia. Tenía una casa cuidadosamente decorada: tumbonas de mimbre, plantas exóticas, cuadros en las paredes de pintores reconocidos. Lo tenía todo. Al menos eso creía él.

—Asere tengo un osorbo de tres pares de cojones.

—No jodas. Lo único que no tiene remedio es morirse compadre —Wolf sabía lo que decía.

—¿Tú sabes que me piro?

—No, ni idea.

—Sí, con Cusito, Lázaro y los gemelos.

—¿Y cuál es el problema?

—El problema es que mañana tengo que pasmar el bille pa' la balsa y nos faltan 1000 pesos. El consorte lleva esperando por nosotros una semana y dice que si no le llevamos el baro mañana se la vende a otro que le paga al momento. Te lo devuelvo como mucho en una semanita.

—Dinero, constante y sonante yo no tengo… pero igual sí algo que puedas vender por esa cantidad.

—Coño monina, te lo agradecería infinitamente.

Wolf se quedó pensando a ver qué podía vender por esa cantidad.

—Unas ruedas de polaquito.

—¿Cómo las del Fiat de tu padre?

–Sí.

–¿A ver quién necesita ruedas de polaquito, a ver?… ya sé, Armandito el bodeguero.

–¿El bodeguero tiene un polaquito?

–El bodega es tremendo punto, se lo compró a Chucho.

–Bueno, espérate aquí un segundo, voy a buscarlas y vengo ahora.

Se fue a su casa. El padre no estaba. No tenía repuestos, solo las que llevaba puestas. «Ñó, de pinga tener que sacar las ruedas y llevarlas hasta allí. Pero si me llevo el carro completo entonces sí que le hago tremenda mariconá al puro». Con un gato fue levantando rueda a rueda, sacándola y dejando en su lugar una caja de cerveza plástica. Cuando terminó llevó las ruedas de dos en dos.

–Coño Wolf, no sabes cuanto te lo agradezco. Eres mi salvación. El lunes mismo te devuelvo el dinero, …con intereses fíjate, con interés y to'.

–De todas formas cuadra con el Mandi a ver si es posible luego comprárselas de nuevo.

–*No problem*. Muchas gracias mi hermanito.

Cuando el padre se enteró lo denunció a la policía. El propio agente le recomendó que acudiera al psiquiátrico. Su hijo estaba fuera de su jurisdicción. –La semana que viene están las ruedas aquí muchacho. Hazme caso –al final desistió. Wolf nunca dijo nada pero, estando preso, recibió varias sesiones de electroshock. No podían controlarlo. Fue la forma que encontraron de someterlo. Su padre lo sabía.

Si uno de los deberes del intelectual revolucionario es no caer en actitudes que luego le provoquen una mala conciencia social, otro no menos importante es no inventarse una mala conciencia y sobre todo no permitir que otros se la inventen.

Mario Benedetti

Después de aquel estudio, Venus siguió cantándole al peligro nuclear, a la contaminación y a los fantasmas de la guerra. Probablemente ni se enteraron, pero yo sí y no me dejó indiferente. Me hizo bien reflexionar sobre mi condición de voz y voto. Es bueno saber donde marcan los límites. Solo si los controlas podrás calcular cómo saltarlos. Observando las barreras oficiales puedes reajustar tus fronteras. El que hizo la ley, hizo la trampa.

Muchas veces nos quedamos muy lejos del castigo. Nos agazapamos en una zona libre donde la libertad es una deuda y la palabra, cómplice. ¿Autocensura voluntaria? Sin conocimiento de causa. La pelea está mucho más lejos, allí donde el poder se reafirma. La censura no tiene gracia, es solo un mecanismo de reafirmación del poder[16]. Más que

---

[16] En un artículo publicado en el mes de octubre del 89 por el Caimán Barbudo titulado "Pequeña Teoría de la Censura", Víctor Fowler escribe «El político está obligado a velar por un destino colectivo, a pensar como la comunidad y tiene la obligación de

prohibición, manipula la imagen de sus relaciones. Torien dice en su tesis «Mediante la censura, el poder impone un enfoque jurídico de sí mismo, pintándose como el único apto para trazar el límite; y de esta forma reduce todos los modos de dominación, sumisión y sujeción solo al efecto de la obediencia». La manipulación abriga las prohibiciones del poder pero también negocia sus tolerancias.

El proceso de descontextualización de los objetos multiplica la pluralidad de significados según las nuevas relaciones que establece y ha demostrado ser un método eficaz de discurso, una herramienta eficiente para birlar la censura. El propio objeto por sí solo puede carecer de significado. Es su relación con otros objetos lo que le otorga significado, le convierte en un objeto interpretable.

Titular del Granma: "DE FRENTE A LOS LOGROS". La noticia viene acompañada de una foto. Los máximos dirigentes del gobierno y de la provincia de Santiago de Cuba están en un mirador, en una montaña, desde donde se puede ver una

---

propiciar el aceleramiento del cerebro colectivo para que llegue hasta donde ha podido hacerlo él.

Ahora bien, el hecho de que no todos sean ni remotamente grandes artistas obliga al poder a establecer y regular la existencia de un mecanismo de protección social: la censura, mecanismo que está en manos del político. A este respecto no merece la pena discutir la legitimidad de que el poder prohíba determinados pensamientos que considere peligrosos para el mantenimiento del orden en la sociedad. En el campo del arte y la literatura, tal y como hemos visto hasta ahora, no existe la inocencia y ningún pensamiento es, estrictamente hablando, artístico-literario únicamente. Dada la inevitabilidad y necesidad del mecanismo de censura lo importante es determinar con criterio científico cuáles políticos van a realizar las funciones de dirigir/censurar la producción artístico-literaria del país en cuestión».

La crónica se basa en los argumentos teóricos del fundador del Partido Comunista Italiano Antonio Gramsci. Según Fowler, Gramsci sitúa las cosas en su lugar con agudeza y valentía: «... en las masas en cuanto tales, la filosofía no puede vivirse sino como una fe.

También deriva la necesidad de establecer el mecanismo de reforzamiento de la fe: la propaganda política» –concluye Fowler.

gran explanada. Todos están de espalda. La explanada está vacía. ¿De espalda al presente? ¿No hay logros? No hay nada que ver sino un enorme valle. Éste es un titular de prensa más. Seguramente no reparamos en él. Hay miles del plan alimentario: Sobrecumplimiento del plan de producción vacuno pero la carne no se ve ni en los centros espirituales hace años, sobrecumplida la producción de azúcar y la cuota de azúcar de la libreta de abastecimiento (que en realidad es de racionamiento) disminuye media libra. La noticia en sí es un eufemismo del progreso: contingentes, industria, construcción. Da la impresión que vivimos en otro país. La noticia no es lo que hay, sino lo que quisieron que fuera y no fue.

La misma fotografía la vi en una exposición. José Toirac la pintó tal cual en un lienzo. Aumentó la dimensión a dos metros por uno y la escaló tal cual, en blanco y negro. DE FRENTE A LOS LOGROS. ¿Cómo pudo pasar inadvertida? Nos limpiamos el culo con la página entera. No hay papel. El contra-significado va a la cloaca, a la playita del chivo. El lienzo de Toirac hiperboliza el mensaje, surge como una coartada semántica para ejercer la crítica, como estrategia para emitir otra señal, para llamar la atención. El artista es consciente de su exposición al mecanismo de demolición instrumentado y lo pone a prueba. "Si te despreocupas del mago, te desaparece. Canta bonito para que veas qué rápido sale en la tele".

La censura impone mayores retos. Es imprescindible leer entre líneas, contextualizar tus propios significados de los objetos. Total, hemos aprendido a decir lo que no es pero quiero que entiendas.

La pared donde mataron al subversivo,
la pared donde ese día ponen flores,
la pared donde el 26 cuelgan una bandera,
la pared donde Víctor se masturba,
la pared donde Eva y Fefa se amaron por primera vez,
la pared de colas interminables,
la pared del lado de la sombra,
la pared donde asaltaron a Jorge,
la pared donde amaneció ABAJO QUIEN TÚ SABES,
la pared de enfrente del sector,
la pared que no deja ver el otro lado.

La Pared

We can be "Heroes"
Just for one day.

David Bowie

Hicimos algunos experimentos Dadá. Concatenamos fragmentos de textos escogidos al azar, de poemas, del periódico, de la calle. Algunos resultados fueron asombrosos. Al final llegué a la conclusión de que el problema no está en los textos, sino en el contexto. Para decir lo que se quiere no se tiene que escribir exactamente como se dice, depende del entorno. La palabra Tengo seguirá siendo diferente para Guillén y para mí. Las palabras ya no son lo que eran. Se adaptan. El poder las manipula a su antojo y conveniencia.

Por ejemplo, la palabra Revolucionario. Hay que tener mucho cuidado. La emplea el gobierno constantemente. Tiene un significado oficial. Pero no siempre fue así. Hoy esa palabra significa simplemente estar con el Partido Comunista, estar con el gobierno. En boca del aparato político ha perdido su legítimo significado transgresor, dialéctico. Hemos perdido el adjetivo. Ya no nos pertenece.

Yo soy revolucionario.
Tú eres revolucionario.
Él es revolucionario.

Nosotros somos revolucionarios.
Vosotros sois revolucionarios.
Ellos son revolucionarios.

El pueblo es revolucionario.

Revolucionario es dar el paso al frente.
Revolucionario es ir a matar al África.
Revolucionario es creer en Dios.
Revolucionario es ser como el Che.

Revolucionario es convertir el revés en victoria.
¿Revolucionario es revolucionario?

Así la palabra Gusano significó contra-revolucionario. La utilizó el discurso oficial para distinguir a los que se iban del país. Como los llamaba mierda, carroña, escoria, lumpens, la palabra adquirió, de facto, otra nueva familia de sinónimos. Un día les permitió regresar a la isla de vacaciones creando así una situación contradictoria. "La Comunidad" fue la solución sintáctica que encontraron. A partir de ese momento los gusanos se convirtieron en la comunidad cubana en el exterior y como venían a dejarse los dólares, también hizo falta inventar un nuevo billete de cambio, sin ningún valor, un papelito válido solo en territorio nacional, con una mariposa impresa. El gusano se convertía en mariposa. Podía volar, ostentar, posarse en cualquier flor (todas abiertas de par en par).

Estas prostituciones semánticas han sido sistemáticas. Su objetivo siempre el mismo: crear la ilusión de un nuevo significado, justificar la negación de la negación, distorsionar la realidad. La herramienta: una vieja palabra para un antiguo significado, un trueque semiótico para conservar la dialéctica estática.

Los versos anteriores nunca llevaron música. Hubiera sido un suicidio. Esa palabra. Justo esa palabra no ha sido liberada aún por el lenguaje oficial para utilizar su legítimo significado.

El hombre se para junto a la Miami,
las persianas, escamosas y despintadas,
ilustran una historia de colores gastada
ahora sin importancia.
En el suelo el ron bate la escasa piedra de hielo,
a lo lejos el mar agita las constelaciones
que el hombre junto a la miami desconoce,
a su espalda la televisión revuelve el último noticiero,
el locutor lee desesperadamente las nuevas,
tema con variaciones,
llega a la última línea,
retorno del carro,
repite,
repite.

En la sala un niño repite líneas,
debo portarme regular,
el hombre levanta el vaso del mar,
cierra las estrellas,
apaga las persianas,
las líneas repiten un niño.
En el suelo la constelación bate la miami,
el locutor desconoce desesperadamente
las últimas piedras,
el hombre junto al televisor
ilustra sin importancia
un hielo de historia escamosa,

a lo lejos, los escasos colores despintados,
bebe una historia,
se para,
se para.

Tener algo que decir, puede ser motivo para callarse. El Silencio puede matar. El Silencio es una forma de presencia, el contrapeso del discurso cuya forma de estar es la omisión.

Para nosotros la música hizo las veces de Silencio como una alternativa de continuidad, de supervivencia. El valor formal del Silencio denota actitud. Una posición conceptual para discursar un planteamiento ideológico.

¿Cómo se puede gritar sin que te tapen la boca? ¿Cinismo? ¿Hipocresía? Convertir la retórica en un meta-lenguaje ambiguo y plurisemántico es prolongar el juego proclamando el miedo. No entiendas lo que te digo sino lo que quiero decir. Es práctico. Funciona como un reloj, pero tiene sus consecuencias. La hipocresía. Hará falta muchos años para devolverle el sentido al lenguaje. Para eliminar de la expresión el temor.

El cinismo a cambio ofrece la posibilidad de pelear con las mismas armas de tu adversario. Una argucia de la oposición. El propio discurso oficial, sacado de contexto, adquiere otro significado que incluso puede revertir el original.

Como al clavo
*   me dieron*
*   siempre*
*   en la cabeza.*

Entonces me hice córneo
abismante
profundo.
Pude romper el fémur de Dios y le quebré una costilla.
Y de tanto golpear
            se jodió
                        el martillo.

Si en vez de darme en el cráneo

                        me dieran en las bolas,

        el martillo anduviera
        Aún
        vivo y coleando,
                    o haciendo
                            el amor
                                    en las ferreterías.

        Por eso
        hay quienes
        aseguran
                que nadie es profeta en su tierra.

Mafhud Massís, *Nadie es profeta en su tierra*, 1917

La apropiación funciona precisamente porque no existe una única lectura. El contexto forma parte del significado. Emisor, receptor, contexto. La regla es simple. El cinismo aplicado directamente necesita de un proveedor del mensaje. Alguien aceptado por el censurador oficial. Si forma parte de su propia propuesta y devoción mucho mejor. En este caso ni siquiera hay cuestionamiento. Pero inclusive cuando es imposible rechazar nuestro propio mensaje siempre podemos acudir al recurso de la ficción. Creamos un emisor. El ente que se responsabiliza de los daños y perjuicios. La ignorancia probablemente pasará por alto este detalle.

¿No hay motivos para callarse? La mudez es un recurso de la acción.

En su cuarto lo acechan los derrumbes.
Ya no sabe si la araña que trepa por su brazo
es producto de su imaginación,
Torturado sospecha que fue niño
y no hay vuelta que darle.

Cilia, *Delirium Tremens*, 1926

"Nadie es profeta en su tierra" y "Delirium Tremens" sirvieron de texto, con alguna pequeña adaptación, a las dos primeras partes de la Trilogía.

Demasiado joven para morir
Demasiado borracho para seguir viviendo.

Jethro Tull

—¿A que no sabes a quién cogieron preso? —me preguntó Bebé un tanto afligido.

—¿A quién?

—Al Calabaza.

—Y eso, ¿por qué?

—Lo partieron fumando marihuana.

El Calabaza era uno de los fans incondicionales de Bebé. Tenía un séquito de gente loca por tocar la guitarra como él. El Calabaza era uno de ellos. Nada más conocerlos Bebé les aplicaba la primera lección: llevarle la guitarra. —Así se van identificando con el instrumento —Prácticamente se convertían en su sombra. Daba igual la edad. Daba igual que fuera más joven o más viejo que él. En la segunda fase les enseñaba unos ejercicios de escalas que él mismo se inventó con aquel palo con los trastes marcados. No había más etapas. De este último nivel nadie pasaba. Terminaban cansándose. De acordes, por supuesto, nada. Pese al nivel pedagógico de Bebé, todos esos incondicionales le seguían a todas partes y le reían los pujos. Una vez se me acercó uno: —¿Quieres que te lleve el bajo? —

Evidentemente se había corrido la voz. La escuela ambulante de Bebé se extendía.

Según parece el Calabaza fumaba con dos amigos un cigarrillo. Cuando el canuto ya le quemaba los dedos apareció la policía. Sus colegas no pudieron darle una señal para que lo botara. Lo prendieron a él. A él solito. *In fraganti*. Con la mano en la masa. Ese diminuto cabo fue suficiente. Le echaron dos años. Por tenencia ilegal de drogas, por desvinculación laboral, por peligrosidad[17]. Por todo lo que quisieron le jodieron la vida al pobre Calabaza.

Me vino a la cabeza Cocó. Aunque lo de él fue más *heavy*. Le creció hierba seca en el bolsillo. Así, de repente. Estaba tomando con unos socios en una cafetería en Alamar, donde vivía. En la mesa de al lado se cerraba un bisne de maría. La policía lo sabía pero llegó tarde. Preguntaron a los empleados del local. –Es ese mulato de ahí –Para colmo sin trabajo. No volvió a tomar en su vida. Fumar, que no fumaba, si fumó. Solo maría. Pero tomar, nunca más. Ese día bebió los buches de cerveza más caros de su vida. Lo peor es que Cocó era un tipo sano. Su única droga era la FM. Nunca se había metido un peta en la boca.

---

[17] El artículo 77 de la Constitución Cubana dice –El estado peligroso se aprecia cuando el sujeto concurre algunos de los índices de peligrosidad siguientes: (f) la vagancia habitual. Se considera en estado peligroso de vagancia al hombre en edad laboral, apto física y mentalmente para el trabajo que injustificadamente, y sin hallarse incorporado a la escuela del sistema nacional de enseñanza o a centro de calificación profesional a cargo de organismos estatales, se mantiene desvinculado de toda actividad laboral, y viviendo, por lo mismo, como un parásito social del trabajo de los demás;
(g) la conducta antisocial. Se considera en estado peligroso por conducta antisocial al que, habitualmente, mediante actos de violencia, o frases, o gestos, o por otros medios provocados o amenazantes o por su comportamiento en general, quebrante o ponga en peligro las reglas de la convivencia socialista, o burle derechos de los demás o perturbe con frecuencia el orden de la comunidad.

El policía de la esquina se descarga con el *punching bag* de su mujer un día si y otro también. El vecino de al lado se mantiene curda... desde que la cogió. El otro, oficinista, impone disciplina a sus hijos a cocotazo limpio. No sé como mantienen la cabeza redonda. Viene estresado el pobre. Mucha tensión por los planes que le caen de arriba y nunca puede, ni podrá, cumplir. Un estibador que conozco desayuna rigurosamente su litro de aguardiente de contrabando. Quizá así el bulto pese menos. El Calvo se masturba mientras su vecina se desviste al otro lado de la ventana. No pasa nada. El vicio tampoco es lo que era.

Esos dos años le cambiaron la vida al Calabaza. La ética de la cárcel es rígida y se lleva a rajatabla. No hay lugar con mayor número de fronteras. Saltarlas te puede costar la vida, aún cuando no la hayas visto. Hay que estar siempre alerta. Con el culo apretado. Porque allí, como en la calle, solo sobreviven los más fuertes. La vida importa una mierda.

El Calabaza era muy joven pero muy listo. Sobrevivió traficando tabaco y cigarros. Era rico. Lo respetaban. Compraba, vendía y controlaba. Cuando salió cogió una balsa y se largó. Había hecho dinero suficiente. Ya no pertenecía a ninguna parte.

No sé ni cómo, ni por qué, nos invitaron a tocar en el Pabellón Cuba. De teloneros de Guaicán, un grupo muy ortodoxo salido del movimiento de la Nueva Trova. El Pabellón Cuba es una institución cultural estratégicamente excepcional ubicada en La Rampa.

Otra vez los textos. El productor-censurador del espectáculo paró una docena de veces el ensayo exigiendo explicaciones e interpretaciones. –Aquí no puede haber nada improvisado –decía–, yo estoy enamorado de mi culo. Tengo que cuidarlo.

Con mucha paciencia le copiamos las letras y le narramos una versión adaptada de cada una. No obstante desconfiaba. No quedó nada convencido. Ninguna pieza le parecía apropiada. Estaba hasta los cojones de su impertinencia. Si no le gustaba ¿Por qué no buscaba a otros? No nos íbamos a morir por no tocar. Ni siquiera pagaban. Era una lástima, pero aquel tipo se estaba pasando. Nos la aplicaba sin piedad. –¿Éste se cree que tiene un diamante en el culo o qué? –me dice Bebé en una de sus intervenciones–. Que se lo meta por donde le quepa –Efectivamente. Que se lo meta.

–Mire –le dije– estos textos no dicen nada que no pueda ser escuchado. Todos y cada uno de ellos han sido publicados por el gobierno. Aquí no hay nada que pueda comprometerle políticamente. Aquí nadie se ha ido del país, ni tiene ningún problema. O van todos o no hay nada.

La bronca fue tremenda. Él tampoco estaba en situación de exigir. No tenía sustituto, ni tiempo, ni razón. Al final casi cedió. Solo apartó un par de canciones. Con cara de disgusto, incómodo. Prefería los instrumentales. Menudo productor.

La sesión previa al concierto fue tan estúpida, tediosa e insoportable que nos dejó completamente fritos. Dolor de cabeza, desaliento y la sombra de ese tipo manipulándolo todo con una soberbia celestial. Cuanta prepotencia y mediocridad. Había que hacer algo. Si no para qué presentarnos.

Llegamos justo a la hora de empezar. El Abuelo con un *jean* lleno de manchas de pintura, huecos, descosidos y parches con distintas telas de muchos colorines, un pulóver blanco también repleto de enormes agujeros y unas sandalias de cuero ya sin forma. Bebé le cogió ropa prestada a un hermano militar de tropas especiales. Un pantalón de camuflaje, un pulóver verde olivo y unas botas va-que-te-tumbo perfectamente lustradas. Yo me puse un pijama del Abuelo de rayas azules, blancas y rojas, descalzo. Nos trajo su madre en el Peugeot y fuimos corriendo al escenario. El productor nos vio ya con los instrumentos en la mano. Estaba nerviosísimo, con el rostro completamente desencajado. –¿Y esto qué cojones es? ¿El circo? –le oí preguntar desde abajo. –Que abrimos –le respondí.

Y empezamos a sonar. Más fuerte que nunca. Aquello estaba lleno. Completamente rebosante de peludos, punkies y rapados. Parecía una fiesta de disfraces. Enseguida la gente enganchó y se formó la fiesta. Tocamos sin parar, empatando un número con otro. En uno de los eternos solos de Bebé me acerqué al borde de la tarima, a la primera fila de aquella gente que se agitaba completamente conectada. Para sorpresa mía, solo un poco apartado del escenario, debajo de los bafles estaba el productor meneando la cabeza. Aquello era un éxito. Sonamos potentes. Con un audio muy bueno apoyando. Siempre le estuvimos agradecidos a este grupo de la trova por su colaboración. Ellos mismos nos monitorizaron el sonido de referencia en directo. Se oía todo claro y fuerte. Tocamos emocionados. Cuando llegamos al final del repertorio pactado y paramos la gente seguía gritando y pidiendo otra. Miré al productor y asintió con la cabeza. Menudo oportunista. Entonces continuamos con la parte censurada inicialmente. El animó creció. Hice coros con frases para que el público interviniera. Todo fluía. Bebé fraseaba y luego coreábamos. Improvisamos más que nunca. Por supuesto, no pasó nada. Ni en ese momento, ni después. Finalmente nos llegó la señal. Había que parar para dejar sitio al grupo anfitrión. Llevábamos media hora de más. Cerramos bien fuerte y por primera vez nos fuimos los tres a saludar al público. La gente gritaba, pedía más.

Al fin nos sentamos en el improvisado camerino, detrás del escenario y llegó el productor. –¡Felicidades!, los felicito, nada que ver con el ensayo, ¡Qué bien! –y con la misma desapareció. Para siempre. Nos cambiamos y salimos. Se había vaciado bastante aquello. Nos fuimos en silencio, digiriendo aquella experiencia. Entonces se nos acercó un tipo rarísimo, feo con roña.

–Coño compadre, ¡felicidades! Nos ha gustado una pila. A mí y a mis consortes –nos dieron la mano–. ¿Dónde ensayan?

–Ahora no tenemos local, estamos buscando, quizá el próximo sea el Patio de María.

–¡Coño qué volao! Pero creo que ahora está lleno.

–No jodas –exclamó Bebé.

–Esta semana entró un piquete de *heavy*. De todas formas yo siempre ando por ahí. María es socita mía. Si se desocupa un local les aviso.

El Muppet, como le decían, garabateó mi teléfono en su mano. Tenía unas trencitas más bien cortas y gruesas pero dobladas a la mitad, todas en forma de eles. La cara llena de granos y solo unos pocos dientes en la boca. Se fueron y nos quedamos un rato a ver a los anfitriones. Entonces se acercó un negrito muy bien vestido.

–Hola, ¿qué tal? Yo soy Douglas. ¿Quién de ustedes es el director del grupo? –de repente aquel tipo nos ponía en un aprieto. No había director. No nos había hecho falta.

–Si solo somos tres –le respondí.

–No sé. Disculpen. Pensé que había alguien al frente. Los felicito. Me ha gustado mucho. Yo estoy organizando un proyecto. Se llama Amor de Ciudad Grande. Es por un escrito de Martí. Somos varias gentes, entre ellas algunos poetas, pintores, una chica de teatro y un escultor. Estaba pensando que quizá les interesaría participar. No tenemos músicos.

–¿Y tienen dónde ensayar? –preguntó Bebé.

–Eso no es problema. Tenemos muy buena relación con la Casa de la Cultura de Miramar.

–Es importante antes, ver exactamente qué es lo que hacen –dijo el Abuelo.

–Muy bien. El jueves de la semana próxima tenemos una reunión. Lo hacemos semanalmente. Es en mi casa. Están invitados.

–Ok.

Nos dio la dirección y nos despedimos.

–A mi me importa tres cojones la poesía, seguro son una tonga de pedantes, pero si tienen local de ensayo podemos seguir –analizó Bebé–, a lo mejor hay alguna poetisa en talla pa' darle una buena puñalá de carne.

–Puede estar bien –dijo el Abuelo– si son gente con buenas ideas igual merece la pena mezclarse. Se podrían hacer *concerts* con luces, una onda multimedia.

–Sí, puede estar bien. Veámoslo con nuestros propios ojos.

Y cuando, en fin, todo está dicho, puesto el sombrero, al hombro el saco, viene el adiós.

Eliseo Diego

La Nena pintaba. Si el cuarto del Aceite estaba siempre rega'o y lleno de pintura por to' los la'os cuando la Nena se fue a vivir con él no te quiero ni contar. Aquello olía que no sé cómo podían dormir allí, en aquel colchón en el suelo rodeados de tantas cosas y con ese olor a pintura. Pero siempre estaban encerrados allí. En su mundo. Afuera los padres del Aceite seguían jugando a matarse cualquier día y la armaban a cualquier hora. Pero a ellos dos todo parecía importarles poco allá dentro. El Aceite con su música, escribiendo, soldando circuitos y ella pintando. Parecían hechos el uno para el otro. Parecía imposible verlos separados. Pero no era así.

A veces las casas impresionan desde afuera. Pero adentro es otra cosa. Y aunque no es lo que se ve, es lo que cuenta. Al final los padres del Aceite, por fin, se divorciaron. Los hijos se fueron con la madre y el padre, solo, a un pequeño apartamento en Centro Habana. Pero en menos de un año el padre del Aceite se fue a vivir al la'o de mi casa en Regla. Casi 20 años después, volvió con la que fue su primera esposa y regresó a la misma casa que diseñó y construyó cuando se casaron.

Entonces le dejó el apartamentico al Aceite. Se mudaron solos. Todo iba viento en popa hasta que la Nena empezó a portarse raro. Sí, siempre que pasa lo mismo, sucede igual. El Aceite nunca dijo na' del tema pero cuando se separaron ella fue a llorarle a su madre y se lo contó todo. Por eso yo lo sé. Primero empezó a perderse. –Tengo que ir a la embajada. – Hoy voy a recibir una delegación de no se qué. –No me esperes para comer que tengo una actividad –Cualquiera, menos el Aceite, pensaría que le estaban pegando los tarros. Demasiado confia'o. El padre se lo ponía más fácil. Los domingos iba a ver a Ferdinando y a veces coincidían. Estaba amarga'o y empeña'o en hacerles la vida agua.

–Tú no te metas. Esto es un problema entre tu madre y yo. ¿Te casas con una puta que desaparece y pretendes darme lecciones de hombría?

–Ay que ver lo singao que tú eres. ¿Por qué le dices eso a tu hijo?

–Se lo advertí. Esa tipa no sirve. Y eso me lo has contado tú mismita. Así que no te hagas…

–Esa muchachita ha sido muy buena. Tú no tienes ningún derecho a hablar así de ella.

–Claro. Tú la defiendes porque hiciste lo mismo con tu negro.

–Ojalá te mueras. Por mala entraña. Por hijo de puta. Eso es lo que de verdad te merecías. Que te hubiera pegado los tarros con todo el mundo. Como lo hiciste tú desgraciado. Con una barriga y un niño chiquito. No mereces estar vivo.

Un día el Aceite la llamó a contar.

– Nena. Hace una pila de tiempo que estás muy rara, que si la inauguración de no sé qué competencia, que si la fiesta en el consulado (que por no sé qué razón tienes que ir sola), que si la actividad de no sé dónde… ¿Tú me ves cara de comemierda?

–¿Vos no me creés?

—Cómo te voy a creer. Tú eres arquitecta. No eres funcionaria del consulado. No eres del comité olímpico internacional. ¿Por qué no me cuentas la verdad?

—No confiás en mí.

—He confiado en ti hasta ahora pero empiezo a tener dudas. Siento que no me dices la verdad. Me siento engañado.

—Pero si es la pura verdad.

—Piénsatelo bien. O me cuentas qué coño pasa o se acabó esto.

Después de esa conversación se cortaron la actividades. Casi de golpe. Sospecha confirmada. De pronto aparecieron dos tipos en el trabajo del Aceite buscándolo. Uno de ellos le sacó un carné del DSE[18] y le pidió que lo acompañara. Después de la tempestad vino el mal tiempo.

—Sentimos mucho hacer esto pero la Nena dice que no sigue y eso es muy grave. Ella está trabajando para nosotros. Yo soy el oficial que la atiende. Usted debería sentirse orgulloso de ella.

—¿Para el G2?

—Sí. Lo hemos estado investigando y hemos decidido planteárselo y pedirle su colaboración.

—¿Cómo qué mi colaboración?

—Ella necesita su apoyo y su confianza y su relación con el entorno de la música rock también nos puede ser muy útil. ¿Estaría usted dispuesto a trabajar para la seguridad del estado?

—No. No es que no esté dispuesto. Es que yo no tengo vocación de espía. Perdona, no lo digo en tono despectivo.

—No se preocupe. Lo entendemos. De todas formas piénselo bien. Usted no va a ser un espía. Recibirá una

---

[18] Departamento de Seguridad del Estado.

formación adecuada y podrá llegar a ser un agente del cuerpo de seguridad del estado, un honor para cualquier revolucionario.

Ahí terminó la conversación. Esa misma noche el Aceite despachó a la Nena. La verdad que es de pinga tener una jeba chivata. Todo había cambia'o. Ella era otra. Ya no estaban tan bien. Ya no tenía sentido. La separación le costó cara al Aceite. La Nena le dejó la casa pelá. Se lo llevó to'. To' menos un buhito de porcelana que el Aceite le había regalado. Un día su pura lo tiró contra el piso. –Tiene brujería mijito. Tiene brujería.

*De gorja son y rapidez los tiempos: corre cual luz la voz, en alta
aguja, cual nube despeñada en sirte horrenda húndese el rayo, y en
ligera barca el hombre como halado el aire hiende.*

José Martí

Antes de haber sido elegida por Douglas para nombrar la
brigada, Amor de Ciudad Grande era solo una frase martiana.
Douglas era un negrito muy fino, muy estudiado, con un
sueño muy claro: reunir a su alrededor mucha gente con
inquietudes artísticas, formar una brigada. Sus padres, muy
plásticos, le habían animado en su empeño. Le cedieron el
garaje reconvertido en un refinado café francés de los años 30
para sus tertulias poéticas (degustación de infusiones
incluida). Al principio fue así. Él se consideraba un literato
talentoso y acogía entre el rústico decorado en madera, hierro,
cerámica y vegetación a los pequeños Baudelaires. Hundidos
en las gigantescas butacas de mimbre, a la tenue luz de un farol
Art Decó sobre una mesa de café Art Nouveau, leían por
turnos sus poemas. Uno a uno. Luego criticaban o remontaban
sin más, sin mediar palabra. El diminuto salón, abundante en
helechos y espejuelos redondos clavados en el vacío, aludía a
un pequeño bazar surrealista.

En aquel refugio ventilado y cálido, con un vaso de té
helado y limón en la mano, leímos por primera vez su

manifiesto. El Aceite y el Abuelo prestaron atención. Bebé se concentró en las empepinadas tetas de una de las poetisas. Douglas explicó hasta la saciedad, con lujo de detalles (abrumadoramente exquisito) las ambiciones, pretensiones, planes a corto, medio y largo alcance, la importancia de..., la relación de... Habló sin parar. Todo de golpe. Solo miraba alrededor cuando hacía referencia al recién nacido manifiesto en una vieja máquina de escribir Remington.

El movimiento "Amor de Ciudad Grande" debe su nombre al poema homónimo de José Martí escrito en 1882 en New York. Nuestro afán es sugerir nuevas ideas en la plástica, la música y la poesía. Somos un colectivo de jóvenes estudiantes y trabajadores entregados a la Revolución: Conscientes del papel histórico de la juventud ocupamos nuestro sitio. Nos sumamos como una fuerza más a difundir los verdaderos valores del arte nacional. Tenemos una raíz eminentemente martiana; nuestro mundo es aquel de los que quieren saber cómo hacerlo más bello.

Amor de Ciudad Grande

Al final solicitó humilde y casi formalmente la participación de los músicos. El Aceite miró al Abuelo. Aquella onda era demasiado para ellos. Demasiada trova quimbombó. Verde y babosa. Demasiada militancia. Allí no había dudas. Todos estaban de acuerdo. Douglas decía. Douglas repetía. Douglas callaba. «La pirámide de Wolf». Artísticamente era pobre; una onda collage retro con demasiada pretensión administrativa. La mínima dosis de anarquía y liberalismo, una porción de rompimiento de la vieja escuela, dos cucharaditas de vanguardismo, dos pizquitas de zarandeo a cojones y una buena concentración de ingenua voluntad e inmadura fundamentación financiera.

Eran pocos, apenas diez. Varios poetas, dos o tres pintores y una mulata de trenzas muy largas que se restregaba en el suelo ovillada, en posición fetal, representando la angustia del aborto de una madre… Entre ellos se repartían todas las funciones. Douglas era el presidente. Luego había un vice, un tesorero, un relaciones públicas… Demasiado. Parecía un juego. Un ejercicio de joder las cosas, de articularlas privándole de la gracia de ser, de la libertad de sus movimientos.

Douglas estudiaba una carrera militar. Era un soldadito con sensibilidad. El Aceite dijo que lo pensaríamos. Había que darle vueltas con calma para no cagarse fuera del tibor. Volverían a verse para definir los términos de la colaboración, si es que la hubiera, con otro vaso de té frío. No había por qué pertenecer a nada. Ninguna definición. Ningún *ismo*. Por otra parte era volao el trabajo de equipo, la integración con otras especialidades, un ambiente distinto y en lo más práctico, un local de ensayo. Lo hablaron entre los tres y decidieron colaborar pero nada de inclusiones en manifiestos, ritos u otras infidelidades.

A pesar de su lenguaje eminentemente resbaladizo y sus metafóricos poemarios a la revolución en Douglas sobresalía una inocente sensibilidad, una predisposición de colectividad y una pasión por su obra infinita. Un tipo retorcidamente chévere. No estaba en la misma cuerda pero... por probar que no quede.

Había la idea de convertir la Trilogía del Aceite en una ópera rock. Quizá podía ser un buen comienzo para el experimento. La Trilogía necesitaba más que música.

De la primera tertulia con Amor de Ciudad Grande, el Abuelo guarda la imagen de un pequeño cine silente, ávido de tecnología para poder canturrear sus infinitas voces interiores. Como antes de un gran diluvio, las nubes se apilaron sobre el horizonte, lejanas y oscuras, amenazando caer. Y llovió. Al día siguiente el Abuelo llamó al Aceite.

–Por fin qué.

–Oye Abuelo, ¿qué bolá con esta gente? ¿Te cuadran?

–No sé. De pipi el caso. Tienen la línea de flotación a dos metros del suelo –Un comentario poco objetivo. Cada uno tiene su propia onda.

–A Bebé le da igual. Incluso le parece bien. Teniendo en cuenta los pezones electrizados del feto con trenzas y las puntiagudas tetas de la otra, que no le quitó vista de encima, dice que hasta que no se los pellizque a alguna, no para.

–No sé Aceite. Puede venir bien probar, pero igual puede resultar un escache.

–A ver que tú crees. Le presentamos la Trilogía como punto de partida y ya, depende de la respuesta que tengan, nos metemos o no. ¿Qué te parece?

–Sí, puede ser una buena idea. Si la onda va de globo, con Trilogía o se eleva o explota.

Me casé con tres mujeres y un cocodrilo.

John Houston

Dejando a la trompeta, el Aceite se libró también de sus enormes glándulas mamarias goteándole sudor encima y de una vejez prematura, sin menopausia. La gente se conoce con ese instinto animal que los arrastra a singar, sin miseria. Incluso se van a vivir juntos para que cualquier momento sea oportuno, para explorar la geografía de los cuerpos ajenos al ridículo. Luego resulta que no. Al poco tiempo la frecuencia del deseo merma hasta que, sin notarlo, el sexo pasa a ser pura anécdota. Pasa la novedad y el cansancio hace estragos. Llega la pereza. «Por eso el Abuelo no quiere vivir con nadie, aunque Nela siga, dale que dale, con casarse». Por último, ya ni eso. ¿Qué fue de aquellos tiempos de entrega al placer, al dolor, al invento? Ni se acuerda. Los hombres se vacían, las mujeres se llenan pero el contenido, según pasa el tiempo, el implacable, es cada vez más espiritual. Menos sexo, menos vulgaridad. ¿Qué hacer con las fantasías? Al Abuelo le encanta templar, dar cabilla, barra, entollar; por todas partes, a cualquier hora. El deseo lo posee. Su vida transcurre con película porno de fondo. Le gustan las nuevas sensaciones, el morbo. Se le va la cabeza. A Nela no. Ya no. Qué asco. Qué suerte el Aceite, muerto el perro se acabó la rabia. Así que ahora, con la próxima, volverá la lujuria.

En medio del proceso de separación de la Nena, esa transición inevitable en la que pierdes parte o casi todas tus cosas, no puedes dormir y tonteas con tu conciencia, el Aceite se enamoró de nuevo. En realidad, se enamoró de verdad porque con la Nena era distinto. La quería mucho pero no de esa forma especial que te pone imbécil sin avisar. A Cuca la oyó una vez hablar y aunque no le vio la cara hasta un tiempo después no paró de pensar en ella. Una voz ingenua, fresca, metálica, reposada, de soprano sensual. ¿Qué cuerpo puede corresponder a esa voz? ¿Una Marilyn? No, era real. ¿Alta? ¿Gorda? ¿Rubia? ¿Tetona? ¿Ojos claros? Nada que ver. Era pequeña, delgada, de pelo corto castaño y ojos canela. Se gustaron y ya está. Como suele pasar cuando la cosa no es cerebral.

—A mí no me cae bien.

—¡Si tú ni la conoces!

—Ni falta que me hace. Mosquita muerta, eso es lo que e'. La Nena lo está pasando mal y tú defendiendo a esa.

—Yo no defiendo a nadie. A mí qué me importa. Yo también lo paso mal contigo y la bruja de tu madre y nadie se mete.

—Deja la falta de respeto, Bebé. ¡Chico! Si las pasa tan mal, ¿por qué no te acabas de ir y nos dejas vivir en paz? ¿Porque no tienes adónde ir?

—Vas a ver. Cualquier día te despiertas y no me ves más nunca en tu vida.

—Siempre estás hablando pinga… y a la Cuca esa… ni Nela, ni yo le vamos a hablar.

—Allá tú.

Cuca tuvo poca acogida. Nela y Laurita le abrieron fuego enseguida. Era de otro mundo. Bebé vivía en un solar, el Abuelo casi. Su pasillo no es exactamente un solar pero casi.

Todos puerta con puerta sudándose uno encima del otro. Como si cada casa fuese una habitación con llaves de otra más grande. El Aceite vivía en un apartamento más o menos decente pero Cuca vivía en una super casa moderna del último barrio de lujo de la Habana. Sus padres eran diplomáticos. Andaba en carro, un Lada 2105. Otra galaxia. Eso tuvo su impacto. La primera vez que fue con el Aceite a casa de Bebé y Laurita en Regla se quedó loca. No sabía que eso existía. Así es fácil creer en el gobierno y juzgar con severidad. Cuca no lo hacía pero sufrió las consecuencias de esas diferencias. La introducción del mundo real en su vida fue áspera, sin vaselina y eso los marcó desde el principio.

—Pobrecita la Nena.

—¿Pobrecita por qué?

—¿Por qué va a ser? ¿Tú sabes lo que es que te dejen por otra?

—A la Nena no la dejaron por otra. Nadie deja a nadie por nadie.

—Yo no pienso hablarle a esa, Laurita tampoco.

—Eso es una estupidez, Nela. No la conoces.

—Qué importa. La Nena es mi amiga y le voy a dar todo mi apoyo. A lo mejor se reconcilian.

Cualquiera sabe cómo pudieron juntarse. Eran como el Aceite (y valga la redundancia) y el vinagre. A Cuca le gustaba De Barge, Culture Club,… al Aceite King Crimson, Rush,… A Cuca le encantaba *Fame*, al Aceite *The Wall*, a Cuca le gustaba correr, al Aceite nadar, a Cuca le encantaban los *shows* de cabaret, el Aceite los odiaba, prefería los clubes de jazz, ella se aturdía. Lo que a uno parecía musical y armonioso, al otro ruidoso. Lo que recto, al otro torcido. Alto, bajita. Extrovertido, introvertida. En fin, una clara demostración de lo complicado que podemos llegar a ser. ¿Sería un capricho?

Hay una parada entre tú y yo,
hay un aguacero y un buen zurrón,
de susurros frescos en mis orejas,
y será posible que no haya Dios
que parta los dientes del corazón,
que una poca mordida sea un bocado,
que haya un baño para sacar olor,
que haya un basurero.

Que pasen las puertas sin precaución,
de que el tiempo siga y me diga adiós,
de una falsa alarma en los sentimientos,
una retirada a la soledad,
como un buen fantasma viene y se va,
y al final de todo será un comienzo,
y quien vea a la dicha entrelácela
porque se le escapa.

Se escapa,
se escapa,
se escapa,
se escapa,
se escapa.

Se escapa

Douglas consiguió que un amigo del padre le prestara el garaje para instalar al grupo. Era un inglés que ostentaba un extinguido título de Lord. Un viejo campechano y simpático que llegó a Cuba antes del accidente (del 59) y luego se quedó para conocer el proceso desde el inicio. Al principio era el dueño de todo el inmueble. Un moderno edificio de tres plantas instalado en la zona residencial de Miramar. Cuando lo conocieron administraba solo una planta y tan solo uno de los dos garajes. El resto, el Lord lo fue cediendo generosamente a numerosas familias necesitadas. Un día le organizaron un CDR y como si no bastara, un consejo de vecinos del cual él no era presidente.

Con el andar de los años, todos fueron olvidando los orígenes de aquella comunidad y hasta llegó a parecerles injusto que el Lord ocupara una planta completa siendo tan pocos, cuando el resto de los vecinos compartían entre tres y cuatro núcleos familiares por apartamento. Tal estado de la propiedad no debía ser motivo de preocupación, pero cuando empezaron los ensayos llovieron las quejas. El consejo de vecinos se reunió en pleno, formularon sus reproches: −¡Esto no puede continuar! –protestaban. Un día recibieron la visita del jefe del sector de la PNR[19]. Eran solo las nueve de la noche. Interrumpió el ensayo. Dijo que por convivencia social. Aquel escándalo era pura histeria. Apenas tenían veinte vatios de potencia.

Día a día se suscitaron nuevos problemas. El Lord apoyaba al grupo. Le gustaba su actitud y al fin consiguió un permiso oficial que establecía los días y horarios permisibles y la extensión de las prácticas. Un bendito. Gracias a su tutela pudieron disfrutar, por primera vez, de una aparente estabilidad.

En el primer mes, una lluvia ininterrumpida de dos días inundó el garaje. Cuando pudieron llegar, la batería del Abuelo flotaba en el agua sucia. Las paredes de los bafles, de bagazo prensado, se hincharon. Alguna reventó. El panorama era de llanto. Costó mucho tiempo y dinero recuperarse. Hicieron un andamio elevado a un metro de altura para encaramar la batería. El agua no debía subir por encima de este nivel. El Abuelo tenía que tocar con la cabeza prácticamente pegada al techo. Levantaron también un pequeño muro de cincuenta centímetros en la puerta del garaje. Una especie de dique en prevención de cualquier otra catástrofe pluvial. Destupieron todos los caños de desagüe. Bebé hizo toda la albañilería. El Aceite era un poco manos torpes, pero puso su fuerza bruta. Entre todos buscaron los materiales y arreglaron aquello. Los poetas, los pintores, todos, colaboraron. Eso finalmente los puso por encima de ese manifiesto. Con todas esas obras de seguridad, no tuvieron ningún otro percance durante el próximo año que estuvieron allí.

Las protestas de los vecinos se repitieron con mayor frecuencia hasta obligarlos a ensayar a puerta cerrada. El

---

[19] Policía Nacional Revolucionaria.

garaje se convirtió en una verdadera sauna. Así y todo continuaron alentados por las escasas representaciones de "La Brigada" y hubiesen seguido así, a pesar de la apuesta de Bebé.

El estreno de Amor de Ciudad Grande fue en la Casa de la Cultura de Playa, en 5ta avenida y 70. Douglas tenía muchos contactos en Cultura debido a la influencia de sus padres y resolvió allí una modesta actuación con un sistema de audio de 1.5 kilovatios rentado al Ministerio de Cultura. ¡Qué lujo! El sitio era abierto, en lo que fue el jardín de una suntuosa mansión. Al lado de una piscina prácticamente vacía, llena de ranas y renacuajos. Tanta potencia generó muchas expectativas. Sería la primera vez que tocasen con tantos vatios y referencias. Apostaron inclusive hasta dónde llegaría el sonido. Bebé decía que hasta el mar, detrás del hotel Tritón. El Aceite se quedaba en 1ra avenida. El Abuelo no quería pensar en eso. Es demasiado pesimista. Se prepararon duro. Tenía que salir bien.

El día del concierto vino el productor, un personaje alto y flaco con cara de imbécil, especialista en dirección de espectáculos. Había ordenado colocar los enormes bafles, justo de frente dónde había colocado al grupo. El Aceite intentó explicarle que de esa manera provocaría *feedback*. Pero aquel cretino insistía en su propuesta estética innovadora. El Aceite repetía que técnicamente era un desastre y lo invitó a probar con los micrófonos. –Sencillamente –le dijo– nada podemos hacer ya. El personal que colocó los altavoces se ha marchado y nosotros no lo podemos mover. A esta hora es imposible cambiar de lugar la técnica.

Al final no se pudo alcanzar ni los cien vatios siquiera. El *feedback* nos mantuvo en jaque. El audio, que pudo ser maravilloso, terminó siendo una auténtica porquería; inutilizado totalmente y por si fuera poco, ni siquiera pudimos oírnos bien por las referencias y los rebotes del audio general.

Después de este desafortunado concierto, Douglas preparó un espectáculo en el que intervenían algunos poetas. Los plásticos hicieron la escenografía con grandes paneles de sus lienzos y en medio de un ambiente psicodélico, la feto tenía que agonizar en el escenario. Hicimos un instrumental para la ocasión. El Abuelo pintó unos carteles. Pero no hubo estreno.

El próximo concierto fue en otra unidad militar. Tenían un equipamiento de audio excelente, como la de Wolf, como todas. Los recibió un comité de bienvenida. Cualquier contacto extramilitar era bienvenido. Ya habían tenido una mala experiencia con los verdes, pero esta vez los siete-pesos se pararon a bailar la más insospechada canción. Eso demuestra la adicción en Cuba por el baile. El cubano es enfermo a moverse. Nunca tomaron esto en consideración. Les preocupaban más otros detalles: el mensaje, la dosificación de las densidades musicales. Ver a aquellos reclutas bailando la Trilogía fue toda una revelación.

El concierto más interesante de todos fue el de la Casa del Joven Creador, un centro cultural auspiciado por la ASH[20]. Esta Casa era sede habitual de la última Nueva Trova (Novísima) y galería de pequeñas exposiciones. De noche se convertía en sitio de tragos, guitarreros, juglares, esnobistas y faranduleros. Un circo dónde acudía en masa esta fauna lo

---

[20] Asociación Hermanos Saíz.

mismo a prestar sus oídos, que sus confesiones. La casa abría sus puertas en expresión de buena fe hacia sus ciervos. Éstos le agasajaban con su presencia y entre versos fanfarrones, sonrisas estudiadas, gestos amanerados, mojitos y otros, las musas, como fantasmas en pena, revoloteaban en segmentadas rutas de murciélagos.

Tenemos tantos papalotes
que ahogamos las nubes.
Amarilis Matamoro

Desde aquí se ven unas cuantas chimeneas,
un hospital, el capitolio, la catedral de infanta,
la torre de televisión de la rampa,
el Habana Libre,
las casitas empujándose entre los bajos edificios,
una fortaleza una bandera desteñida
hasta la bola del mundo de Carlos III,
así tan simples,
detrás de mi cristal,
ante la percepción del ojo menos desviado,
pintados, sucios, desteñidos,
nuevos, viejos, alardosos, humildes,
modernos, prehistóricos,
ahí están,
no me lo cuenten.

En toda la planta superior se montó una colección de los plásticos y en el patio en forma de cilindro, que actuaba como caja de resonancia, se dispusieron los instrumentos. En el balcón de la planta alta se instaló un proyector de diapositivas de manera tal que proyectara imágenes sobre los músicos, bañándolos con su haz de luz. Serían los protagonistas de las abstractas representaciones. Las diapos las hicieron entre todos. El material fue mixto: óleos, tintas serigráficas, exposiciones fuera de tiempo, ediciones durante el revelado, huellas digitales, saliva, secreciones, etc. Todos aportaron algo y por supuesto nadie aceptó la secreción que deseaba donar Bebé desinteresadamente. El diseño de la secuencia fue arbitrario, al igual que el tiempo de duración de las imágenes. Caos. Azar para una música caótica. No hubo ensayo previo. Hicieron también un plegable con fotocopiadora donde Douglas se empeñó en reseñar el manifiesto. El Aceite hizo el dibujo de portada y el Abuelo diseño el plegable. Al final solo quedaron los nombres y por supuesto su frase martiana "Amor de Ciudad Grande" dentro de todo el contexto de donde fue extraída. Aquel nombre gustaba. Seducía su connotación urbana.

La ciudad se derrumba,
se me torna abstracta,
ciudad sin comercios ni oficinas,
ciudad rural apuntalada y quieta,
ciudad sin alumbrado,
de tantas despedidas,
de carteles perdidos y consignas escolares,
de aparente vida,
respiración artificial,
Larousse de restricciones,
ciudad prohibida,
de mulatas bellas a horcajadas,
de pellejos hidratados haciendo fotos,
de piernas abiertas de par en par al turismo,
tírate que das pie,
ciudad de carteles en inglés
y propaganda en español,
ciudad seca,

máscara
en conserva
ciudad héroe.

La idea: una propuesta de ambiente urbano, con una crítica dirigida tan solo unos pasos hacia afuera. La Casa del Joven Creador está en medio del puerto. Vecina de un montón de bares históricamente frecuentados por putas y marines. La sombra del pasado. Inexplicables brotes del presente. ¿PM? Oscuridad y miedo. Nada es como antes. Cada vez se parece más al antes del accidente.

Douglas se empeñó en instalarse al lado de la puerta para recibir a los visitantes. Insistió en entregarle personalmente un plegable a cada uno. Por supuesto, hizo unas palabras de apertura y media hora más tarde empezó el concierto. Se tocó bien, con muchos deseos. Quizá por los efectos del baño de luz y la acústica. El Abuelo disfrutó de sus tambores verdes. El cuerpo morado. El Aceite azul, violeta. Bebé rojo, naranja, amarillo golpeando la guitarra en un rincón. Aquello era la fiesta del color. Repletos de rayas. Como un patrón de televisión defectuoso, o de bacterias y seres extraños. El azar hizo inclusive que aparecieran formas sugerentes a los textos. Fue muy divertido.

Después de esta velada tan pop y psicodélica a Douglas se le abrieron todas las puertas donde antes llamaba y no contestaba nadie. Aquel día no había más de cien personas. No cabían tampoco mucho más pero en la Habana las noticias corren como la pólvora. Los comentarios se sucedieron y las propuestas aumentaron.

Se anunciaba el despegue cuando Bebé cumplió su palabra. Trenzas largas no se ofendió. Al contrario. Lo acosó de tal manera que era imposible concentrarse en un ensayo. Se convirtió en una babosa encima de Bebé. Menuda angustia. En cualquier momento podía aparecer la Mimirrica por el garaje. Pero no, no fue así. A babosa trenzas largas la mandaron cuarenta y cinco días a trabajar a la agricultura con su preuniversitario y desapareció. Incluso Bebé fue a Artemisa a verla un domingo pero eso tampoco cambió nada. Los ensayos se sucedieron armónicamente a puertas cerradas mientras las protestas de los vecinos aumentaron día a día hasta que, por fin, el Lord, muy apenado, se dio por vencido.

No había más nada que hacer, ni que decir. Amor de Ciudad Grande acabó para ellos. No hubo más reuniones, ni llamadas. A Douglas, el Abuelo lo vio un día en el Quijote, mucho tiempo después, dándose perro mate con la pequeña babosa trenzas largas del pezón de ciruela.

Otra vez en la calle. Esta vez los tres. Otra vez en cero. Un día Bebé se presentó con Perico. Él tampoco lo conocía, solo de referencia a través de un tercero. Éste sabía que Perico estaba buscando una banda de rock y posibilitó el contacto. Estudiaba violín en el conservatorio "Amadeo Roldán". Apenas tenía catorce años.

–Éste es Perico, el clásico –lo presentó Bebé–. Y éste es el Aceite.

–Al fin nos conocemos –me dijo–, yo he oído hablar mucho de ustedes pero no tengo ni idea de lo que hacen. Cada cual dice una cosa diferente.

–Bueno, la verdad es que yo tampoco te sabría explicar muy bien, deberías llegarte por un ensayo.

–Ok... Bebé me habló de que estaban buscando un violinista. Yo estoy buscando esa experiencia. Tú sabes que la escuela es mucha música clásica na' ma'. Lo que pasa es que los piquetes que he visto no me han convencido.

–En realidad –le dije– no estamos buscando un violinista. A Bebé le hablaron muy bien de ti y también nos parece interesante probar. Hasta ahora hemos funcionado solo con batería, guitarra y bajo pero creo que el violín le dará un punto diferente. Además supongo que también tocas bien el piano.

–No tanto –se apresuró a contestar... tanto, que sonó falso.

—Pues nada, llégate por el ensayo y nos ves. Si no te interesa, *no problem*, nos lo dices sin pena. Lo que sí me gustaría adelantarte es que, aparatos, tenemos bien pocos. Ni siquiera lo imprescindible. Así que no te prometemos nada. En realidad todo suena muy mal. Más que un grupo, somos amigos que hacen música. Eso es lo fundamental —le di la mano—, discúlpame pero es que me están esperando y ya llego tardísimo. Vente por casa a un ensayo.

—Ok, nos vemos.

Una semana después, cuando Bebé me echaba una bronca: —¿Cómo vas a andar diciendo por ahí que nos oímos mal? Así nunca vamos a conseguir a nadie —apareció Perico. Vino con el violín. Se sentó en el suelo y no dijo una palabra durante el ensayo. En mi casa no cabía un trasto más; así que teníamos una versión reducida del *drum* del Abuelo, la guitarra y el bajo. La voz a pelo. Pasamos los temas. Su presencia pasó inadvertida. Al final, se levantó, sacó el violín. —¿Podrían tocar de nuevo el instrumental en Mim, da capo?

Volvimos. Perico hizo unos dúos con Bebé e improvisó cuando le dio la oportunidad. Lo primero no estuvo nada mal. La improvisación no tanto. Bebé le dijo.

—A ti lo que te falta es calle.

—Sí, es verdá. Enséñame. Me gusta mucho improvisar pero en la escuela no se aprende na' de eso.

Yo me quedaba perplejo de oír a Perico hablarle a Bebé como si fuese toda una institución. A él, que era autodidacta. Aceptó a tocar con nosotros. En breve era uno más. Toda una revelación. Acostumbrados a la guitarra de Bebé, loca y olvidadiza, Perico ponía las notas que faltaban. Creaba unos envolventes melódicos increíbles. Con el piano conseguía atmósferas medio místicas que cambiaba por completo la concepción de las piezas. Lo principal, tocaba una y otra vez lo mismo. ¡Se aprendía las piezas! Fue un aporte en todos los sentidos.

Nosotros no fuimos nunca un grupo como tal, de músicos. En realidad, a ninguno le interesaba. Nos gustaba más la idea de tener una plataforma para el diálogo, desde donde poder saltar al vacío. Una barrera para dividir el peligro. Solo así nos sentíamos seguros.

Una guitarra, más que eléctrica, electrizante, puede brotar de las manos, de los antebrazos dispuestos a recibir acordes reinventados en cada compás. Una guitarra puede estar en la cadera de muchachas, donde unos dedos –no importa si ágiles o torpes– arpegian varias gotas de noche, de bailes. Porque estas guitarras bailan, sin riesgo de cortocircuito aun bajo la lluvia, saltan roncas en cualquier garganta, estremecen los cuerpos y sacuden con furiosa melancolía cabezas greñudas. Y más.

Al día siguiente enrumban hacia el Pre, o el trabajo. Andan distraídas por ahí, a veces ocultando sus melenas bajo una gorra.

Y hay otras que enloquecen entre rones y malos sueños.

Hay problemas que están más allá del audio terrible en concierto.

Aúllan.

Viene un grito. Un rasgueo distorsionado contra los prejuicios y las incomprensiones. Más que la camisa, muchos se arrancan una guitarra del pecho.

Oriol

Necesitábamos un local y acudimos al Patio de María siguiendo el consejo del buda, el guitarrista de Hojo x Oja. Lo que todo el mundo conocía por El Patio de María era en realidad la Casa Comunal de Cultura "Roberto Branly". María Gattorno no era la directora pero eso, en esa casa, daba igual. Tenía una oficina pequeñita llena de muñecos, títeres y artesanía. Un recinto blanco con pinceladas de color por todas partes. María era una mujer bella, pálida, menuda, sacada de un lienzo del renacimiento, una dama delicada, tímida, inusual.

El Patio de María era el lugar ideal para acampar después de las fallidas batallas a las que habíamos sobrevivido. Un espacio modesto nos daba la bienvenida. Allí podíamos ser nosotros mismos. La expresión, el volumen, el lenguaje iba por nosotros. Un oasis. Una sala larga y estrecha para baile que terminaba en una tarima negra de hormigón, alta y calurosa. El proscenio, de ladrillos desnudos embadurnados con chapapote y el techo de zinc parecían más apropiados para un hangar de mecánica que para una sala de música. Sin embargo, este sitio era, si no el más preciado de la ciudad, uno de los más.

El rock siempre ha sido un hueco en nuestra cartelera cultural, más bien era rechazado. Dos años atrás, nuestra casa atendía a dos grupos rockeros (Ojo por Hoja y Cartón Tabla), y comenzamos a organizarles una peña que llamamos Las Hojas. Entonces rock formaba filas con las palabras tabúes. Nunca hubo problemas, sin embargo, se suspendieron los conciertos por temor ante la afluencia masiva del público. ¿Cómo venían tantos? Nadie lo sabe pues los conciertos no eran sistemáticos y mucho menos la propaganda. En fin, de nuevo el hueco.

–No podía darme por vencida. Organizar un concierto de rock todas las semanas se había convertido en un reto para mí. Hubo un momento favorable cuando una psicóloga realizó una encuesta entre los estudiantes de los pre de la zona, demostrando que los muchachos pedían a gritos tener la oportunidad de escuchar a los grupos de rock, en vivo. Consulté con Mirella (la directora) y estuvo de acuerdo. Sólo faltaba la opinión de la Dirección Provincial de Cultura. Y en la primera reunión que hubo lo planteé. El subdirector provincial me dijo –¿Tú te atreves, María? Alante.

María demostró que el cuento es más rollo que película. Al principio, claro que tuvo problemas. Muchos de los indomables llegaron borrachos o empastillados. Otros exaltados armaron broncas. Algunos, temiendo cabecear sobre trampas, permanecieron escépticos y relegados.

María arbitró el juego entre la desconfianza de los rockeros y el recelo de algunos funcionarios de cultura, entre la espada y la pared. Todos menos ella esperaban el derrumbe de un momento a otro. Las reprimendas estaban listas: –Por falta de consejo no será, ¡qué se puede esperar de esa gente! ¡Qué confianza absurda! –María podía terminar llena de mierda hasta el cuello con los vicios y el comportamiento de aquellos infelices. A sus ojos, María era la cara de alguna patraña sucia; probablemente para juntarlos en una pira de negligencia ideológica y pegarles candela. Pero María no perdió el sueño. No era así, ni en un sentido, ni en el otro. El rol asumido por ella no era ni por asomo mediar entre las fuerzas del bien y el mal, ni inventarse dos caras de imparcialidad. Tuvo que demostrar a ambos bandos que ni una cosa, ni la otra y con el tiempo, solo con el tiempo, logró la confianza y simpatía de todos. Más de abajo que de arriba, de donde caía (bajaba) de vez en cuando alguna recelosa indiscreción.

Hasta los propios rockeros se asustaron con la idea de María. ¿Semanal? ¿No sería demasiado? Luego la discusión giró en torno a bautizar la peña con un nombre bien heavy metal... pero no aparecía ninguna buena idea. Fue el guitarrista de Gens quien propuso que se llamara Patio de María y el consenso fue general. El nombre le gustó a todos menos a mí. El nombre es demasiado tradicional, pero ese contraste (heavy metal con María) era precisamente lo que les gustaba a ellos. Además, me vería colocada en un papel protagónico y padezco de un terrible miedo escénico... En fin, acepté.

El título de Casa Comunal de Cultura se fue extinguiendo para convertirse simplemente en el Patio de María. Cuando el salón no dio más abasto a la avalancha progresiva de público, ordenó sacar el tinglado para el patio, mucho más espacioso. Lo cercaron de alambre *pirle*. Los propios fanáticos construyeron la tarima con un contenedor, mesas, tablas sueltas y clavos prestados. Ellos mismos garantizaron un espacio cerrado para bailar, escuchar sus grabaciones, gritar, saludarse o animar a sus modestos ídolos.

Vino tal cantidad de jóvenes que casi tenía que caminar por las paredes. Todo estaba listo, pero la guagua no fue a buscar al grupo musical. Los muchachos protestaron: siempre pasa lo mismo, anuncian una descarga y después la suspenden. Mirella y yo empeñamos la palabra y al siguiente sábado, el 17 de diciembre de 1988, memoricen esta fecha, hubo descarga rockera.

Y también hubo bronca. Ese sábado tuvo lugar una gigantesca simultánea de ajedrez y Fidel daba un discurso en el Teatro Nacional, por lo que toda la policía de la zona estaba movilizada hacia esos menesteres. Sin policías aquí, donde estaban reunidos tantos jóvenes, sumados algunos errores organizativos nuestros, la cosa terminó como en el Guatao.

En la socorrida tarima instalaron las bandas sus pesados y voluminosos vasomatics caseros de *playwood* y cartón tabla. Debajo, una barrera de hierro amarilla servía más para sostener a los cabeceadores más cercanos que para dividir el espacio. Finalmente, la ola. La muchedumbre de disfraces y pinturas según lo que estuviera al alcance de la mano. La estética de la disponibilidad. Mezcla. Reflejo de un modo de vida donde conviven lo antiguo con lo moderno, lo visible con lo invisible, lo comprensible con lo incomprensible, la censura con la extravagancia, el derecho con la violación del derecho, la prisión con la libertad. Crestas punk, camisas floreadas, botas militares, pulóver de Mickey Mouse o Súmate, zapatos con broches Luis XV, lentejuelas en guantillas, brazaletes con puntillas de carpintería, prelavados, mezclillas desgarradas, extraminifaldas. Muestra de innumerables generaciones esparcidas. Mezcla que brota de no se sabe dónde. Gente que no se ve en las guaguas, ni en la calle. Aparecidos. Reunión de aparecidos para reflexionar sobre nuestro propio espacio. ¿Gente que circula por la calle con otra identidad? ¿Ciudades diferentes? ¿Mundos diferentes? ¿Raíces?

Vienen desde simples y pacíficos estudiantes de pre hasta algunos muchachos que ligan alcohol con pastillas. Nosotros vigilamos atentamente esto pero sin negarle la entrada a nadie, porque de lo que se trata es de ganar a esos jóvenes problemáticos. Y algo hemos logrado, claro, ellos sólo están aquí unas horas, el resto de la semana viven otras situaciones.

Después de la inauguración, la masa fue una mezcla homogénea de pelos largos y policías. Los guardias sudorosos, con su uniforme gris y azul lo más apretado al cuerpo posible, mangas largas y bastón eléctrico en mano, se pasean locos buscando donde no hay. Con el tiempo se convencieron. Tal agresividad es solo una falsa alarma. Gradualmente fueron desapareciendo, motivados más por el espantoso ruido de los altavoces, que por sus propias convicciones.

El sábado por la noche el Patio se convertía en una caldera de *scratch, hum, feedback,* saturación y distorsión generando un gigantesco hongo de sudor y tabaco.

La tranquilidad conseguida demuestra lo que todo el mundo sabe: el rock es un género musical, no un problema; los problemas están en la casa, en la calle. Evitaríamos problemas también, si hubiera más opciones culturales y recreativas. Así se produciría menos concentración aquí.

El Patio de María enriquecía nuestras escasas perspectivas de la música cubana contemporánea. Es excelente que haya otros enfoques y variantes. Todos nosotros, críticos o aficionados compartimos el gigantesco saco del *rock & roll*. Sin lentes, ni diferencias. Para la oficialidad, el rock es un diminuto pulpo con tentáculos más o menos cortos, más o menos difíciles de arrancar.

Contemplábamos a nuestros vecinos raramente complicados. Productos a medias, que no cuajan, el nuestro tampoco. Unos más simples, otros más ingenuos o más logrados pero ahí estábamos todos. Para ganar un lugar en la cultura en la desigual carrera de la alternatividad era preciso estirar las extremidades.

Ellos no pensaban así. Los pesados años de inútiles sacrificios poblados de numerosas amargas hendiduras fabricaron la terrible hacha del aislamiento y el individualismo. Implacable cuchilla que degüella cualquier asomo de prosperidad.

Los Fragmentos utilizados fueron extraídos de la entrevista de José León Díaz a María Gattorno en *El Patio de María. No es Particular*, publicado por la revista Nosotros. No 6.

¿Habéis observado que muchos ataúdes de viejos son tan pequeños como los de un niño?

Baudelaire

El Muppet era un incondicional del Patio de María. Nos armaba la batería y repartía palos como un loco hasta que empezábamos. El Abuelo le enseñaba lo que podía y él se moría por expresar su gratitud.

–Vaya Muppet, te veo lanzao al estrellato.

–Vas a ver cuando aparezca en la tele –decía y abría las fauces y salían varios dientes apiñados y un montón de ausencias en primera fila.

–Claro que sí Muppet. ¡Dale duro!

Una vez, saliendo con Cuca de Coppelia, vi a un tipo tirado en la acera. Parecía muerto. Me asustó, había perdido el conocimiento. Salté al medio de la calle y paré un carro. El tipo me ayudó a subirlo. Era el Muppet. Lo llevamos al hospital. Lo subimos a una camilla y lo empujamos al cuerpo de guardia. Cuando el médico lo vio no lo podía creer.

–¡Otra vez!

Dos días antes lo había dejado allí un matrimonio. –¿Está muerto? –preguntaron. No, no estaba muerto. Estaba hasta las orejas de pastillas y alcohol. «¡Coño, hasta tiene la suerte que siempre lo recoge una pareja!».

Después de aquello apareció como si nada por los ensayos hasta que un día se perdió. ¿Qué le habrá pasado al Muppet? Nada. Un día, en una guagua, un tipo me tira del brazo: –Aceite, ven, siéntate aquí. –No Muppet, quédate ahí. –No, no, no –me obliga a sentarme aunque solo me quedan dos paradas. –¿Dónde te has metido? –Na, po' ahí, con e'tos frikis po' ahí, venemos de un concer 'e pinga, 'e metal –Cuando hablaba se le enredaba la lengua. La gente en la guagua miraba con pánico a aquella pandilla de punks a lo cubano. Ni que hubieran secuestrado el bus por asalto. Quién sabe qué habían tomado pero tenían tremenda nota. La jerga del Muppet, ya complicada, me saltaba a salivazos encima con un tufo de alcoholifan y aliento de gato negro. –Éstos –empezó a vociferar el Muppet señalándome a mí–, éstos sí que tocan 'e pinga. Mejor que los sapingos que aca'amos 'e ver aho'a –Se armó tremenda bulla. Por suerte llegué a mi parada. –No te pierdas Muppet –me despedí.

Y no se perdió. El Muppet era gente de público. ¿Quién no le conocía? Era de los que ponía bueno un concierto o lo saboteaba. Lo vi por última vez en una actuación que hicimos en el Patio de María. Se subió al escenario y saludó al público. Le cayó una lluvia de gritos e insultos cariñosos. Se tiró de cabeza en el mar de gente que se abrió y fue a dar al suelo. Se lo llevaron arrastrado, sin conocimiento y chorreando sangre de la cabeza. Así lo perdí de vista.

No apareció más por el Patio de María.

–¿Qué es de la vida de Muppet? –le pregunté un día a Bebé.

–Está en Los Cocos.

–¡No jodas!

–Con lo feo que está pa' una vez que singa en su vida y coge SIDA. ¡Tremenda puntería!

Le hice una canción.

Hijo de Jimi Hendrix y Janis Joplin,
retazo de jean, patas de gallina del viejo Woodstock,
demasiado joven para morir,
demasiado borracho para seguir viviendo,
quiere llegar al sol,
bemol.

Fan de Jethro Tull y del Quijote,
tiene un alfiler en el chaleco
casi siempre un sobre de pastillas,
trepa a la guagua como casi todos,
desteñido, olvidado, sin paradero.

Se fue como llegó, de incógnito. Con su química elemental a cuestas, sus rizos marcianos, su dialecto castellano-esquimal, la virginidad perdida con sexo de única vez, su aliento de perro y su gran corazón. El hombre es el único animal que mata sin tener hambre.

Desde el fondo de la tarima teníamos todos los planos. Los músicos acaparando la atención de sus *fans*, la barrera de hierro amarilla tomada prestada del tránsito y los cabeceadores con sus coronas de humo y sudor, auténticos ángeles del demonio.

Las bandas de *heavy metal* fueron durante mucho tiempo una copia distorsionada del rock duro del norte. Este espejo cultural no puede ser menos que divergente (téngase en cuenta su azogue político). El fatalismo geográfico propició la guerra ideológica. El medio: la cultura. Las ondas hertzianas, en las bandas de onda media y FM, portan música en inglés. El gobierno las repele. «Nos quieren penetrar ideológicamente», advierte.

La Voz de las Américas[21] es sometida a una continua interferencia. Hay que evitar su libre recepción. Las radios rusas, paradójicamente, captan mejor las emisoras yanquis que las nacionales. Es imposible económicamente financiar el bloqueo de todo el espectro. Llegan. La gente se esfuerza por mejorar las antenas pero sus consecuencias son muy mal entendidas e interpretadas. En la escuela a menudo pasan formularios a rellenar. No puedes dejar casillas en blanco.

---

[21] Se inició como un servicio radial del Servicio de Información Extranjera de Estados Unidos (FIS) creado por Roosevelt para "enfrentar las transmisiones de las radios estatales europeas".

¿Escuchas la FM? ¿La Voz de las Américas? En un momento en el cual la revolución apenas radia en la banda de FM, admitir su escucha significaba reconocer oír la radio enemiga. Todo poseía un fuerte matiz ideológico. Era la guerra fría, la invisible.

Los melómanos seguidores de los *Hits Parades* desde sus SELENAs, VEFs o SOKOLs[22] son muy mal vistos. Cuba es un país beisbolero por excelencia pero es ideológicamente negativo seguir los partidos de las grandes ligas americanas. Ya en los 80 el estado hizo una excepción y creó una red de canales privados exclusivamente para el turismo. Lo raro es encontrar una frase en castellano y lo frecuente, deleznables copias de anuncios y propagandas a los productos nacionales disponibles exclusivamente para el turista. Y es asquerosamente lógico, porque solo ellos pueden consumirlos.

---

[22] Radios rusas que se vendían en Cuba por méritos laborales, a los "mejores" trabajadores.

No hay nada peor para una generación que sobrevivir a su propio entusiasmo.

Omar Pérez, Caimán Barbudo. Año 23, Edición 259

No es posible prohibir los sueños. Solo pueden traernos consecuencias si pasan a hechos. Entonces hay que cargar con ellas. «Los sueños son la línea del horizonte de la realidad». Que no sé por qué la imagino siempre azul y húmeda. Soy un náufrago de esas pequeñas pocetas de anhelos, tirando botellas de utopía al mar; esperando la suerte de amanecer un día asediado de auxilios flotando como nosotros, como islas en medio de la más desconsoladora inmensidad.

AMAR fue uno de esos sueños innecesarios, infantiles, amputados. Por enero de 1988, varias bandas subterráneas acordaron fundar la Asociación de Músicos Aficionados al Rock (AMAR). Demasiado hippie e inocente para la época que vivíamos.

El propio desdichado que tuvo la iniciativa escribió en un artículo titulado "¡Coño, Cuba! Hasta dónde vas a llegar, una breve historia del rock cubano", en exclusiva para la Plus Modernamexicana.

La Asociación Hermanos Saíz (que reúne a los jóvenes creadores de todo el país) y la Unión de Jóvenes Comunistas nos ofrecieron su apoyo moral, y a partir de entonces las cosas empezaron a enternecerse; muchas puertas se abrieron y finales del 88 fue una época tan buena que todos los grupos no daban abasto con la cantidad de actividades que promovía la AMAR. En 1989 logramos hacer ciento y pico de presentaciones públicas, y desde la fundación a acá se han hecho varios encuentros de rock, entre los que se encuentra el Festival de Santa Clara.

Desde un principio los objetivos de la AMAR han sido crear y hacer rock puramente cubano; unir a los grupos y promover el movimiento, porque sin duda, sobre el rock subterráneo puede hablarse con seguridad de movimiento desde la alternativa. Hemos dado pasos largos, y tenemos una sección promotora en un programa de Radio Ciudad de La Habana, donde los jóvenes se enteran de las opciones rockeras de la semana. La AMAR tiene reconocimiento oficial pero sigue sin legalizarse. En pleno 1991 los papeles están corriendo por ahí pero lo del rock no hay quien lo pare, porque ya hay más de 24 grupos en todo el país afiliados, y ahora estamos soñando con hacer un gran festival nacional que los reúna a todos...

Evidentemente el autor no cuenta con varios detalles. Desvariar es gratis, pero la fantasía no es institucionalizable. Su propio misterio radica en su naturaleza imprevisible. El autor se entusiasma con las estadísticas pero sus palabras, más que hechos, solo corresponden a sus aspiraciones proyectadas en la realidad.

AMAR, a tono con sus objetivos, propuso una cláusula repleta de incisos ídem a... cualquier cláusula colmada de incisos para remembretear el sueño de varias generaciones en deuda, para festejar, por fin, su funeral. A corto plazo el entusiasmo, inconsciente e involuntario, fue una pieza más de la estratagema oficial. A largo plazo, el aislamiento. El fin. Demasiada pretensión un intento de asentamiento legal en la cultura oficial; postulado además por una plataforma inconsistente y vacía. ¿Es que no era necesario un planteamiento ideológico? He ahí la cuestión. ¿Qué ideología es posible dentro de otra, depredadora, oficial?

Tuvimos el privilegio de poder evitarlo. ¿Cómo se puede discurrir con el propio discurso del régimen y revertir su significado? El nivel de cinismo no estaba a la altura de las circunstancias. Demasiado enemigo para un sueño de placenta. Demasiado verde.

AMAR pretendía ser una credencial en nombre de la generación del 60 que escuchó escondida los discos de los Beatles, de la generación que se cortó el pelo para ir a la caña o al culo del monte (donde se era más necesario), que cambió los pitillos de marihuana por estilográficas y planes de producción, de la generación que abrió las puertas de las fiestas a oscuras, zapatos plataformas y camisas *manhatans* ajustadas, de la generación foránea desprejuiciada que se reveló contra los valores sociales de sus padres, protestó por la presencia militar yanqui en Vietnam, se manifestó por sus derechos civiles contra los estereotipos sexuales, hasta de la generación que todavía en medio de los 90 balancea su cabeza a riesgo de desprendimiento y se empastilla con parquisonil, sardedron o inhalando goma.

AMAR nació muerto. POR FAVOR CIERRE LA PUERTA ANTES DE ENTRAR. Fue un humilde funeral de la nostalgia de antaño, de las insoportables leyendas de arcángeles del demonio, de los chicos malos y peludos que nacen para poner al orden patas arriba.

Hoy, cabezas de familias numerosas, administrativos, funcionarios, quizá recuerden cuando conocieron las baladas de Dylan acostados en la cama de un camión de caña, o en un surco de tabaco o apostado con un rifle donde el diablo dio las tres voces. –Eran tiempos diferentes, Uno crece, madura –es la excusa de una paulatina pérdida de valores, renuncias y frustraciones. Otros quizá tararearon hacia adentro *Another Brick In The Wall, Satisfaction*, o simplemente *Ojalá*.

AMAR pretendió presentarse de portavoz de una cultura subterránea, como un desagüe unitario que permitiera a todos los esparcidos grupos de la ciudad compartir su miseria instrumental y suerte. Padre, hijo y espíritu santo resignado definitivamente a pelear con desventaja. Sin plataforma, sin fundamentos sólidos, abocados al papeleo (la misma mierda burocrática que tanto deferenciaban). ¿A quién podría interesarle un piquete de comemierdas, extravagantes, muchos desvinculados laboralmente, abogando por la legislación y reconocimiento del orden? ¿Quién estaría dispuesto a jugarse su puesto?

AMAR no fue, como pretendió, el representante legítimo del movimiento *underground*. El *underground*, que sí lo hubo, nada debe a ninguna institución. La AMAR, en su aspiración de salir a flote, se sumergió en planteamientos líricos ridículos, tan estúpidos como sus tan criticados estribillos musicales soneros (mamita, cosa rica, cosa buena, muévete), textos de pactos entre Dios y el Diablo, evasivas construcciones superfluas de fachadas tan pesadas como para venírsele encima irremediablemente. El aire no está lleno de pajaritos, ni de florecillas, ni tenemos un único hongo atómico del 45.

Aquí, en la Habana, nadie salió en cueros a la calle por la muerte de Lennon, ni hay carteles de protesta; como no sean los que generan las oficinas de propaganda política e ideológica del estado en contra del imperialismo. No existe movimiento verde, solo unas pocas chimeneas angustiadas que dejaron de refinar hace años. La capa de petróleo de la bahía de la Habana aumenta, los barcos limpian sus bodegas a sus puertas y el gobierno no reclama porque no cumple sus acuerdos portuarios. Vivimos una situación de supervivencia ante una pirámide institucional intocable. La inmensa mole inerte, inamovible, incuestionable, indeleble. Todo es de todos, pero verdaderamente, nada de nadie. La gente hace como que trabaja y el estado hace como que te paga. ¿A cada cual según su capacidad? ¿A cada cual según su trabajo? ¿Mi servicio es usted? La vergüenza del eslogan demagogo y estúpido que nos hace sentir imbéciles, cada vez más.

Ser joven es realmente difícil, y por más de una razón sucede que hay que tener mucho entusiasmo y mucha confianza para buscar la verdad y luchar por aquello que uno crea y en lo que uno cree. En ocasiones se cierran todas las puertas, y a veces se cierran de verdad. Es difícil hacer rock, es difícil hacer humorismo comprometido, es difícil hacer poesía que trascienda a cielos y corazoncitos. Y lo hacen así gentes que no entienden que ser joven no es ser un funcionario pequeñito.

Eduardo del Llano

Cuando apareció la AMAR nos llamó a filas. La reunión fue convocada en casa del presidente: un veterano rockero de menos de un metro de estatura. Nos leyeron varias hojas que intentaban desesperadamente justificar su presencia. En realidad mucha bazofia. No obstante, como por donde sale uno, salen todos y por eso de en la unión está la fuerza, no nos opusimos. Aquellos papeles estaban hasta el cuello de faltas de ortografía en un discurso imitativo formal, pero también de buenas intenciones.

Ellos pretendían coordinar o mediar con las instituciones oficiales para promocionar conciertos. Planteaban un plan de rotación para que todas las bandas de la ciudad, sin distinciones, compartieran mutuamente los beneficios de tales empresas. Querían crear, contando con el equipamiento de las bandas más fuertes y asentadas, diferentes módulos de sonido, de manera tal que las más noveles y limitadas económicamente pudieran ofrecer actuaciones decorosas. Por lo menos todas, hipotéticamente, tendrían acceso a la misma calidad de sonido a pesar de que el mejor módulo compilado resultaría completamente insuficiente. Téngase en cuenta que solo los músicos profesionales y algunos privilegiados tienen acceso a este *parquet*.

La idea de la unión, del reparto equitativo, amén del eufemismo igualitario, nos pareció muy noble para no integrarnos. Además, AMAR proponía sesiones musicales para la superación cultural de sus integrantes. Audiciones de la mejor música. La música prohibida compilada entre todos, al alcance de todos. Luego resultó lamentablemente sesgada por el criterio de los patrocinadores. El número de reuniones y encuentros para tratar los problemas de la Asociación fueron improcedentes desde el principio. Daba la impresión de ser el brazo político de una propuesta terrorista.

Unión y reunión no son sinónimos. La palabra reunión se maltrató tanto que adquirió nuevas inflexiones y connotaciones hasta languidecer su significado. Aunque en el resto de los países de habla hispana quizá se mantenga razonable, en Cuba es sinónimo de perder el tiempo, de varias horas, de liquidación del lenguaje (porque, aunque se habla mucho, el conjunto de palabras se reduce inexorablemente: revolucionario, actitud, trabajo, esfuerzo, metas, requisitos, plan, méritos, combatividad, cumplimiento) a lo cantinflas. Es también sinónimo de aburrimiento, de acaballamiento lingüístico, de tantas cosas que de ninguna manera podría significar ponerse de acuerdo, ayudar y unificar.

No obstante aceptamos y prometimos (sin demagogia) toda la ayuda posible. Los resultados fueron, desde el principio, desalentadores: sesiones desorganizadas, parciales (había una gran tendencia hacia el *heavy metal* y todas sus bifurcaciones), los comentarios: puros chismes de revistas. De conciertos nada, los pocos que se consiguieron los repartieron, es verdad, pero solo entre los grupos de *heavy* (era lo que más gustaba a la gente) y donde, por supuesto, tocaba toda la plana mayor de AMAR.

Los organizadores, con la superioridad más hostil, establecían más que organizaban. –Estas son las reglas de juego –A lo *Rebelión en la Granja* las aplicaron. Como las intervenciones de la directiva eran cada vez más irrespetuosas, era de esperar cómo sería la organización del supuesto "Gran Festival", el proyecto cumbre de AMAR. La posibilidad de diálogo con el estado exigía diversidad de criterio, y más importante aún, reflexiones.

Es más fácil que pase un ciervo
por el ojo de un pájaro,
una piragua por el ojo de una aguja,
un torero por el ojo verde de un toro.
Antes que yo te olvide.
Antes que yo te olvide.
Antes que yo te olvide.
Antes que yo te olvide.

Es más fácil volar en una mosca,
sumar y sumar hasta llegar a cero,
es más fácil un rinoceronte
entre tus piernas de antílope.

Antes que yo te olvide.
Antes que yo te olvide.
Antes que yo te olvide.
Antes que yo te olvide.

Es más fácil morir en el olvido,
salvarse de la muerte por olvido,
es más fácil que te olvide para siempre,
antes que yo te olvide.

Antes que yo te olvide.
Antes que yo te olvide.
Antes que yo te olvide.
Antes que yo te olvide.

Balada de Mafhud Massís
Basada en el poema *Balada,* de Mafhud Massís.

Tengo miedo del sueño como se tiene miedo de un todo lleno de vago horror, gran agujero, que conduce no se sabe dónde; yo sólo veo el infinito por todas las ventanas.

Baudelaire

Amanece. La bahía se chupa la luna en su petróleo con el aplomo con que muerde el feligrés la hostia. A las seis de la mañana los silos del anillo del puerto están desiertos. Solo un guardia que desaparece. En medio del almacén central sobresale un disco flácido, aceitoso, amarillo. Un gran disco de papa a medio freír. Ahí es donde deberá incendiar la guitarra en cuanto amanezca.

Afuera, por los cristales rotos y manchados, se puede ver los escasos pelos de la suegra y sus uñas de dos metros grises y afiladas clavándose en las paredes como una araña enloquecida. Los labios rojos mal pintados sobresalen de la cara. Ella se oculta detrás, entre los dientes rotos y cariados. Se encoge para ocultarse pero Bebé sabe que está ahí, al acecho de la primera nota. Lleva varias horas esperando. No se va. Su posición es la misma desde hace varios años, la táctica también. Los altoparlantes esperan. Esta vez sonarán más alto. El vidrio multiplica la fuerza. Sirve para botar… también para cortar. Las tetas abandonadas por los años se mecen colgadas del rojo labial. Ella no tiene cuidado. En su búsqueda rastreando los cristales se ha herido con las uñas. Sus pezones sangran y el hilillo que se forma corre por una canal que termina en su crica. Es el hoyo donde tiene que insertar.

La muy imbécil gimotea en la garganta. No se decide a saltar pero chilla ahogada por los gritos del eco. Bosteza. Se cae. Deja la bóveda celeste sobre su cabeza, la inútil. Se revienta el cráneo. Brota una fuente de mierda. No tiene *blumer*. Su escasa peludez entre las piernas resplandece a la luz de una lámpara rota. Con la caída, las piernas se entreabren. Desde su disco amarillo fétido, su hueco de golf, Bebé ve las bembas moradas de su suegra que una vez fueron rosadas apretando, asfixiando su hoyo rojo, negro y profundo. Se retuerce en desarticuladas contracciones, espasmódicas y arrítmicas. Huevo frito de yema roja y clara rosa y negra. Como una garganta succiona desde muy adentro. Su pinga se hincha adquiriendo proporciones desmesuradas. Revienta el resurcido zipper del *jean* y sale como bala de cañón. Un proyectil que busca el calor de ese pequeño hueco de temperatura.

La pared se levanta y aplasta a su suegra contra el firmamento. Escupe los dientes. Su tranca, ya de varios metros de largo, va a reventar. Empuja hasta obligar el movimiento de los pies. Babeante y deseoso se impulsa a la gigante vulva. Babea como manantial. Sin nada en medio, nada puede impedir metérsela. No importa que esté llena de mierda. Él también apesta. Le da asco. Vomita.

Por fin va a entrar en su agujero pero... donde antes burbujeaba ahora es cristal. Se ha cristalizado la muy puta. Una crica rígida y fría, azul, marmórea, hermética. Su pinga se fractura. Pierde el equilibrio. Se clava la guitarra en la garganta de donde escapa un aullido. Suegra, esposa y maldición, ruedan desesperadamente en el círculo de la noche. Los altavoces crecen. Alcanzan la dimensión de un ataúd. Morirán todos. Siempre tienen que morir y ha llegado el momento. Con las metálicas cuerdas hundidas en los huevos, sobre la mierda y el sexo de su mujer petrificado. Mirándole de frente. Se nubla su mente. Se va.

Antes, no había nadie imprescindible; ahora, todos somos innecesarios.

Basilio Rogado

–¿Ya estamos todos?

Habían transcurrido tres largos cuartos de hora. Por fin había aparecido la representante de la Unión de Jóvenes Comunistas y se disponía a presidir la reunión. La mesa larga maltrecha estaba colmada por una representación de la fauna *underground* seleccionada por la AMAR. El tema, un súper concierto patrocinado por la UJC y la AHS.

–Bueno señores, empezamos. ¿Son ustedes los representantes de los grupos que van a participar? –preguntó echando una extravagante inspección visual.

–Sí –asintió alguien débilmente.

–He de decirles que este concierto, que es el primero que se organiza de este tipo en el país, es muy importante porque significa un acercamiento de las organizaciones políticas con un sector de la juventud que tiene serios problemas ideológicos. Ese día habrá agentes del cuerpo de seguridad en la puerta que no permitirán el acceso a las instalaciones a antisociales y maleantes. Es importante que colaboren en este sentido. Que la gente se comporte correctamente. No habrá bebidas alcohólicas y habrá mucha gente atenta a lo que

220

ocurra. Al primer desorden se suspende la actividad. ¿Está claro?

—A ver si te has expresado bien —empieza el Abuelo mientras se despereza de su asiento—. ¿Cómo van a saber los que estén en la puerta, si una persona es o no antisocial? ¿Les van a pedir los antecedentes penales?

—Por favor, tráteme de usted que yo, a usted, no le he dado confianza para que me tutee. Por supuesto que no hará falta pedir ningún antecedente penal, simplemente la gente que no se presente correctamente no va a entrar. Si aparece un individuo con pinta inadecuada no va a entrar. No se admitirá ningún tipo de crápula. Cero tatuajes, cero descamisados, cero animales, cero borrachos.

—Pero usted no se da cuenta de que la mayoría de la gente que va a ir a ese concierto tiene la pinta de los que usted ve por aquí. Aretes, cadenas, tatuajes...

—Pues esa gente no va entrar.

—Perdone, no me interrumpa.

—No me falte el respeto.

—Nadie le falta el respeto, solo que ha interrumpido y no deja hablar.

Hubo una mirada larga y contenida que terminó con un acentuado.

—Muy bien, continúe.

—La mayoría de la gente que va a asistir a ese concierto no tiene el aspecto favorito de los policías que estén en la puerta. Si prohíbe el acceso a la gente, solo por la pinta que lleven, el concierto será para tres gatos. Además, ¿Por qué no va a poder entrar un tipo porque lleve una argolla en la oreja? ¿Eso significa que es un antisocial? Hay gente que le gusta ese tipo de ornamenta, es solo un problema estético, una onda diferente.

—No es un problema estético, es un problema ideológico.

–No, no se equivoque. Es un problema estético, solo de gustos. A mí me puede gustar ponerme un trapo verde en la cabeza y a usted no. O colgarme un loro del hombro. Usted lleva unos aretes plásticos rojos, que a mí particularmente no me gustan, sin embargo no la acuso por eso de ningún problema ideológico –el Aceite intervino sobrao.

–Ustedes son unos falta de respeto y unos soquetes. Aquí no hay nada que discutir. Se acabó.

–¿Pero a qué hemos venido? ¿A coordinar el concierto o a ponernos de acuerdo en lo que nos gusta?

–Por favor, vamos a mantener la postura –dijo un tipo flaco de la Asociación que hasta entonces no había abierto la boca–, es cierto que hemos venido a organizar el concierto pero es importante sentar las bases para luego evitar problemas.

Se hizo un largo silencio. Se miraron y el Aceite siguió.

–Lo que les pasa es que tienen miedo que se les armé allí la desagradable porque eso les puede costar carísimo y no tienen ni idea de quiénes somos. Allí no va a pasar nada. Absolutamente nada. Por lo menos para nosotros porque nos vamos. Los dejamos para que sigan organizando su concierto en paz.

Se levantaron para irse. Cuando alcanzaban la puerta escucharon al presidente de la AMAR implorar.

– Nosotros no pensamos así, eso son ellos, no somos todos.

No hubo concierto. No hubo más. Para el *underground* el concierto se canceló por culpa del Aceite y el Abuelo, por bocones. Los organizadores tomaron nota. Un renglón más de su lista negra. Cero radio. Cero presentaciones. Sin embargo, salieron de allí a gusto. No los podían aplastar, ni callar. Y les quedaban todavía cosas muy importantes que decir y hacer.

Si te despreocupas, el mago te desaparece.

Adrián Morales

Muchas veces, cuando terminábamos de ensayar en el Patio de María nos íbamos a una cafetería en la esquina de Zapata y Paseo a tomar té y pan con queso. Allí sentados conversábamos. Como estaba al lado de una funeraria cerraba muy tarde y nos daba tiempo a bajar la adrenalina del ensayo. La una o las dos de la mañana era muy tarde para la Habana de los 80. Otras veces, cuando la cafetería cerraba, nos mudábamos al parque de enfrente. Un largo cordón verde que caía hasta el malecón un montón de cuadras más abajo.

Por esos días se celebraba un juicio televisado muy importante, el caso Ochoa (8A). El general de división más condecorado del ejército y otros militares de alto rango del Ministerio del Interior y de las Fuerzas Armadas Revolucionarias son acusados de corrupción y tráfico de drogas. Todo el mundo espera que les den palito (pelotón de fusilamiento) pero la telenovela continúa día tras día acumulando el suspense del final anunciado. Cada día la mierda se enreda más. Tráfico de joyas y diamantes en Angola, una puta con promesas incumplidas en Miami, una oficina tapadera del estado en Panamá[23]. Aviones con droga repostando en territorio nacional. Dos gemelos que fueron escolta de Allende en el Palacio de la Moneda. Un fiscal parecido a Luis de Funes apodado charco 'e sangre. Hay muchos nervios. Algunos no se lo creen. La gente se engancha al televisor pendiente de los juicios, las calles desiertas, la policía demasiado intranquila.

Nuestro punto de reunión nocturno y el Patio de María estaban muy cerca de la Plaza de la Revolución. Nos habían advertido. No se pueden forman grupos de más de dos personas. Pero nos pareció tan ridículo que no hicimos caso y aunque la cafetería cerraba más temprano por esos días seguimos terminando los panes con queso en los bancos del parque.

Un día llegaron dos militares: –Carné de identidad – pidieron. Sacamos cada uno el carné y se los dimos. Éramos cuatro. El de Bebé con su "No molestar en tiempo de guerra, ni en tiempo de paz". Uno de los guardias fue devolviendo los carnés mientras nos despachaba: –Tú –le dijo a Bebé–. Pa' Regla. Aquí no se puede estar. Tú –le dijo al Abuelo–. Pa'l Cerro. Tú –se volvió hacia Perico–. A tu casa– Perico vivía al lado–. Tú –me dijo a mí–. Pa' la Habana del Este. Solo Perico se movió apresuradamente. Estrenaba el carné de identidad. Aún no había botado su Tarjeta de Menor. Se asustó tanto que ni se despidió. Recogió su librito y salió pitando. Los otros tres nos quedamos inmóviles. Los guardias se irritaron.

–Arriba, a moverse. ¿Están sordos o qué?

---

[23] En el MININT (Ministerio del Interior) se creó un departamento especial de operaciones encubiertas, conocido como: MC (Moneda Convertible) a cargo de Toni de la Guardia cuya misión era la de obtener dólares para Cuba al precio que fuera. Durante el juicio el significado de las siglas parecía otro: Marihuana y Cocaína.

–No estamos sordos –le dije– pero éste es un lugar público. ¿Dónde dice que no podemos estar aquí?

–Mira muchacho, yo no tengo que darte ninguna explicación. Ustedes se van de aquí ahora mismo o me los llevo presos.

–Pues vas a tener que llevarnos presos. Si no nos enseñas un documento oficial que diga que no podemos estar aquí a estas horas no nos movemos. ¿No ves que no estamos haciendo nada?

Se alejó y habló con alguien por el *walkie talkie*. Al poco rato apareció un carro patrullero y nos llevó a una estación de policía. Nos obligaron a sentarnos en un banco de madera en la recepción. Aquello estaba lleno. Allí nos tuvieron cerca de tres horas. Sin decirnos ni una palabra. Luego vino un guardia. –Arriba, pueden irse –Daba la sensación de perdón. A los pocos días acabó el juicio. Fusilaron a cuatro. Al resto le cayó cualquier cantidad de años en prisión. Poco tiempo después el gobierno publicó el libro "Causa 1/1989" con su visión de los hechos.

A partir de entonces se despejaron las nuevas reglas del juego. El estado controla cada movimiento, cada persona. Te observan mientras no les intereses. Hacen la vista gorda. Cuando lo necesiten te echan mano. Y te borran. Porque siempre, siempre, van a tener motivos. El juicio fue un teatro. Los familiares se acusaron unos a otros. El miedo y la presión les hizo confesar delitos que no cometieron, como la inquisición en sus buenos tiempos. Fusilaron a Ochoa, Toni, Jorge y Padrón[24]. Repartieron años de cárcel para el resto. A

---

[24] Arnaldo Tomás Ochoa Sánchez – General de División de las FAR, Antonio de la Guardia Font (Toni) – Coronel del MINIT, Jorge Martínez Valdés – Capitán de las FAR, Amado Bruno Padrón Trujillo – Mayor del MINIT.

Patricio[25] le cayeron treinta. La cuchilla voló bajito durante algún tiempo más. Después de la causa primera vino la segunda donde cayó el propio Ministro del Ministerio del Interior José Abrahante Fernández[26]. Con el estado, no se juega. Si alguien tenía dudas o lo había olvidado, ya lo sabe.

---

[25] Patricio de la Guardia Font – General de Brigada de las FAR y hermano gemelo de Antonio de la Guardia Font.

[26] Abrahante (Pepe) murió en prisión en el 91. Todos los allegados a Abrahante y Ochoa fueron destituidos y juzgados. El Ministro del Transporte General Diocles Torralbas González (suegro de Toni de la Guardia), fue separado del cargo por conducta impropia, relacionada con actividades sexuales con mujeres. Detenido después y llevado a juicio ante el Tribunal Provincial Popular de la Ciudad de La Habana, le añadieron el delito de malversación. El lunes 24 de julio de ese año 1989, salió publicada una nota en el periódico Granma, donde expresaba que Torralbas había sido condenado a 20 años de prisión.

Murió como una celebridad, la única cosa que no era.

J. D. Salinger

–Aceite de Linasa, mira lo que traigo aquí –Wolf traía en la mano un número de la revista Revolución y Cultura con un título muy pequeño en el extremo inferior derecho: "EL ROCK EN CUBA[27]". –¡Échate la foto! Abuelo, todavía te tiene que

---

[27] Humberto Manduley, su autor, me regaló posteriormente un ejemplar con una pequeña dedicatoria «Aquí va uno de los pedazos más rescatables y humanos de nosotros». Mucho costó que se lo publicaran. Mucho tuvo que esperar para ver la luz pero ahí estaba. Mereció la pena.

«Treinta años es bastante tiempo; a veces demasiado. Sin embargo, tres décadas no han logrado dar al rock de producción nacional un salvoconducto para figurar con decoro dentro del amplio espectro de la cultura cubana. Taras internas y censura oficial (abierta o solapada) han hecho del rock que se hace por aquí una especie de hijo descarriado.

»Algunos incluso se cuestionan si tal hijo existe. La terminología "rock cubano" levanta tempestades de polémicas en las que todos participan: intelectuales, funcionarios, amas de casa, estudiantes, músicos. Tal fenómeno no deja de ser curioso. Parecería que lo preocupante es otorgar carné de identidad nacional a un género que, en un abrumador por ciento de los casos, sólo ha reciclado los originales foráneos. Pero hay más: la adopción acrítica del material extranjero tampoco es vista con buenos ojos. Se puede copiar a Gardel, Mozart o la salsa (que, para colmo, es como imitar una copia mala y distorsionada de nosotros mismos). Pero, ¡cuidado con copiar a Lennon!

»Tratar de hacer la historia del rock en nuestro país resulta una tarea compleja, pues se impone rastrearla de la nada: unir cabos, descifrar incógnitas, armar un rompecabezas al cual le faltan varias piezas. No obstante, se impone hacerla antes que transcurra más tiempo.

»Mirando retrospectivamente los orígenes del rock en Cuba hay que buscarlos en los años finales de la década de los cincuenta, sobre todo en la vida nocturna habanera, plagada de imitadores de Elvis Presley o de sus versiones hispano-mexicanas (Luis Aguilé, Enrique Guzmán). Era una lista extensa de la cual tomamos algunos nombres importantes: Danny Puga, Jorge Bauer, Luis Bravo... Otros artistas, sin inscribirse directamente bajo la bandera del rock and roll, lo asumían como género de actualidad en su repertorio: Los Llópiz, Los Armónicos de Felipe Dulzaides, etc.

»Despuntando los años sesenta, el panorama aún se balanceó un tiempo entre el modelo "solista" (Presley) y el "colectivo" que estaban imponiendo los conjuntos británicos (Beatles, Rolling Stones). Comenzó una avalancha imparable, donde figuraron Los Astros, Los Bucaneros, Los Vampiros, Los Cinco de Armandito Zequeiras, Los Buitre, Los Dada, Ricardito y Sus Cometas, Los Atómicos, Los Halcones y un buen montón más. Esta primera promoción se debatía entre el mimetismo y la originalidad, entre copiar o crear. Pronto ese dilema quedaría relegado: "copiar" se volvió la palabra de orden. Así comenzó ese calvario que tantos dolores de cabeza proporcionó a cultores y fanáticos.

»En ese momento la situación económica del país era crítica, lo cual se convirtió en el lastre principal para los rockeros, hijos ilegítimos de la electricidad y la tecnología. No obstante como la necesidad es y sigue siendo la madre de la invención, el rock subsistió gracias a las innovaciones: guitarras improvisadas, baterías armadas a pedazos, equipos de confección casera, alambres telefónicos a modo de cuerdas, etc. El producto sonoro elaborado así, con esos remedos de instrumentos tenía, por obligación, que ser de dudosa calidad, pero en esos momentos lo principal era suplir la desinformación. De tal suerte los fanáticos del rock conocían primero, muchas veces, la copia nacional de un tema antes que su original extranjero. Habían quedado atrás los días en que radio Kramer proporcionaba a los rockeros la necesaria actualidad musical. A partir de ahí las ocasiones irían disminuyendo a una velocidad preocupante».

La década del florecimiento del rock & roll, los 60, coincidió con los primeros años del triunfo de la revolución cubana. Época que exigió mucho del apoyo de los jóvenes de entonces. Se iniciaba un proyecto sin precedentes. La creación del hombre nuevo. El nacimiento del hombre correspondiente a la sociedad que se pretendía edificar. Estos primeros años de aprendizaje sobre la marcha fueron muy difíciles. Los Estados Unidos declararon un embargo comercial indefinido, tuvo lugar el primer y gran éxodo masivo y el inicio de un interminable acoso militar.

Cuba entraba en la guerra fría. Condicionado, entre muchas otras cosas, por todo esto y el afán de construir una sociedad nueva, en las narices del *imperio*, el gobierno infundió en muchos sectores un sentimiento agresivo hacia todo lo que provenía del *norte*. Ante cualquier *provocación yanqui*, rechazo incondicional. Se iniciaba la lucha ideológica. El enemigo invisible, en su intento de penetración, se hizo omnipresente. Hábilmente surgiría hasta en la sopa. Cualquier cosa, hecho, persona, es un enemigo en potencia. Los Estados Unidos se lo ponen en bandeja y el gobierno tiene lo que necesita, un enemigo mortal, perdón, inmortal. El enemigo que trae todos los problemas, hacia el que hay que desviar toda la atención, al que hay que destruir pese a todo, el que pagará todos los platos rotos, el material de estudio. El *rock & roll* fue una de esas víctimas de la *penetración ideológica del enemigo*. El *fenómeno* no se asistió como un hecho cultural, sino ideológico. Los pelos largos, la ropa de mezclilla y cuero, los pantalones campanas, las plataformas, no eran una moda universal sino la imitación al *modo de vida americano*, al *fashion* enemigo. La moda hippie tardía se tropezó con una barrera ideológica que la situaba más allá de la frontera. Era un intento *vil* de penetración, de socavar y desviar a esa: nueva juventud probeta. Cualquier acercamiento a esta nueva identidad constituyó, de facto, un coqueteo con la propaganda enemiga, con su estilo de vida, con su ideología, aún cuando aquellos jóvenes de las patas de gallina sólo abogaban por el amor, la paz y la libertad y luchaban, de hecho, pacíficamente contra la administración Kennedy por la igualdad racial, en contra de la guerra en Vietnam y por la libertad del individuo. Por su libre elección.

Esta primera década hizo posible el surgimiento del GES (Grupo de Experimentación Sonora) del ICAIC (Instituto de Arte e Industria Cinematográfico), fundado en 1969. Este movimiento generacional, sin encasillarse en ningún tipo de género, tuvo sendas influencias del rock & roll. A pesar de su clara definición como portavoz ideológico de ese *hombre nuevo* y revolucionario, no les fue fácil. Sólo consiguieron grabar un 25% de su obra. El GES, inicialmente integrado por Leonardo Acosta, Silvio Rodríguez, Pablo Milanés, Sara González, Eduardo Ramos, Noel Nicola, Emiliano Salvador, Pablo Menéndez, Leoginaldo Pimentel, Norberto Carrillo y Sergio Vitier, entre otros, cantó odas a la revolución, a su defensa, al trabajo, pero su propuesta musical fue libre, desprejuiciada, heterodoxa. Su trabajo no acabó en el cesto de basura dedicado a la propaganda subversiva enemiga gracias al padrinazgo político de Haydee Santamaría (directora entonces de la Casa de las Américas y heroína de la revolución) y cultural de Leo Brower (compositor, guitarrista y director de orquesta consagrado internacionalmente). Poca gente, incluida Manduley, considera al GES dentro del fenómeno rock. Casi siempre se habla de ellos en el contexto de la Nueva Trova. Pero este grupo experimentó con muchos ritmos, géneros, sonidos y tendencias muy cercanas al rock.

Según Humberto Manduley, Los Bucaneros, que ya en la segunda mitad de la década de los 60 habían pasado de cuarteto vocal a equipo instrumental, pusieron a bailar a toda una generación con canciones como "la soga" o su versión de "pastilla de menta" de Jimmy Smith o piezas del repertorio de Rolling Stones y Outsiders. Fue una época de imitación de ritmos contagiosos, fuertes, pegajosos. De pasar gato por liebre por debajo de la puerta, siempre clausurada.

Es imposible convertir la Habana en Woodstock. La Habana baila, respira, y duerme con su propio ritmo. Sin embargo, la proscripción y más sutil aún, el ataque subliminal en el contexto ideológico estratificó las bases para el cambio.

«Entre 1965 y 1975 se produjo el auténtico *boom* rockero nacional. Ya el género se había expandido por casi todo el país, si bien La Habana seguía siendo la Meca. Los conjuntos más importantes fueron los Kents, Los Jets, Los Pacíficos, Sesiones Ocultas, Almas Vertiginosas, Los Gnomos, Los Signos, Los Mensajeros, Los Barbas, Dimensión Vertical, Nueva Generación, Primera Generación y Sonido X, todos de la capital, mientras en otras zonas de nuestra geografía surgían Los Novels, Los Fakires, Los Cometas, Tercer Mundo y Los Centurys, por citar sólo unos cuantos. Esta hornada se caracterizó por algunos elementos interesantes: apogeo del instrumentista, desaparición casi total del idioma español de los repertorios, continuo reciclaje de las canciones de éxito en otras latitudes, inexistencia de una filosofía artística definida... La censura fue cada vez mayor, debido a una cuestionable política cultural que no supo encauzar correctamente las inquietudes y posibilidades del género como propuesta musical.»

Otras bandas urbanas resultado de esa explosión fueron Los Violentos, TNT, Los Sioux, Golpes Duros, Viento Solar, Los Fariseos, Los Vickings, Los Hands, Los Espontáneos, Los Magnéticos, Los Gafas y los primeros 5U4. Muchas de estas bandas se colaron en las preferencias de los jóvenes. Quizá una de las más importantes de esta primera época fue Los Pacíficos. Este combo puso en circulación una buena parte del repertorio de Los Beatles. En el 67 eran los líderes incuestionables hasta la aparición de una banda menos pop y más rockera, Los Kent. Iniciados con versiones de Los Bravos continuaron con números originales combinados con versiones de Deep Purple, Santana, Toto y Billy Joel. Luego dieron un viraje hacia el funk de Tolver Of Power y Earth, Wind and Fire. Por último, entre el 77 y el 80, se extinguieron con *covers* de Kool And The Gang y Michael Jackson.

A pesar de la escasa originalidad de los fusiles y la pésima reproducción condicionada por factores extramusicales la aparición de este fenómeno constituyó inconscientemente un intento de quebrantar una barrera cultural institucional invisible, oficialmente anónima y real, un esfuerzo de evidenciar un camino despoblado, ignorado por la política cultural.

La llegada de los 70 se vio sorprendida por la angustiosa caída de la escuela Beatles y al igual que en otros lugares del mundo, los grupos que no estuvieron preparados para el cambio de panorama, quedaron en el camino. Los sonidos más agresivos y los pelos largos ganaban cada vez más terreno en la capital. Se inició un nuevo período de imitadores de Grand Funk Railroad, Deep Purple, Santana, Rare Earth, Chicago y Creedence Clearwater Revival. Nadie dudó del inglés como lenguaje. A la nueva oleada de raíces anglosajonas le pertenecía un idioma y así debía ser cantado. El resto de los idiomas fue condenado a los géneros ya establecidos o a sus ritmos locales y folclóricos.

Hasta los nombres adquirieron nuevas connotaciones: Sesiones Ocultas, Dimensión Vertical, Almas Vertiginosas, Flores Plásticas, Nueva Generación, Última Edición, Soles Nacientes, Los Colores De La Vida, Sonido X. Fuera de la Habana aparecieron bandas como Pitecántropo, Los Míos, Clan, Los Cambios, Los Frenéticos, Cenith y Tercer Mundo. La mayoría de estas agrupaciones terminaron como sus predecesoras, como casi todas, sin dejar rastro, sin fotos, sin grabaciones, en el anonimato.

«Entre mediados de los setenta y la recta final de los ochenta, el rock atravesó un impasse tremendo que estuvo condicionado por causas objetivas y subjetivas. Entre ellas podría citar el advenimiento de la música Disco, el desgaste de años y años sin recibir el menor apoyo por parte de las instituciones, el éxodo de 1980, la rentabilidad económica de tocar sones, guarachas, Nueva Trova, jazz, bolero o lo que fuera, pero no rock. Las agrupaciones surgidas por aquella época no tenían la calidad de sus antecesoras: el entusiasmo comenzaba a fallar, desaparecían las ocasiones para ejecutar rock; los medios de difusión continuaban cerrados a cal y canto para todo lo que estuviera vinculado a un género que solamente era visto como portavoz del imperialismo mundial y como la prueba más fehaciente de "diversionismo ideológico" en un individuo de nuestra sociedad.

»Sin embargo, precisamente por esas fechas, cuando mayor aridez existía en el rock de producción nacional salen a la luz dos grupos que marcarían derroteros interesantes: Arte Vivo y Síntesis. Hay que advertir que ninguno de ellos abordaba la sonoridad más socorrida hasta ese momento, el hard rock con alguna que otra sutil variación, sino que experimentaron con tendencias y lenguajes más amplios. Alrededor de 1986 esa música "extranjerizante" y "contraria a nuestra cultura", comenzó a ser aceptada poco a poco. Un saludable cambio en las concepciones institucionales, que halló eficaz empuje en la nueva actitud asumida por la Unión de Jóvenes Comunistas, propició un acercamiento desprejuiciado. El rock ganó un espacio en la radio, en la prensa, y hasta en la televisión; las Casas de Cultura se abrieron para los rockeros, todo empezó a funcionar un poquito mejor, aunque el recelo se mantenía latente aquí allá».

La historia del rock & roll en Cuba estuvo dividida, desde sus orígenes, por la barrera del arte profesional y el aficionado. Según Victoria Eli

(Apuntes sobre la creación musical en Cuba. no. 11, 1987 50 c.) «En 1960 se creó el Movimiento de Artistas Aficionados, encaminado a hacer del pueblo no sólo receptor pasivo ante el hecho artístico, sino su participante activo, para contribuir a la formación más plena del individuo y a la formación de futuros artistas profesionales». Para el estado es profesional la agrupación o músico que tiene un diploma de graduación de algún conservatorio o el aprobado a una especie de examen de ingreso a alguna de las instituciones oficiales de contratación, las empresas. Esta última fue la fórmula que encontraron para no dejar fuera al grueso de la música popular cubana que, por supuesto, no pasó por ninguna academia. Máxima prioridad al interés por rescatar los valores de la cultura tradicional. En este caso poco importan los títulos.

Los aficionados, por otra parte, no reciben ingresos por sus actuaciones, no se van de giras y están al margen del mercado del disco. Mercado en función de promocionar la tradición y popularidad con una oferta muy por debajo de la demanda. Los aficionados existen sólo por su cuenta y con la escasa colaboración de algunas Casas de Cultura. Vanidosa pretensión de alcanzar al arte a las masas. Cultura para las masas. Estas Casas de Cultura no apoyaron masivamente al movimiento rock, lo hicieron selectivamente, teniendo siempre mucho cuidado de no deteriorar su imagen dando cabida a agrupaciones extravagantes, con gente de dudoso origen y pretensiones. Era importantísima la vinculación laboral; el mejor filtro. No existía una red de distribución comercial de instrumentos musicales; sólo en pequeña escala limitada al sector *profesional* y controlado por las instituciones de contratación. Las Casas de Cultura no siempre disponían de una dotación de segunda (la mayoría, instrumentos de procedencia soviética, alemana y checa) que ponía en las manos de los interesados de forma irregular y caótica. Para mucha gente la otra única opción era el mercado negro. En la segunda mitad de la década de los 70 aparecieron Los Jets, Los Tiempos, Sombras Blancas, Antúnez, Cuarto Mundo, Sexta División, Havana Express, Los Pumas, RH, Los Tackson, Sputnik y Trébol. Última camada por buen rato. Luego llegó la debacle. Con la música Disco muchos grupos cambiaron de casaca con fines lucrativos o animados por el éxito. Otros se reconvirtieron a orquestas típicas, bandas de jazz o Nueva Trova cuando dejaron atrás las ilusiones adolescentes y la economía apretó las tuercas.

Entre el 77 y el 78 aparecieron dos grupos determinantes para lo que sucedería después a pesar de que, curiosamente, abandonaban los reconocidos clichés del rock duro y se lanzaban al vacío en osados experimentos. Síntesis, con un acercamiento al rock sinfónico y el uso de polifonías corales y Arte Vivo, en una línea vanguardista sin precedente más cercano al rock progresivo y la improvisación.

En los primeros años de la década de los 80 comenzaron las primeras letras en español aludiendo mayoritariamente temas universales, esotéricos y románticos. Quizá más como una forma de protección política que por un interés estilista. No ocurrió lo mismo con la llamada Nueva Trova y sus aparentes bifurcaciones posteriores cuya retórica estuvo siempre más politizada aunque no tan consecuente con su discurso.

El rock, cuando por fin cobra lengua, crece entonces con textos tan banales como la mayoría de los estribillos soneros, aunque en otro universo. Hubo pocas excepciones. Arte Vivo es un ejemplo de ello y su obra, muy a tono con su generación, sobrevivió a esta estratégica e ingenua coraza. Su obra, influida por la mal clasificada música contemporánea, barroca, electrónica, concreta, estableció la continuidad quebrada desde la desintegración del GES.

En diciembre del 81 se celebró el festival de rock "Invierno Caliente", a cargo de Guillermo Vilar, reconocido crítico y periodista en la materia. La nómina fue demasiado pálida. Los Dans, el Trío de Mayito Romeu, Electra, Sputnik, Arte Vivo, Los Magnéticos, Géminis y Los Dada.

Al inicio de la década de los 80 nacieron FM, Red, Flash y Los Gens, manteniendo la tradición de la unidad en pequeñas asociaciones instrumentales a diferencia de otros países, donde no es poco casual que las figuras solistas prefieran brillar con luz propia despegándose del entorno grupal. En todo el movimiento es imposible señalar una personalidad que destaque. Cantantes y guitarristas con inclinaciones al liderazgo se parapetaron tras el nombre de una agrupación. La historia del rock & roll en Cuba es sólo una larga lista de bandas sin figuras. Rostros sin nombre.

«Históricamente hablando, el suceso más significativo de la década de los 80 fue la aparición de Venus, un quinteto de *hard rock* que echó por tierra cánones que parecían inamovibles. Venus se atrevió a cantar (¡nuevamente!) en español y algo aún más osado: componer *todo* el material que iban a ejecutar. De la noche a la mañana se acabaron las versiones, y tras la huella de Venus, todos empezaron a escribir canciones. Fue la época en la que apareció el calificativo de "rock nacional", coincidiendo con varias bandas que se sumaron a la lista: Zeus, Metal Oscuro, Géiser, Rodas, Neurosis... Grupos con mayor veteranía (Los Gens, Viento Solar, Los Magnéticos, Red) dieron un aporte sustancial y las cosas parecieron mucho mejor».

En el año 86 una funcionaria de cultura del municipio Habana Vieja, logró que le cedieran a Venus el Anfiteatro de la avenida del puerto de la Habana con capacidad de 5500 personas, para la realización de conciertos con periodicidad mensual. Otras bandas, con otras tendencias, habían cantado antes canciones propias en español como Síntesis, Arte Vivo o Monte de Espuma pero ninguna fue un fenómeno de masas. El impacto social de Venus fue importante. A pesar de tocar al aire libre con menos de 200 vatios de potencia el espacio se llenaba. Los más cercanos coreaban transmitiendo la señal. A los más distantes siempre les llegaba algo. Venus logró movilizar hasta cinco mil personas. El único medio de propaganda o difusión era la bola, el rumor.

«Cuando se anuncia el Premio EGREM para Síntesis, rápidamente el término "rock nacional" pasó a englobar a toda una serie de artistas y músicos profesionales que cultivaban variantes del estilo en cuestión: Mezcla, Monte de Espuma, José María Vitier y su grupo, Edesio Alejandro, y el ya mencionado Síntesis, entre otros. Fue una poco hábil campaña para tratar de pasar gato por liebre. Es cierto que esos grupos incorporaban sonoridades del rock en sus obras, pero era evidente el intento de restar mérito a los rockeros aficionados».

1992 sorprende a Cuba en su mayor depresión económica. Un sistema comercial socialista desarticulado. Un embargo económico maduro. Un aislamiento inédito. El hombre nuevo empieza a estirar los brazos. Su padre le avisa. Nada de cambios. Crisis de principios. Los artistas se han puesto las pilas, la perestroika abre una puerta. La transparencia de información destroza el muro. Comienza la desintegración social. El panorama musical se agrava, peor para el rock & roll. Las reducciones del presupuesto energético aumentan en cada institución. El número de espectáculos disminuye bruscamente. La mayoría de los estudios de grabación cierran parcial (durante largos períodos de tiempo) o definitivamente. Los horarios de funcionamiento de las salas de concierto, cines y teatros se reducen al mínimo. La mayoría de las Casas de Cultura cierran sus puertas. Se acabó el papel. Ya no se imprimen libros, sólo a cuenta gotas. El personal de las instituciones afectadas es reciclado a la agricultura.

Los grupos de rock, natos consumidores de energía eléctrica, comienzan a perder los locales de ensayo, aún aquellos montados en sus propias casas. Las horas de suministro de luz caen en picado (hay ciudades donde alcanza un máximo de cuatro horas al día). La población es la más afectada. Aumentan las sanciones, los incumplimientos y la duración de los cortes a los indisciplinados. Comienza la programación de los apagones. Se apaga un sitio, se enciende otro. Se apagan muchos, se encienden menos. La embajada española compite con el faro del morro. Da la impresión que nunca volverá a iluminarse todo junto. Los conciertos se reducen a la nada. 1980 abrió otro nuevo éxodo masivo pero en los incipientes 90, salir de Cuba comienza a ser más que una idea fija en el mundo del arte.

«La temporada de las "vacas gordas" para el rock nacional finalizó con el Período Especial. Cuando la avalancha de grupos seguía en aumento (Sentencia, Estirpe, Alto Mando). De manera abrupta disminuyeron los lugares donde tocar, el apoyo cedió paso a la apatía, y las viejas promesas se desvanecieron como en el más rancio de los boleros. Parecía que todo volvía a cero.

»Es sintomático que, precisamente en ese momento histórico, cuando las condiciones tornaban a ser difíciles en grado extremo, la variedad estilística (¡por fin!) se dejaba sentir. Mientras el grueso de los ejecutantes se inclinaba hacia el heavy metal o cualquiera de sus crecer mucho el tejo pa' pararte al la'o mío. ¡Mira al Perico que serio con el Vermonón! ¡Están los dos pa'l parque!

Le caímos encima a la revista y nos partimos de la risa. La foto era de un concierto en el Patio de María. Solo salían ellos dos y un espontáneo en el fondo del proscenio.

–¿Y eso? –pregunté.

---

múltiples variaciones, otras líneas reaparecían o se imponían. El hard rock tuvo un buen momento fugaz con el grupo Sexto Sentido; el rock progresivo se afianzó mediante bandas sonoras como Hojo por Oja, Cartón Tabla, Teatro de Sonido, Extra y experimentos en solitario de algunos instrumentistas, y el jazz-rock o fusión tomó preponderancia en los festivales de jazz gracias, sobre todo, a la cohesión de un equipo estelar: el grupo de Pucho López.

»La diversidad genérica se mantiene como rasgo para lo que va de los años noventa: hay bandas y músicos trabajando en casi todas las tendencias sonoras actuales: *rock alternativo* (Cosa Nostra, Havana), *punk* (Rotura, Los Detenidos), *rock experimental* (Naranja Mecánica, Música D' Repuesto), *rock-pop* (Paisaje con Ríos, Pulsos, Perfume de Mujer), *fusión* (Éxodo, Estado de Ánimo, Libre Acceso), *rock industrial* (Symphony Of Doom), *rock acústico* con flashazos de country blues (Superávit, Extraño Corazón), y hasta los componentes de aquella "generación de los topos" de principio de los ochenta que dieron vida a lo que se denominó "novísima trova", han incursionado en el rock con bastante fortuna (Santiago Feliú, Carlos Varela). Esa variedad es un signo obvio de salud; el mejor de los síntomas para seguir apoyando esa música entre nosotros.

»Esta apretada síntesis no pretende ser la historia del rock en Cuba; sólo una guía de nombres para probar que hubo, hay y habrá rock por esta isla. El futuro es tan nebuloso como el propio pasado, pero es necesario que no se extravíe entre la indiferencia, la incomprensión y la inexperiencia, como sucedió antes. Los conceptos arcaicos parecen superados, y ahora es tarea de los rockeros probar su valía haciendo una música que en verdad sea representativa de nosotros mismos, sin que esto signifique "metalizar" un bolero o rebuscar la cotidianeidad como único hilo argumental de las canciones. La creación es mucho más que eso.

»Treinta años es bastante tiempo. Los rebeldes que ayer preferían a Los Beatles como modelo de ruptura, hoy asisten preocupados al interés de sus hijos por Megadeth. No es imprescindible un entendimiento absoluto entre generaciones: más importante es la coexistencia y el respeto. Treinta años es demasiado tiempo, y me gustaría pensar que ya quedaron atrás los días en que el rock no era ni Revolución ni Cultura».

–¡Ya formamos parte de la historia del rock en Cuba Aceite! –Wolf estaba animado así que supuse que hablaban bien.

El artículo lo había escrito Humberto Manduley. Debajo de su nombre ponía: Realizador de programas en Radio Ciudad de La Habana. Miembro de la Asociación Hermanos Saíz. No era falso pero Humberto era mucho más que eso. Era uno de los pocos sobrevivientes del rock y quizá la única persona que guardó minuciosamente cada acontecimiento, cada cara, cada canción, cada grabación en su impresionante memoria. Empezó a frecuentar nuestros ensayos desde que llegamos al Patio de María pero había estado en todos y cada uno de los conciertos que habíamos hecho. Él mismo nos facilitó las únicas y patéticas fotos que nos hizo un conocido fotógrafo apodado Calandraca y nos entrevistó varias veces en la radio.

–Me alegro por Manduley. Me parece increíble que hayan publicado esto –comenté.

–¿Cómo sería esta "historia" sin censura? –preguntó el Abuelo.

–¿Quién sabe? A lo mejor otro gallo cantaría. Oye, no dice nada del Grupo de Experimentación Sonora del ICAIC –Perico coincidía conmigo.

–Esa gente no son rockeros.

–No jodas Bebé. Claro que no fueron un grupo de *rock and roll* pero sí que tuvieron un montón de influencias.

–A alguno de esos le lavaron bien el coco en la UMAP[28]. Por eso cantaron un montón de morrongas «En cada cuadra un comité, en cada barrio revolución».

---

[28] Unidades Militares de Ayuda a la Producción. Se crearon en el 65.

–¿Qué tiene que ver Juana con su hermana? Forma y contenido Bebé. Culturízate –el Abuelo también pensaba lo mismo.

–Me da igual. Rock de verdad hacía Arte Vivo.

–Y aquí aparece.

–¿A que no dice nada de cómo se los fundieron?

–¿Cómo? –preguntó Perico.

–Unos yanquis, o unos canadienses, da igual, que vinieron de turistas, los oyeron y se llevaron casetes de ellos pa'l yuma y allí editaron un disco o algo así que parece que tuvo éxito porque de repente desembarcaron en el aeropuerto de La Habana un montón de turistas con sellitos de Arte Vivo encima. Se formó una de pinga. Los acusaron de diversionismo, de espionaje, de tráfico ilegal, de cualquier cantidad de cosas. Tuvieron que desaparecer.

–¿Estás seguro? –preguntó Wolf.

–Eso dicen.

–De todas formas Bebé –le dijo el Abuelo–, poner eso ahí, suponiendo que fuera cierto y se lo permitieran, no tiene mucho sentido. No es una revista rosa.

–Primero hay que existir –siguió Perico–. ¿Te imaginas cuando se destape la caja de Pandora?

–A ver Perico, déjame darte una patadita por los huevos, ahora que existes, y meterte la caja de Pandora un poquito por el culo.

–Tú lo que estás cabrón porque no saliste en la foto.

–Yo lo que soy es un cojonúo.

–Me gustaría un día poder escribir todo esto, lo que nos ha tocado vivir, claro, y citar este artículo de Humberto, tal cual. La sábana santa del *rock and roll* en Cuba. Y el hecho de que lo publique el propio estado tiene lo suyo.

–Eso es un descaro oportunista cochambroso –al Wolf no le convencía nada.

–Aun así prueba que las cosas no son blancas y negras, que te dejan un filón por donde meter cabeza.

–Pioneros por el comunismo...

–No comas mierda Bebé. Si te ciegas pierdes el norte.

–Al norte lo voy a ver yo en balsa algún día.

–Tu norte era verde y se lo comió un chivo –Perico y Bebé siempre en las mismas–. Me gustaría verle la cara a Frómeta cuando lea que a Superávit lo ponen como rock acústico con flashazos de *country* y *blues*.

–Pues a mí no me gustaría ver la de toda la gente que no vea su nombre en estas páginas. Como siempre, no están todos los que son, ni son todos los que están.

Ya establecidos en el Patio de María hicimos un nuevo repertorio. Más arriesgado, sin aferrarnos a nada y eso inquietó a Bebé. Por fin se respiraban aires de estabilidad; sin embargo, Bebé empezaba a ir mal. Comenzábamos a destruirnos.

Wolf cada vez aparecía más por allí. El repertorio se ampliaba. Cada paso era una mala idea más para Bebé: –Eso no es *rock & roll*, eso es una mariconá popera –Wolf asumía y la cosa seguía. No llevaba muy bien los cambios. Seguía clavado en Hendrix. Como en aquella fiesta. Para él era suficiente con eso. No hacía falta más. Nosotros seguimos sin asfixiarlo. En definitiva Wolf agarraba el relevo. No era un virtuoso de la guitarra pero se las ingeniaba para que funcionara y aportaba lo que hacía falta. Había canciones que Bebé se negaba rotundamente a tocar. Eso nos llevo a que el Abuelo tocara con los pies y una mano la batería y con la otra un sintetizador, que Perico alternara el violín con el mismo sinte del Abuelo y que Wolf desde la mesa de mezclas tocase la guitarra y manipulase la grabadora. Por primera vez introducíamos sonidos pregrabados del mundo real. No había computadoras, ni secuenciadores pero Wolf se las arreglaba para sincronizar el casete con lo que hacíamos en directo.

Los instrumentos eran tan malos que era imposible lograr la misma sonoridad de los grupos que por entonces nos hechizaban: King Crimson, Yes, Fripp, Peter Gabriel, Laurie Anderson, Talking Head, Rush. Era imposible. Aún cuando lo que oíamos eran malas copias de copias de casetes de discos de vinilos (a veces cortadas, a veces con mucho *hiss* o distorsión). Eran sonidos que no estaban a nuestro alcance. Pero era lo que había. El Abuelo se quejaba constantemente: – Este drum suena a lata. –Con esta mierda de platos da igual usar una caja de galletas –y era cierto. Excepto el violín todo lo demás sonaba horrible. Así y todo nos empeñábamos en seguir. Poder tener algún día instrumentos decentes, que además no podíamos pagar, era una falsa ilusión. Me pareció más práctico convertir carencias en identidad. El cambio parecía fácil aunque luego resultó más complicado de lo que creía. Era simplemente sacarle partido a toda la cacharrería que teníamos. –Si somos capaces de hacer música con esto, cuando tengamos instrumentos mejores la haremos mucho mejor –lo decía tan convencido que nos animábamos y surgían nuevas y nuevas ideas.

Esa filosofía nos llevó irremediablemente a un tipo de música que, por supuesto, no era el punto de partida. Nos obligaba a ser más creativos, a buscar sonoridades atípicas y combinarlas para que funcionaran. Años más tarde conocimos grupos como Etron Fou Leloublan que, teniendo todos los recursos a su alcance optaron por esa misma estética. Mucho tiempo después nos enteramos que la crítica nos consideraba como Rock In Oposition (RIO). No creo que por los medios pero seguro influyó lo suyo.

No había reglas, ni límites. No había encasillamientos, no había estilos. Igual que Bebé hacía lo que le daba la gana con la guitarra, Wolf derrochaba imaginación y se integraba con el resto. Serruchos con ataques de risa, perros, estaciones de radios y todo un despliegue de efectos especiales que aunque muy simples ayudaban a redondear las propuestas. Y no es ninguna tontería. Detrás de cada pieza había siempre una historia. Un montón de ideas ordenadas cuidadosamente en función de una historia. No sé de dónde nos vino pero así fue. Éramos unos conceptuales asquerosos. A todo le dábamos mil vueltas. Una y otra vez.

Bebé se alejaba con prisa. A él le importaba tres pitos toda esa comedera de cabeza. Para él la cosa era básica. Tocar y punto. Eran épocas de influencias tardías que por él no pasaban. La plástica estaba cambiando. Postmodernismo, conceptualismo radical. Venían a nuestros conciertos. Muchas veces a los propios ensayos. Muchos eran amigos. Estaban revolucionando. Los músicos no, incluido Bebé. Para él todo aquello no era más que esnobismo y se alejaba al Don Giovani con otra farándula no menos peligrosa, la de los seguidores.

Allí se reunían un grupo de pepillas muy jóvenes a leer poemas, impresionar con alguna cita aprendida y templar con total desinhibición, en plan hippie, a deshora. Bebé, cuyo tema fundamental es el órgano sexual femenino, le alteraba las hormonas a Perico. En plena pubertad, con la picha atada a la mano el día entero y la cara llena de granos, se moría de ganas por protagonizar alguna de esas improvisadas orgías. El juego de la botella. El de quitarse prendas. Irresistible para no pegarse definitivamente a Bebé. Si antes le interesaba su vena virtuosa ahora la asistencia al Don Giovani le quitaba el sueño. Bebé lo mortificaba: –Hoy no van. Dicen que tú no les gustas porque eres un niño –Al final siempre iban pero no se comía una rosca. Era verdad. A aquellas niñas les gustaban mayores, casados, complicados y no vírgenes como Perico.

Lo cierto es que Perico no faltaba a los ensayos pero Bebé sí. Siempre había alguna estúpida excusa pero cada vez lo veíamos menos. En varias ocasiones Laurita apareció por los ensayos. Le estaba cazando la pelea. Perico quemaba etapas y Bebé se hacía cada vez menor; pero Laurita se montaba su propia película. –El Perico ese es el que está echando a perder a Bebé. –Desde que se junta con él está más flojo que tibio. –Como lo coja le voy a dar candela. –Vas a ver –El mambo empezaba a ponerse serio.

Un día Bebé no fue a dormir a casa. A la mañana siguiente apareció con Perico. Laurita se puso histérica. A dúo con su madre escandalizó y berreó por todo el solar. Botó a Perico de la casa, que se fue como un animal con el rabo entre las patas. Por primera vez se sintió culpable y cayó en una depresión del carajo. Ese día no apareció y al día siguiente me llamó a las dos de la madrugada para contarme la historia. Muerto de vergüenza.

–Si ella supiera la verdad no me hubiera botado –decía–, pero yo no podía decírselo. ¡Qué pena! ¡Se me cae la cara de vergüenza!

–No te preocupes –intentaba consolarlo–, que tú no tienes nada que ver en eso. Bebé lleva rato buscándola y ya ves, la encontró.

–Ya, pero fue a mí al que botó. No te puedes imaginar todas las cosas que me gritaron en aquel solar lleno de gente.

–¿Y Bebé?

–¿Bebé? Bebé descojonao de risa. Aceite, Bebé está loco. Yo no sabía que podía pasar todo esto.

–Laurita no es rencorosa y la mentira es de patas cortas. No te preocupes pero, si quieres un consejo, no te prestes más para el juego.

–No, no, no, que va. Puesto y convidado. Se acabó el Don Giovani.

Después de aquello Bebé apareció como si tal cosa, con su cortejo de siempre y riéndose de Perico. Ese día ensayó. Hasta hizo el esfuerzo de tocar uno de esos temas que tenía jurado. Cuando terminamos volvió a la carga.

–Vamos Perico que hoy va aquella flaca que te gusta. Yo creo que ahora sí que singa. Me dijo que si se lo pedías, singaba.

–No Bebé –dijo angustiado hasta la médula–, hoy no voy al Giovani.

Cuidarse de lo subversivo significa usar el rigor contra todo lo que no está absolutamente resignado.

André Breton

–Aceite, ¿qué te pasó?

–¿Que qué me pasó? Que me metieron preso. Cuatro días y tres noches.

–¿Por qué? ¿Qué hiciste?

–Nada.

El Aceite y Cuca se habían separado. Se querían tanto que se hacían daño. No era la primera vez que lo dejaban; pero esta parecía que iba en serio. El Aceite empezó a salir con una jebita que cantaba en un grupo medio popero. Bebé se metía con él: –Estas perdiendo puntos. Así se empieza y cuando te vienes a dar cuenta estás tocando esa morronga de música –Pero lo cierto es que él hubiera querido estar en su lugar. Todos lo hubieran preferido porque la niña estaba riquísima. Así, descerebrada y todo.

Un día tocaban en la Casa del Escritor y el Aceite fue a verlos; solo, por supuesto. Ninguno de nosotros le iba a hacer la pala para ver ese horror de música; pero él iba a otra cosa y cuando llegó se encontró que habían suspendido el concierto. Habían robado todos los instrumentos. Una hora después vino la policía. Tomaron huellas y montaron el paripé. No fue nada fino. Destrozaron la cerradura del local con una piedra y dentro lo mismo, en el *closet* que guardaba los instrumentos. Cogieron todo y se fueron. Todo parecía indicar que sabían con exactitud dónde había que ir porque, según la policía, fueron directos al grano. Lo que parecía imposible era que hubiesen salido por la puerta con todo aquello y nadie viera nada.

Uno o dos meses después, cuando el Aceite metía la llave en la cerradura de su puerta, se aparecieron tres tipos vestidos de civil por detrás.

—Ciudadano. Haga el favor de acompañarnos.

—¿Quiénes son ustedes?

—Somos del DTI[29] —dijo uno gordo mientras le enseñaba fugazmente un carné.

Los segurosos iban en bicicleta. El Aceite también. La usaba cuando tenía que dar clases en la universidad, a casi veinte kilómetros de su casa. Apenas le dejaron tomar un vaso de agua para ir, de nuevo en la bici, a la unidad de policía. Así escoltado fueron los cuatro a la estación de 10 de Octubre, muy lejos de su gao. Por el camino pararon a mear en medio de la calle y siguieron, como si tal cosa. Todo rarísimo teniendo una estación de policía muy cerca.

—¿Por qué me detienen?

—Todo se le dirá a su debido tiempo. Siéntese aquí tranquilito y espere a que se le avise —lo dejaron en la carpeta de la estación sentado sobre un banco de madera con el oficial de guardia enfrente y un custodio armado con una ametralladora y casco en la puerta, a su lado derecho.

Así estuvo más de cuatro horas sin que nadie se dignara a dirigirle la palabra. Caía la noche y nadie (ni Cuca, ni su madre) sabía que estaba allí ni por qué. Estuvo cavilando todo

---

[29] Departamento Técnico de Investigaciones.

ese tiempo a ver si encontraba algún motivo, pero en vano. Solo una cosa podía ser grave. Tenía una computadora en su casa que había armado arreglando tarjetas que desechaban en su empresa y comprando lo que le faltaba en la bolsa negra (como el monitor). Seguro algo de eso era robado. A lo mejor cogieron a gente en el trapicheo y cantaron. Pero no, eso era normal. De hecho, lo habían dejado entrar en su casa a tomar agua, donde estaba la computadora y no dijeron, ni hicieron nada. El Aceite empezó a ponerse intranquilo.

–Oiga –le dijo al carpeta–, nadie de mi familia sabe nada de mí. Si por casualidad intentaran localizarme seguro se preocuparían. ¿Sería tan amable de permitirme hacer una llamada de teléfono?

–No puedo. Está prohibido que los detenidos usen el teléfono –hizo una pausa. ¡Qué gusto da el poder! Qué gusto da putear impunemente–, de todas maneras déjame el teléfono. Ya veré lo que puedo hacer.

Le dio el número de Cuca, su madre no tenía. No había comido apenas durante todo el día. Tenía un hambre de pinga. Se resignaba a pensar que tampoco comería por la noche. Pasaron casi dos horas más sin aparecer absolutamente nadie. Fue entonces cuando trajeron a un mariconcito muy maquillado y se lo sentaron al lado. Protestaba ante la brusquedad de los guardias que lo trajeron.

–Siéntate ahí loca –le dijo uno de ellos casi empujándolo contra el banco–, y estate quieta hasta que te llamen.

–Abusadores. Yo no he hecho nada –seguía defendiéndose.

Efectivamente no había hecho nada. Su delito era estar parado en una esquina, así de sexy y maquillado, a esa hora. Cuando justamente pasaba por allí la fiana. El Aceite se le acercó con mucho cuidado.

–Yo tampoco sé por qué estoy aquí –le dijo apenas sin mover los labios–, llevo mas de siete horas sin comer y nadie sabe dónde estoy. ¿Me puedes hacer un favor? Cuando salgas de aquí, claro.

El mariquita lo miró con recelo.

–No sé –respondió mirando con los ojos grandes y pintados a todos lados–, yo tampoco sé cuando saldré de aquí.

–A ti seguro te sueltan en un rato –era lo habitual. A los homosexuales no los podían meter presos por eso. No era delito según el derecho civil pero sí los fastidiaban un poco acusándolos de escándalo público. Una especie de aviso. Ojo, estoy aquí y te puedo joder cuando me de la gana.

–Bueno.

Pidió permiso al oficial de carpeta para ir al baño. Ni siquiera había ido en todo ese tiempo. Meó rápidamente y escribió en un papelito los seis dígitos del teléfono de Cuca, su nombre y una frase de dos palabras: desaparécelo todo. Salió y se sentó disimuladamente un poco más cerca de su única esperanza.

–Toma –le dijo.

–No, no, no, no, que va. Me da miedo.

–Solo es llamar y decir que estoy aquí.

–Ay, ay Dios mío –susurraba. El oficial de carpeta conversaba con un grupo de policías que habían llegado en ausencia del Aceite, pero el soldado de la puerta observaba el movimiento–. Bueno. Dame acá.

Cuando el Aceite le acercaba el papel comprimido en una pequeña pelotica el guardia arremetió contra ellos.

–¿Qué pasa ahí? Dame eso que tienes en la mano ahora mismo –El Aceite lo miró. Venía a toda velocidad.

–¿Qué cosa? –le preguntó y se lo metió en la boca.

No había tomado agua durante muchas horas así que no tenía ni saliva para tragarlo. El grupo de policías que conversaban en la carpeta vino también hacia él. El más fuerte; un tipo que parecía un gorila le dio un piñazo de gancho en la barriga. Era José Gómez, un exboxeador olímpico ahora reconvertido en policía. El grupo era nada menos que de operaciones especiales. Se puso fatal. El papel le saltó de la garganta contra los dientes pero el Aceite apretó y se lo tragó. Entonces le dio otro puñetazo por la cara mientras los otros lo agarraban. El Aceite era un mulo. Él también había sido deportista de alto rendimiento. Metió un grito –¡Cojones! –y se sacudió a todos los guardias de una vez–. Déjenlo –dijo otro–, mira como le sangra el ojo.

En ese momento entraron su madre y Cuca por la puerta. No las pudo ver. Solo pillaba una imagen difusa de ambas girando, pero reconoció perfectamente los gritos de su madre y el llanto de Cuca.

–¡Pero qué cojones pasa con mi hijo! Abusadores de pinga. Pégame a mí, maricón. Atrévete si tienes cojones. Esto no se va a quedar así –el carpeta había llamado a casa de Cuca y él no se había enterado.

–Señora, aquí no puede estar. Arriba, circule.

–Y con éste. ¿Qué hacemos?

–Bájenlo. Al calabozo.

No siempre sé lo que tengo que hacer, pero siempre sé lo que no debo hacer.

Stravinsky

Fragmento de la transcripción de una entrevista en Radio Ciudad de la Habana después de escuchar siete minutos y algo de la Trilogía.

Periodista: Debo empezar por decirles que, aunque no me gusta la música que hacen, considero que es muy buena.

Abuelo: No te tiene que gustar.

Periodista: ¿Por qué?

Abuelo: Porque no está hecha para que le guste a nadie y, por supuesto, no tiene por que acertar contigo[30].

Periodista: Entonces, ¿No crees en la función social del arte?

Aceite: ¿Tú eres la sociedad?

Periodista: Yo soy parte de la sociedad.

---

[30] ¿Existe el mal gusto? Para Duchamp, como refiere Octavio Paz en su ensayo La Apariencia Desnuda «el buen gusto no es menos nocivo que el malo. Todos sabemos que no hay diferencia esencial entre uno y otro». El mal gusto de ayer es el buen gusto de hoy. Pero ¿Qué es el gusto? Lo que llamamos bonito, hermoso, feo, estupendo o maravilloso sin que sepamos a ciencia cierta su razón de ser: la factura, la fabricación, la manera, el dolor, la marca de fábrica.

Aceite: Es suicida complacer otro gusto que no sea el tuyo. Nosotros no creemos en el gusto social, ni en el gusto de las masas, ni en los estilos. El gusto es algo particular. Algo tuyo que nadie te puede quitar. Es el punto de partida para crear, para acercarnos al arte, en el que creo a secas, sin adjetivos. No creo en el arte negro, ni el tercermundista, ni en el gay, ni en el del sur.

Periodista: ¿Así es como entiendes la creación?

Aceite: Efectivamente. Para mí es un fenómeno universal. Yo solo creo en lo desconocido[31].

Periodista: Esa es una actitud soberbia, elitista.

Abuelo: ¿Porque no estés de acuerdo? ¿No te parece soberbio hablar en nombre de la humanidad? ¿No crees que es un genocidio?

Periodista: Me parece una postura radical pero hagamos honor al respeto al que hacen mención y continuemos. Ustedes tienen una obra muy heterodoxa. ¿Qué puedes decirnos al respecto?

Abuelo: Romper un esquema significa introducir otro. Una parte del público, por su formación o sensibilidad se adaptará y disfrutará, otra la rechazará, no la entenderá, se aburrirá. Todo está hecho pero aún queda mucho por hacer[32].

---

[31] «Es desde su desconocimiento» dice Sergio Vitier en una entrevista de Leonardo Acosta «que el creador parte para conformar su creación. Este hecho es el que lo diferencia del imitador o del repetidor de fórmulas».

[32] «Nosotros no vamos a hacer nada para que el espectador nos quiera» dice Marianela Boán, bailarina y coreógrafa del grupo Danza Abierta. «Sólo vamos a tratar de hacer las cosas muy bien, y seguir manteniendo nuestros principios de cambios de la percepción. Porque no nos interesa que el espectador vaya al teatro como si fuera a ver un programa de televisión, o algo cómodo; queremos provocarlo, queremos inquietarlo, que piense, que muera su pensamiento; que –por la vía de cambiarle la percepción– se vea necesitado de pensar

Periodista: ¿Qué es lo que quieren trasmitir?

Abuelo: Nada en concreto.

Periodista: ¿Por qué creen que tienen éxito?

Aceite: ¿Tenemos éxito?

Periodista: Mucha gente habla de ustedes.

Perico: Quizá por lo poco que tocamos.

Periodista: ¿Se consideran un grupo de vanguardia?

Aceite: ¿Vanguardia? Tampoco creemos en las vanguardias[33].

Perico: Oír hablar de vanguardia me resulta patético.

Periodista: ¿Existe el rock en Cuba?

Aceite: ¿Otra vez con lo mismo?

Periodista: ¿Creen que su música resistirá el paso del tiempo?

Perico: La obra no es hechura, sino acto.

---

mucho más allá, de irse muy preocupado para su casa. Eso no significa que no estemos buscando la fascinación; pero bueno, a lo que me refiero es que esa aceptación es un poco relativa, porque la aceptación que queremos es una, no cualquiera, y esa aceptación es probable que lleve tiempo; pero entonces, cuando seamos aceptados, por supuesto que vamos a crear algo que no se acepte, porque si no, muere la capacidad de inquietar». Varèse va más allá mucho antes «¡La falta de respeto por el orden establecido es la base de toda obra creadora! La base verdadera es la experimentación más audaz».

[33] El 21 de septiembre de 1937 Varèse publicó en el New México Sentinel una serie de aforismos. Para él «Un artista jamás es un precursor; lo que hace es reflejar su época y grabarla en la historia. No es él el que se adelanta a su tiempo; es el público en general el que está siempre atrasado».

Hay dos infinitos: Dios y la Estupidez.

Edgar Varèse

Me hicieron quitar los cordones de los zapatos. Mi madre no paraba de vociferar y llorar de impotencia. Me llevaron a una celda oscura llena de gente. Me subí en una litera de cemento y me entró sueño.

–*White*, ¿qué tú hace' aquí? –me preguntó uno. Su voz venía de abajo pero no lo veía.

–No sé.

–Tienes cara de no haber hecho nada –No sé cómo me podía ver la cara, ni hacer ese diagnóstico, pero los delincuentes saben de estas cosas.

No sé cómo; pero me dormí enseguida. Mientras, a mi madre le explicaron como pudieron que ninguno de ellos sabía nada. –Mañana viene el oficial que atenderá a su hijo y usted podrá preguntarle directamente –le dijeron y la despacharon a casita. Ya tenía un oficial y todo y yo, ni idea de nada.

No habría dormido mucho cuando me despertaron. –Arriba, nos vamos a dar un paseíto –Bajé de la litera, me esposaron y me metieron en un furgón que más bien parecía una perrera. Me dolía mucho el ojo y parte de la cara. Por suerte ya podía ver bien. Y empezó el *tour*. Debía ser ya de madrugada. Recogían gente según avanzábamos. Algunos porque no tenían carné de identidad. Otros por alteración del orden público y broncas callejeras. Al fin llegamos al destino, un hospital. –Bájese y venga con nosotros –me dijeron. «Coño, menos mal que han pensado en mi herida». Seguí esposado caminando por los pasillos del hospital hasta llegar al cuerpo de guardia. Me sentía mal pero lo que peor llevaba era aquellos zapatos sin cordones. Eso me humillaba.

El cabrón que me pegó se acercó directamente a los médicos.

–Necesitamos que le hagan una placa a éste.

–¿En el ojo? –preguntó uno de los médicos.

–No, en el estómago. Se tragó un papel y queremos que le hagan una placa para leer lo que dice –No podía creer lo que estaba oyendo. Nadie, excepto él podía. Hubo que hacer un buen esfuerzo para no reírse en su cara de mono.

–Lo siento pero eso no servirá para nada. Además de que con la radiografía no se veía nada, los jugos gástricos a estas alturas habrán acabado con ella.

–Pues andando –me dijo el imbécil y volvimos a la jaula.

Llegué muerto de sueño. Me dormí enseguida con una rara satisfacción a causa del ridículo. Al día siguiente me despertó de nuevo la voz de mi madre. –A él le sube la presión –decía–, si le pasa algo le juro que hasta que no los entierre a todos no paro. Al rato, no sé si por cansancio o por miedo, vino un guardia a recogerme y me llevó a la enfermería. Allí estaban ella y Cuca. –Solo un minuto –advirtió la enfermera–, mire que si las ven aquí ¡Lo que me puede caer encima es candela!

Me tomó la presión y efectivamente la tenía muy alta.

–Mira lo que te han hecho. ¿Por qué te hicieron eso mijito?

–Porque se tragó un papel –le respondió el guardia.

–Pensé que no habían avisado. Había escrito en el papel tu teléfono –le dije a Cuca–, pero en ese momento me dio miedo que te involucraran en algo. Es que realmente no sé por qué estoy aquí.

–Me han dicho que ha habido un robo de unos instrumentos en la casa de un escritor y que sospechan de ti – me entró un alivio impresionante. Me sentía fuera de peligro.

–Entonces no se preocupen –les dije–, no tengo nada que ver.

No dijimos nada más. Fue una reconciliación secreta.

Llevábamos casi un mes separados. Pasábamos más rato peleando que otra cosa y no tenía sentido. Esta vez parecía la última pero no, después hubo alguna más. Me limpiaron la herida y volví a mi celda tranquilo.

–No se preocupen –les tranquilizó el guardia–, me lo voy a llevar a la cocina.

Y así fue. Durante los dos próximos días estuve sirviendo la comida al resto y aislado en una celda personal con luz natural pero nada más. Durante todo ese tiempo no vi a ningún oficial ni nadie me dijo nada de nada. La comida era asquerosa; unas bolitas verdes fritas quien sabe de qué, pero lo peor era comérselas junto con los guardias. A los presos les ponían solo dos de aquellas bolitas. A los guardias les llenaban la bandeja con las que quisieran. –Sírvele más –pidieron. No me opuse para aceptar simbólicamente el tráfico de favores que me evitaba estar encerrado en aquel agujero, pero no pude comerlas.

Al fin vinieron a buscarme para ver al oficial a mi cargo. Me preguntó acerca de mis gustos, de mis amigos, de mi barrio, de mis aspiraciones. Por sus preguntas intuía que habían tomado el teléfono un par de días antes. No se cortó un rábano en preguntar directamente por nombres de gente con las que había hablado el día anterior. Se cogieron el culo con la puerta. ¿Cómo se puede ser tan anormal? ¿Cómo se puede confiar en la privacidad de las líneas telefónicas? ¿Dónde está el respeto a la intimidad? Al fin cayó donde quería (se podía haber ahorrado su estúpida parábola) y empezó a preguntarme sobre equipos de músicos: teclados, guitarras, etc. Le respondí con la mayor naturalidad; con lujo de detalles, como un experto.

—¿Cómo sabes tanto de esto?

—Porque doy clases de esto en la universidad. Imagínate si no supiera.

Yo creo que desde que me senté allí aquel hombre sabía que todo era una equivocación. Un burdo y ridículo error pero tenía que cumplir con su deber así que me preguntó dónde estaba ese día exactamente. ¿Por qué había ido?… Yo que sé… Le conté todo, tal y como fue. —Así que fuiste con esa jebita ¿Y tu mujer? —Tenía ganas de mandarlo a la mierda. Eso se llama privacidad imbécil, pero eso no me iba a ayudar a salir de allí. —Tenemos problemas —le dije—, ahora mismo estamos separados —La onda mujeriega parece que captó su total simpatía y me dejó ir. Eso sí, sin explicaciones.

—Está ahí —me dijo cuando salía.

—¿Quién?

—La jeba.

—¿Ah sí?

—Y Cuca, tu mujer. Están las dos esperándote. Así que a ver cómo sales de esta.

Y bajó conmigo.

La Korea era un antiguo casón, otrora de alguna familia acaudalada, abandonado, desvencijado (prácticamente reducido a ruinas) y ocupado. Un mausoleo levantado en medio del Cerro al esplendor del pasado y la decadencia del presente. La casa del terror. Montones de familias destruyendo. Al margen de la ley. Cuartos de prostitutas, de vendedores de drogas, de tráfico de dólares, de charadas chinas y loterías.

La importancia de los barrios habaneros decreció por orden de aparición. La clase media y alta cambiaba de barrio como de carro. La clase baja ocupaba detrás adquiriendo la propiedad a infinitos plazos o alquileres de por vida. Hecho que la ley de reforma urbana concluyó radicalmente. Se acabaron los alquileres. Los pagos se reiniciaron, esta vez al único propietario (el estado) pero con plazos acordes al poder adquisitivo de esas familias. Algo más o menos simbólico, que hizo desaparecer la propiedad privada anterior a la revolución por otra expropiada bajo su control absoluto. El Cerro fue uno de los primeros barrios en florecer y, por supuesto, en perder la novedad. Hoy, después de Regla, es uno de los barrios más poblados.

Las primeras leyes de nacionalización del gobierno en los albores de la década del 60 arrasaron con todo. El 3 de marzo del 59, apenas tres meses después de la llegada al poder, el gobierno revolucionario intervino la Cuban Telephone Company y rebajó las tarifas telefónicas. Hasta casi los 80 el uso de los teléfonos públicos fue gratuito. El 27 de noviembre de ese mismo año se inició la expropiación de los latifundios con una resolución del INRA[34]. 1960 fue de hecho el "Año de la Reforma Agraria". El 1 de febrero el Ministerio de Recuperación de Bienes Malversados (MRBM) confiscó el consorcio petrolero RECA. El 4 de febrero el mismo Ministerio intervino un grupo de centrales azucareras y el 11 anunció la confiscación de todas las propiedades de las personas que se exiliasen. El 4 de abril el INRA expropió los latifundios de la United Fruit Company. El 29 de junio se intervino la Texaco, el 1 de julio la Esso y la Shell y el 18 de septiembre las fábricas de tabacos y cigarros por resolución del Ministerio del Trabajo. El 13 de octubre la ley 890 permitió nacionalizar todos los bancos nacionales y extranjeros, 382 grandes empresas, 105 centrales azucareras, 50 fábricas textiles, 8 empresas de ferrocarriles, 11 circuitos cinematográficos, 13 tiendas por departamentos, 16 molinos arroceros, 6 fábricas de bebidas alcohólicas, 11 tostaderos de café, 47 almacenes comerciales y 6 fábricas de leche condensada. El 14 de octubre cerró con broche de oro el "Año de la Nacionalización" con la aprobación de la Ley de Reforma Urbana.

Mucha gente huyó a Miami a la desesperada y lo perdió todo. El estado se convirtió, por decreto, en una monstruosa inmobiliaria. Esa época de cambios y descontrol ofreció una oportunidad irrepetible para que mucha gente que vivía en chabolas hiciera su propia reforma. Montones de indigentes ocuparon lujosas mansiones con todos sus bienes. Cuando la Reforma Urbana se enteraba, ya había ocho o diez familias

---

[34] Instituto Nacional de Reforma Agraria.

distribuidas por todas las habitaciones de una casa. No fue capaz de ejecutar un solo desahucio. El espíritu paternalista le impidió devolverlos a la mierda. Así las cosas, se masificó el asalto a las antiguas residencias. El reparto de los nuevos territorios obedecía a otras reglas de juego. Las de la calle. Las de la chusma.

La Korea es un testimonio de mansión convertida en cuartería. El solar. Baños colectivos, tendederas de ropa y electricidad por dondequiera, entrada común a la manera de cada cual. Las paredes expuestas al tiempo, al abandono y al maltrato enseñan sus ladrillos rojos y las capas de pinturas desconchadas de varias generaciones. Cuando no cabía más gente se ampliaba; con madera, zinc o planchas de hojalata de antiguos carteles publicitarios de la Coca Cola, Pepsi, Shell, General Electric, con lo que hubiera a mano.

La Korea es la torre de babel del Cerro. La Revolución revisó los planes educativos pero esta gente no se enteró. De la noche a la mañana no se acaba con la indigencia. El concepto de espacio no cambió. Los territorios sociales evolucionan lentamente y son muy difíciles de permutar. La indigencia social tiene una enorme inercia. Con cuatro lecciones no se cambian las normas de conducta. La ética, la estética, en definitiva la superestructura subjetiva relacionada con las formas de pensamiento tienen su propia velocidad. Si vives en una pocilga con tu potro y cambias a un apartamento, lo más lógico es que quieras llevártelo. Si así han vivido siempre, uno junto al otro, por qué ahora tendría que ser diferente.

La Korea es una especie de potrero vertical, un inodoro social, un ballú. La policía no se atreve a cruzar su frontera. Cuando no le queda más remedio moviliza media unidad y asalta; pero solo en este caso porque las caras se graban y todos pertenecen al mismo barrio. La Habana entera conoce esta industria química. En la Korea puedes conseguir de todo. De todo lo que está prohibido, que es prácticamente todo. Drogas blandas o duras, sexo, porno, dinero falso, dólares, joyas… La gente cultiva marihuana en los propios balcones pero nadie sabe nada. Territorio de ciegos, sordos y mudos.

Allí no te puedes presentar por tu cuenta. Tiene que introducirte alguien de la propia Korea. Si te llevan es porque se fían de ti. Esas son sus elementales y estrictas normas de seguridad y… si te he visto ni me acuerdo.

Wolf tenía poderosos contactos en la Korea. Crédito abierto a cualquier hora del día o de la noche. Drogas, tabaco, alcohol o alguna transacción de obras y falsificaciones de arte dos o tres veces a la semana. No era el único, pero sí muy apreciado. Según Custoe, la historia de la Habana se puede reconstruir a partir de las botellas sumergidas en el fondo de la bahía. La de Wolf, por el arsenal de botellas vacías acumuladas en el patio de su casa.

A pesar de la experiencia del Calabaza y Cocó, no sentíamos mucha preocupación por Wolf. En su carné de identidad, como en el de Bebé, tenía un sello que podía servirle de salvoconducto. "No molestar en tiempo de guerra, ni en tiempo de paz". Eso le permitía cualquier exceso. El alcoholifan que compraba Wolf se destilaba directamente en las bodegas particulares de la Korea. Sabíamos todo respecto a aquel sitio pero nunca fuimos con Wolf por allí. Él lo traía. Él tenía pase permanente.

Un día el Abuelo estaba en una fiesta cerca de la Korea. Era muy tarde, se había acabado la bebida y cometió el error de acordarse de ella. Él y Wolf eran como hermanos. Eso, y la enorme cantidad de alcohol que llevaba encima, le confundieron y se presentó allí solo. A las tres de la mañana me llamó desde una estación de policía para que fuera a recogerlo. Lo habían hecho talco. La cara llena de contusiones, las costillas adoloridas y nada de nada en los bolsillos.

–Lo asaltaron –me dijo el policía–, ya ves lo que provoca el alcohol.

–Me robaron todo –balbuceó el Abuelo. Tenía el labio partido y muy hinchado–, eran tres.

En otra ocasión fui con Wolf y el Abuelo a comprar cigarrillos de marihuana. Nos metieron en una habitación que olía a tigre. –Esperen aquí un minuto –Por el suelo revoloteaban un par de gallinas y un montón de pollitos. Volvieron en un cuarto de hora. Entregaron la mercancía. Muy amables. Nos ofrecieron un trago de chispa de tren (probablemente destilado allí mismo). Al final compramos la botella también. Cuando salimos el Abuelo comentó.

–¿Se fijaron en el que trajo los pomitos de compota? Ese fue uno de los que me liquidó.

–Na' mas que a ti se te ocurre –le dijo Wolf y bajó un largo sorbo–, de todas formas ya te conoce. La próxima vez no te patearán.

–Bueno, en realidad tampoco fue pa' tanto. Solo se aprovecharon de la curda.

Nos sentamos en un parque. Nos bebimos la botella. Nos fumamos los cigarrillos. –Anda Abuelo, trae otra. –Ni muerto. –Estás apendejao. –No, es precaución –Solo quedaba la mitad del último porro cuando llegó la policía. Un patrullero blanco con dos bolas de luces azules girando en el techo. Nadie se movió de su lugar. Wolf tenía el cigarrillo en la mano. Pensé en Cocó y la que nos esperaba. Pidieron los carnés de identidad. –Aquí no pueden estar –dijeron. Esta vez nos callamos. Recogimos y nos largamos. Cuando desapareció la patrulla Wolf escupió. –¡Qué asco cojones! –Se lo había tragado. Completico. Cuántos problemas se resolvían tragando. Si al Calabaza se le hubiera ocurrido.

–Acércate hijo, esa camisa azul es preciosa –dijo y me agarró las manos con las suyas suaves y rugosas, con muchos siglos de antigüedad. Mi camisa azul era nueva. Ella, la abuela de Perico, era ciega. Tenía la extraña facultad de ver las cosas, incluso con mucha antelación.

A veces llamaba a Perico cuando se despertaba.

–Hijo, hazme el favor de llamar a Lolita.

–¿Qué Lolita abuela?

–Lolita. Mi amiga de Marianao. La del instituto.

–¿Qué pasa abuela? ¿Has soñado con ella?

–Sí hijo. He soñado que estaba en la ventana.

Perico llamaba y una y otra vez se repetía la misma historia. Muerte. Cada vez que la abuela veía a alguien en la ventana era cadáver. Nunca había tomado medicina. Tenía ya mas de ochenta años y no había tomado un solo medicamento en su vida. Nunca había enfermado. Su vida dependía del agua. Conocía cómo aliviar cualquier malestar con agua. Junto con otras dos amigas formaban un particular club esotérico en torno al agua. Tenían sus propios rituales. Muy discretos y silenciosos. Se agarraban las manos formando un círculo cerrado y pasaban largos ratos en silencio. Hablaban sin mover los labios. Sin pronunciar palabra. Ya apenas podía moverse.

No salía de casa. Sin embargo, parecían mantener vivo el club a distancia.

Perico tenía una extraña teoría acerca de la reencarnación. Según él no vivía su primera vida. Su padre no era hijo único. Antes de nacer tuvo un hermano. Era un niño grande, inmenso. Nació sin ningún problema. Completamente saludable. Un día jugaba solo en el suelo. Amontonaba bloquecitos de madera uno encima de otros muy cerca de sus padres. De repente se acostó y se durmió para siempre. La autopsia no arrojó nada. La abuela ya lo sabía. Había nacido muy mayor. Era su última vida y llegaba muy cansado.

La abuela era una persona encantadora. Silenciosa y alegre. Nunca nos había oído. Sin embargo nos animaba a seguir: –La música que hacen es importante hijo –solía decirme–, tienen que seguir. Aunque solo le guste a unos pocos. A mi nieto lo veo muy lejos y a ti también, muy lejos de aquí. Con Bebé y el Abuelo estoy preocupada. No consigo verlos.

Cuando murió se llevó con ella todos sus secretos y también lo supo. De mí se despidió una semana antes. Tuvo tiempo para todos. No le dijo a nadie adonde iba. Me agarró con sus manos suaves y sonrió. Sentí que era la última vez que lo hacía. Y así fue.

Los que no son los que existen. Los más reales. Nosotros venimos no para ser nosotros, sino para darles vida a ellos, los que se fueron. Los que tuvieron la dignidad de largarse, despreciándonos, ellos son los reales. Y nosotros, que no hemos vivido nunca, viviremos para los muertos que, por despreciar la vida, están condenados a la eternidad. Ellos viven en nuestra perenne admiración, en nuestra adoración sin tiempo. Ellos se agrandan constantemente en nuestra ilimitada frustración. Ellos, en fin, están en manos de nosotros, los cobardes, que nos apoyamos en ellos para existir.

Reinaldo Arenas

No sé, yo no entiendo a Bebé. El día entero con la guitarrita abajo 'el brazo, como si eso diera algo. En vez de ponerse pa' la plomería, que eso sí que da pesos. ¡Na'! Comiendo mierda el santo día con la jodía guitarrita. Mira que mortifica. ¿No se dará cuenta de lo que jode? Cualquier día de estos Paco explota y lo manda pa'l carajo. Aunque luego es bueno... Yo no entiendo los trabajos de hoy en día. No sé cómo no lo han bota'o. Se levanta a las cinco de la mañana y arranca pa'l trabajo y a las siete a más tardar ya está de vuelta pa' empezar a joder con la guitarrita allá arriba en la barbacoa. Con tanto problema de plomería que hay por ahí y este na' ma' trabaja dos ó tres horas al día. Yo no sé qué hará porque pa' colmo a veces hasta lo sacan destaca'o y to'. Hace poco fueron a comer él y Laura a un restauran, que dicen está buenísimo, porque él se lo ganó por el trabajo. Él me invitó pero yo no salgo de aquí pa' na'. ¡Qué va! Dicen que la calle está malísima.

Imagínate si to' el mundo trabajase igual que él. ¡No digo yo! El otro no, el grande por gusto, ese es un muchacho decente. No sé cómo puede ser amigo de este degenerao. Él trabaja en una cosa de computación y dice que Bebé es un mostro (el monstruo de la laguna negra claro) y que fue él, el que le enseñó, ¡Vaya maestro que se vino a buscar! El grande toca el bajo, eso dice Bebé. El muy fresco le dice siempre Aceite. ¡Será porque resbala! Yo no sé, porque yo no sé mucho de esas cosas, pero debe ser muy inteligente cuando además de to' eso de las computadoras, que dicen que es lo último de los americanos, anda tocando por ahí con éste. Porque Bebé nunca había toca'o en ningún lugar. Él dice que sí pero como no sean en las fiestecitas oscuras con la pila de pelúos pervertios esos que conoce, lo dudo mucho. Na' ma' que en la barbacoa pa' molestarme a mí y a los vecinos. A bueno se vino a juntar pa' tocar. Ellos vienen a veces pa'cá y se pasan to'a la noche tocando desde la tardecita; pero él anda con Cuca (su novia, o su mujer, yo que sé, Laurita casi no le habla) pa' to' los la'os. No como el sala'o éste que no lleva a Laura ni al parque. Na' ma' que aquí metía en este cuarto. Mira que yo le digo que salga pero que va. Ella dice que no, que la calle está muy mala y Bebé no quiere que ande sola por ahí. Y aquí nos metemos to' el santo día, na' ma' que viendo televisión por la noche que es cuando único se puede ver algo. Por la mañana cocino pa' to' el día con la mierda de hornilla de lu' brillante. Esa que éste cabrón no acaba de arreglar. En casa del herrero, cuchillo de palo. A ver si está esperando a que yo coja candela. Ya una vez por poco me quemo porque me confundí y en vez de lu' brillante le eché alcohol. ¡Se armó tremenda candelá! Valga que me eché rápido pa' tra' y no pasó na' pero el techo se tizno to' y me quemé algunos pelos. ¡Como apesta el pelo quemao! Y cuando llega el cabrón de Bebé y se lo digo me dice: –Coño ¿Por qué no cogiste candela tú también? Así salía de ti –Es un hijo 'e puta, pero yo sé que él lo dice pa' joder porque no se toma na' en serio. –¡Qué se queme tu madre cabrón! –le dije. Y él se echó a reír, no sé que coño le hizo gracia, y vino con una tijera. –A ver vieja de mierda pa' darte unos cortes –y a mí también me da gracia porque cuando me miro al espejo, que no me había fija'o bien, tenía tremendo hueco en la frente. Él me peló y me arregló aquello. El muy cabrón pela de lo más bien. Yo que pensaba que me iba a hacer una cucaracha.

Después de eso siempre nos pela a Laurita y a mí y el grande también se deja, aunque ese casi no se pela. Siempre anda con esa melena que le tapa casi la mitá de la espalda. No sé cómo las mujeres lo aguantan. A mí me daría mala impresión darle un beso a un hombre que tiene el pelo más largo que una mujer. Y pa' colmo más bonito. Ya quisiera una mujer tener un pelo como ese. Laura siempre dice que Dios le da barba al que no tiene quijá. A aquel no le importa y ésta se pasa el día pará frente al espejo dándose cepillo sin saber que hacer con esos flecos porque Laura, mi hija, sacó mi poco pelo y pa' colmo finitico, finitico. Ahora, yo no sé cómo a aquel no le dicen na' en su trabajo. En mi época los ingenieros andaban siempre de traje y eran muy respeta'os pero ahora andan hechos unos zarrapastrosos con esas melenas de jipis, que uno no sabe si son hombre o mujer y éste pa' colmo es hasta militante de la juventud. ¡Aquí se ve cada cosa! El grande, con to' lo pelúo que es y a pesar de que cada vez que lo veo anda siempre en el mismo lío de la guitarrita, se ve que es un muchacho muy serio y decente, no como Bebé. No lleva a Laura a ninguna parte. La pobre se pasa to' el día aquí encerrá. ¡Con el chisme que hay en el pasillo! Porque aquí to' el mundo le tiene envidia. Como ella tiene una hermana que está en el norte y que le manda ropa y de to', siempre cuchichean por detrás. ¡Ni que tener un familiar fuera sea un delito! Que su padre no le escriba, ni na', bueno, porque Paco es militante del partido. Ellos no pueden hacer esas cosas. ¿Pero yo? ¡Yo no soy na'! Yo la llamo por teléfono y to', a pagar a allá por supuesto, y si Dios quiere, si ella logra desenredar unos papeles allá, el año que viene voy a verla. A mí no me gusta mucho la idea porque yo soy un poco miedosa y eso de montarme en un avión me da pánico pero Laura dice que no sea pendeja, que no me va a pasar na', claro cómo no es ella la que se va a montar. Y el hijo 'e puta de Bebé dice: –Anda a ver si se cae el avión y salimos de ti vieja de mierda.

Ya mi hija lleva allá cinco años. Desde lo de la embajada del Perú. A ella una amiga vino a buscarla aquí y la embulló. Mi hija nunca había pensa'o en irse ni na' de eso, pero aquella amiga la embulló y se metieron en la embajada. Después ella se arrepintió y regresó pero ya le habían recogido el carné de identidad y a los pocos días la vinieron a buscar pa' salir por el Mariel. Ella no nos había dicho na'. Al padre por poco le da un infarto. Y mira que le lloró a los policías, porque en el fondo ella no quería irse de verdad, había sido por embullo de la otra. Pero qué va, esa gente no entendieron y al final se tuvo que ir. Yo me alegro después de to' porque ella está allá de lo más bien, que hasta me va a invitar a ir a verla y nosotros nos estamos comiendo tremendo cable. Encima con la hornilla de lu' brillante jodida que este cabrón no se decide a arreglar.

Yo no sé na' de política pero esto está cada vez peor. El dinero completico se te va en comida y más na' porque no hay ni ropa, ni na'. Mira, mi otra hija ya hasta tiene un carro rojito, de lo más bonito. Ella mandó una foto del carro pa' que lo viéramos y está precioso. Pero yo estoy muy preocupada. ¡Imagínate tú!, con lo bruta que e' con un carro y manejando. Y ya tú ves, Paco con to' lo militante que es, que lo torturaron en la cárcel cuando Batista y se ha jodío por esto to'a su vida, no tiene na'.

Por suerte, gracias a mi hija del norte no nos falta de na', al contrario, nos sobran los malos ojos encima. Por eso una siempre tiene que estar con el vaso de agua debajo 'e la cama y la cascarilla y las flores en el baño, que éste jodío no acaba de arreglar. Mira que se lo hemos dicho pero él nunca tiene tiempo de na'; y eso que se va a las cinco y vira a las siete de la mañana. A ese lo único que le importa en su vida es la guitarrita y total, ni le pagan ni na', porque por lo menos el grande, como es ingeniero, gana un buen salario y el flaquito violinista es un niño y sus padres lo mantienen pero éste nos tiene que mantener a nosotras, con la mierda que gana y lo bien que se paga la plomería. ¡Na'! Como dice Laura, Dios le da barba al que no tiene quijá y al que no quiere café, tres tazas.

Perico tenía dos hermanas. Eran como dos muñecas. La mayor tenía el pelo casi blanco, los ojos azules, la piel muy rosada. La más pequeña rizos castaño claro, los ojos color miel y una piel ligeramente tostada. Eran muy distintas en todo. No parecían hermanas; pero sí, lo eran. Además con pocos años de diferencia. Perico siempre decía horrores de ellas pero las adoraba. Sustituyó la frase "más puta que las gallinas" por la de "más puta que mis hermanas". A las dos le salían pretendientes por dondequiera pero eran muy selectivas. Preferían los famosos, extranjeros mejor. Eso no excluía alguna aventura erótica con un nativo bien dotado o reconocido pero a la sombra, la luz de las historias depravadas.

Cuando las conocí, la mayor estaba casada con un actor chileno exiliado. Uno de los tantos militantes extranjeros que Cuba cobijaba. Ex-payaso con poco espacio en alguno de los dos únicos canales de televisión de vez en cuando, mucho mayor que ella, con gafas enormes y cuadradas que parecía llevar desde su nacimiento. La menor era novia de su hijo aunque quería dejarlo. Según Perico, el día que lo hizo lloró toda la noche. –Me partió el alma –dijo. El pobre oía todo lo que ocurría en los dormitorios de las hermanas.

Le gustaba escuchar como gemían de placer cuando singaban. A veces ni siquiera cerraban bien la puerta que los dividía (una directamente y la otra con un baño por medio) y se asomaba para ver los suaves culos blancos, o las tetas apretadas y rosadas de las hermanas. Eran tan lujuriosas, tan sumergidas en el placer, que poco importaba lo que acontecía a su alrededor. A veces incluso coincidían y Perico se volvía loco de una puerta a otra, desesperado, con la pinga entre las manos.

Perico se enorgullecía de sus pajas. Se venía contra la pared y encima plantaba un dibujo, una foto o cualquier cosa. –Es buena –decía–, lo pega todo –Tenía un amplio collage que se expandía misteriosamente desde la altura de su pecho hacia abajo. A veces se sentaba sobre las manos hasta que se le entumecían y luego se pajeaba. –Así –decía–, es como si no fuera uno mismo.

–¿Qué tal Manuela? –le preguntó un día por la mañana una de las hermanas. –¡Ehhhhhhh! ¿Qué te pasa tú? –solo atinó a decir, pero lo cierto es que sabía y seguía el propio juego de las hermanas. Ellas se sentían observadas. Lejos de avergonzarlas las excitaba más.

Entre esas lecciones magistrales pasó la adolescencia Perico. Un día la hermana mayor y el payaso se pusieron hasta arriba de coca. Él se espolvoreó el polvo por toda la pinga. La hermana se la chupaba con los labios entumidos mientras él mordía sus pezones y el clítoris. Estuvieron singando toda la noche. Se la metió por el culo, por la boca, por el bollo, mientras penetraba todos los dedos juntos por su culo. Ella se venía una y otra vez. Hasta se metió en el culo la cabeza torneada de los pies de la cama mientras él pasaba la lengua por su papaya devorando sus flujos. Pasaban las horas y la pinga no se le bajaba. Seguía tiesa como un palo. –No puedo más coño –decía ella desesperada–. Acábate de venir que me arde el bollo –Pero no podía. No pudo. El dolor arrebataba el placer pero no aguantaba más. Ahora era solo dolor.

Esa noche Perico no pudo dormir. La angustia, la desesperación no estuvieron cerca sino dentro. Necesitaba convertir esa realidad en su propia fantasía. Había que acabar de una vez con su virginidad. Sus hermanas lo volvían loco.

–Bebé. Necesito singar ahora mismo. Así que vámonos al Don Giovanni.

Que se levante alguno
y diga y haga
o lance la primera piedra.
Que se levante alguno entre vosotros
que se atreva a levantarse
somos los hombre coronados de muerte
precipitándose en el vacío.
Que se levante un hombre entre vosotros
un hombre contra el mundo
para el mundo
tan sólo un hombre mire el sol y no se quede ciego....

Rolando Escardó, Atreverse, 1960

La guerra de Angola acabó en 1988. Hacía tiempo que no movilizaban en masa pero sí a cuenta gotas. ¿Hacía falta? Estaba ganada. El mate final, según el gobierno, fue en Cuito Cuanavale. Angola, Sudáfrica y Cuba habían firmado en New York los acuerdos tripartitos de paz. Sin embargo, allí permanecía mucha gente todavía y seguían mandando.

–Es como el cáncer, al que le tocó, le tocó… porque no te puedes negar.

–Yo si no voy ni pinga a ninguna parte.

–Tú dices eso Bebé, porque sabes que no te van a llamar.

–Yo digo eso porque soy un cojonúo. Si me llevaran arrastra'o hasta allí no digo na' y cuando me pongan una ametralladora en la mano los arraso a todos.

–Sí claro, la película del sábado.

–No sé por qué estás tan caga'o si a ti tampoco. Eres menor de edad –y sonreía aludiendo a su ya mortificante virginidad –El Abuelo y el Aceite son los que están en candela. Sobre todo tú Abuelo que estás sin pinchar. Por singón.

–Por los cojones voy a ir –dijo levantándose con la mitad de los huevos al aire. Andaba muchas veces con un *short* hecho de un *jean* roto demasiado ventilado para el gran público.

–¿Y si te toca? –le preguntó el Aceite–. Si te toca ¿Qué coño haces? Si te niegas, más nunca eres persona. No puedes trabajar en ningún lugar. No puedes estudiar. No puedes mendigar. ¿Qué opción te queda?

–Irme del país.

–¿En balsa?

–Claro, como todos. Tampoco me van a dejar ir en un avión, ni tengo a nadie que me espere en ninguna parte.

–Si tú ni siquiera sabes nadar Abuelo –sigue Bebé metiéndose con él– y con lo que fumas y lo gordo que estás vas a ser presa fácil de los tibursios. Bueno no, a lo mejor no les gusta tanta nicotina.

–Tuve un entrenador que era muy bueno –empezó a contar el Aceite–, probablemente el mejor. Era increíble porque nunca fue jugador. Con él nunca perdí una competición. Un tipo chévere, buenísima gente. Sin embargo, un día lo llamaron. Se negó. Lo expulsaron de la escuela. No pudo trabajar nunca más en la enseñanza, a pesar de que era lo que él sabía hacer y bien. Una vez lo vi sentado en el contén delante de su casa. Tenía barba de varios días y los zapatos sin medias, ni cordones. Iba con un compañero y me acerqué a saludarlo. Me miró y apenas me reconoció. Tenía una borrachera impresionante y las venas de los ojos rojas, rojas. Lo ayudé a incorporarse y a entrar a su casa. No era persona. No era nadie. No existía. Al salir de la casa mi colega me dijo: –Tú estás loco, si te ve alguien con él te metes en tremenda llama –Así de simple, lo habían borrado de la existencia.

–¿Y tú que harías? –preguntó Perico al Aceite.

–No lo sé. Siempre he tenido la idea de que cuanto más te acerques a la candela menos peligro tiene. Una vez yo pedí que me mandaran al Salvador.

–¡No jodas!

–La verdad no sé muy bien por qué lo hice. Las peleas de mis padres quizá... eran ya insoportables. Pensaba que me volvía loco. Había ido al psicólogo. En realidad fui a dos. La primera me preguntó: –¿Es usted homosexual? –¿Qué tiene que ver eso con lo que me pasa? –Es pura rutina. Es para rellenar este formulario. La dejé con la palabra en la boca. El segundo no preguntó nada. Trabajaba en Mazorra. Solo me dijo: –Asómate y mira el panorama. ¿Tú quieres estar así? Tienes dos opciones. La primera es resolver los problemas, pero muchas veces no tienen que ver contigo. Así que nada puedes hacer. La segunda es que te resbalen. Plin. Si no puedes con ellos olvídalos. «Tira tu cable a tierra».

–¿Y qué hiciste?

–La segunda, claro.

–Y qué pasó con lo de El Salvador.

–Fui con un amigo. El negro. Nacimos el mismo día. Él de día y yo de noche. En el mismo hospital. Tenemos el mismo nombre. Vivimos uno al lado del otro. Yo creo que hasta nos parecemos. El tipo que estaba de guardia nos mandó pa'l carajo. No podía creer que alguien se presentase voluntario. Nos miró con cara de: ¿En qué coño andan ustedes? Con tantas coincidencias hasta le pudo parecer pura brujería. ¡Yo que sé! Por más que le insistimos nos despachó. –Esto no es así. Aquí solo se presenta la gente con citación previa. No puede ser de otra manera.

–Coño que suerte. ¿Te imaginas si te hubieran mandado?

–No. Pero desde entonces no me han citado más. Nada de nada.

–¿La guerra ya no se acabó? –preguntó Bebé.

–Hace ya más de tres años –le respondió Perico.

–¿Entonces?

–Quién sabe qué coño está pasando allí. Savimbi sigue vivo.

–Pues a casa del Abuelo siguen llegando citaciones.

–¿Y qué has hecho?

–Ni caso, a la basura.

–Te puedes meter en candela.

–Ahora sí. La última la recogió mi madre. El Abuelo no sabía que estaba en casa. Cuando se fueron y bajó las escaleras le echó tremenda bronca porque claro, los tipos le dijeron que era ya la tercera; que si no se presentaba lo iban a detener.

–¡Ñó! Tremendo barretín.

–¿Y qué dice tu madre? –preguntó el Aceite.

–Imagínate... es amboriñanga. Dice que, en su casa, no quiere gusanos. Que su hijo tiene que ir donde la revolución lo necesite. Que si no, deja de serlo. Que ya me puedo ir buscando adónde ir. Además se lo dijo al puro.

–Ya, pero si a tu padre apenas lo ves.

–Sí pero es bola de comuñanga también. Si el Abuelo se niega a ir y lo detienen, o lo que pinga sea, les afecta a los dos en su trabajo. Les hacen la cruz. Los ponen en la lista negra.

–¡Tremenda situación! –susurró Perico.

–Vámonos pa'l yuma asere.

–Qué yuma, ni qué pinga Bebé. ¿Vas a dejar a tu mujer y a tu hijo?

—A mi mujer que le den po'l culo. Ya se buscará otro. Y a Hendrix. A Hendrix me lo llevo conmigo.

—Siempre estás hablando morronga Bebé —le dijo el Aceite.

—Aquí lo que hay es que pirarse.

—También te podrías ir con Wolf —le sugirió Perico.

—¿Al refugio?

—¿Qué refugio? —preguntó el Aceite.

—¿Tú no sabes que Wolf se fue de su casa y se cavó un refugio en las ruinas que están en la colina?

—Me desayuno ahora. ¿Y esa tostadera?

—Ya no puede más con esto. Dice él que es temporal. Se ha ido allí pa' que no lo encuentren. Ahora está vendiendo obras de arte falsas a los diplomáticos. Dice que en cuanto reúna un baro, se pira.

—¿Adónde?

—Adonde sea.

... el sentimiento de culpa es una forma imperfecta del conocimiento. Pero no porque no sea perfecto no se le puede usar. Lo difícil es darle una aplicación útil antes de que llegue a paralizarte.

J. D. Salinger

Trascripción, más o menos, de una entrevista para la revista Caimán Barbudo.

Periodista: Bueno, nosotros estamos haciendo en cada número un reportaje de los distintos grupos *underground* de la ciudad y nos gustaría poder sacar uno con ustedes. ¿Les parece bien?

Abuelo: En principio sí –dijo y extendió una larga pausa–, aunque quizá no haya nada muy interesante que contar.

Periodista: ¿Tú crees? Si tuvieran que clasificar lo que hacen, por ejemplo, ¿en qué género lo enmarcarían?

Aceite: Parece que no pasa de moda buscar una palabra a cada cosa. Nosotros hacemos, entre otras cosas, música. Ya sé que puede sonar pretencioso pero hacemos lo que podemos, con lo que tenemos. Llámalo rock progresivo, sinfónico, psicodelia, *funk, pop, blues, new age* si no encuentras algo más apropiado, como quieras. Esa tarea es de ustedes los críticos.

Periodista: Al menos están de acuerdo en que hacen "música".

Abuelo: También se conversa, se va de excursión, se pinta, el próximo concierto quizá sea la representación de una obra de teatro, no sé.

Periodista: ¿Qué creen ustedes de la música cubana?

Perico: La música cubana tiene una ganada reputación en la música universal –cuando el Perico se ponía serio...–. Históricamente Cuba se ha caracterizado por sus buenos compositores e intérpretes. De ella tenemos un gran legado – concluyó en plan clausura de un congreso de cultura.

Bebé: La música cubana es una mierda. Siempre lo mismo.

Periodista: ¿Tú crees que es una mierda?

Bebé: Sí, tremendo mojón. Desde que nací estoy oyendo la misma morronga a todas horas. Habrá sido muy buena y to' lo que tú quieras –dijo a Perico–, pero no evoluciona. Está estancá.

Periodista: ¿Ustedes incorporan elementos de la música cubana en su trabajo?

Abuelo: El mero hecho de nacer aquí, de tener un carné de identidad que especifica claramente "ciudadanía: cubana", debe ser motivo suficiente para pensar que esa música, es cubana. ¿Te parece inglesa, argentina? Nadie se mete con el jazz. Inclusive se habla de un jazz cubano pero, ¿por qué no pasa lo mismo con el rock?

Periodista: ¿Entonces reconoces que hacen rock?, porque yo no he mencionado esa palabra.

Abuelo: Ya te lo dijo el Aceite. Puedes llamarle como quieras. Da igual.

Periodista: Estos reportajes están dedicados a grupos que hacen eso que tú insistes en no limitarlos a la palabra rock.

Abuelo: Antes dijiste *underground*.

Aceite: ¿Hasta cuando será un favor a la autoridad aparecer en la prensa? Siempre expuestos al cuestionamiento ideológico y a una maquinaria represiva solo por una palabrita.

Periodista: Yo no diría eso –«por supuesto».

Abuelo: ¿Cuántos artículos has escrito sobre el rock?

Periodista: No sé, muchos.

Abuelo: Y... ¿cuántos te han publicado?

Periodista: Algunos.

Abuelo: ¿Tú crees que esos que te han rechazado son porque están mal escritos? ¿Porque eres mal periodista? ¿Porque amaneciste un día con la leche cortá o por su contenido? ¿O fue por el tema?

Periodista: Eso no es lo más importante. Ahora lo interesante es lo que puedan decir ustedes, no lo que diga o piense yo.

Abuelo: Sin ánimo de discusión, creo que la entrevista sería más provechosa al mismo nivel. Tú preguntas, tú también respondes. Si no, entonces da igual; se rellena el formulario con todas las preguntas y se envía a la redacción por correo dirigida a ti... Sinceridad ante todo; si tocas un tema es porque, de alguna manera, te habrás hecho opiniones al respecto.

Periodista: No cabe duda, pero repito, lo que interesa es la opinión de ustedes, no la mía.

Abuelo: Es preferible el diálogo, no el monólogo.

Periodista: Bien, les voy a complacer. ¿Conocen las características de la revista? –como parece que sí, continúa–. El Caimán Barbudo es un periódico cultural-educativo más que informativo. Yo diría, el menos ortodoxo. La estrategia es publicar poco a poco en varios números que soltarlo todo de golpe en un especial. ¿Me entienden? –«Perfectamente, ¿Autocensura?».

Aceite: No te lo tomes tan a pecho. Si quieres podemos seguir con la entrevista –«total...».

Periodista: ¿Qué piensan ustedes de los llamados grupos de rock nacionales?

Aceite: Es un fenómeno inevitable y necesario. La diversidad es buena y la proliferación en todo el país, un hecho. Es cierto que muchos de estos grupos tiran a patrones exportables, inclusive a tópicos que le aseguren cierta popularidad o tan solo un pequeño espacio en los medios pero hasta eso me parece feliz, da igual que no sea oposición, solo como un aporte a la diversidad merece la pena. Seré más feliz cuantos más grupos de esos que les caen gordos a los funcionarios de la cultura de este país aparezcan. Tendría menos reparo en encender la radio. No obstante,... no obstante la realidad es que la calidad brilla por su ausencia. Son muy malos, con deficiencias instrumentales muy serias (como las nuestras), influencias rayando el plagio, letras pésimas, pero lo peor, lo peor de todo, es esa actitud constante de agradecimiento. La creación es un derecho que además debemos exigir y defender. Mientras nos conformemos con salir en una revista, en la televisión, tocar en determinado lugar en los términos irrevocables que nos exigen, cumpliendo la condena de una deuda que no hemos contraído, seguiremos relegados, renegados más bien.

Periodista: ¿No creen que contar con este espacio del Patio de María es un logro?

Abuelo: Sí ¿pero sabes por qué? Porque María no pide, ni exige nada a cambio.

Perico: Estamos allí porque nos respeta. Nosotros también a ella. La respetamos y admiramos; por su valentía, por su integridad, por su honestidad.

Abuelo: María es una mujer libre, sin arraigos. No tiene nada que perder. Su trabajo ha sido poner en su lugar los derechos de gente marginada, dar lo que, durante todos estos años, fue negado. Poner la propiedad social al servicio de la sociedad, de verdad.

Periodista: ¿?

Abuelo: La propiedad social es una propiedad colectiva. Eso faculta a todos los miembros de la comunidad a su uso utilitario y racional, pero no en función de la comunidad como equívocamente se cree, sino en función de la expansión de sus miembros, del propio individuo. Pues bien, cuando el funcionario, administrador, director, en definitiva el guardián de esos bienes tiene un punto de vista contrario al tuyo, aunque fuera solamente ético, tiene el poder de excluirte: –En virtud de las facultades que me están conferidas y en vista de la función que creo tienen estos medios en favor de la comunidad, prohíbo su uso –El individuo no existe, solo el hombre masa.

Periodista: Sí, te entiendo... ¿Qué se proponen para el futuro?

Aceite: Seguir divirtiéndonos como hasta ahora. Seguir siendo consecuentes. Ser mejores personas.

Abuelo: A finales de este mes habrá un concierto donde queremos que la gente participe, que toque.

Perico: También queremos hacer otro en el para bailar de una Girón.

Periodista: ¿Cómo?

Perico: Vamos a colocarnos entre el público, al mismo nivel, y vamos a poner todos los instrumentos que consigamos por la sala para que surjan espontáneos y toquen. Sin palas.

Periodista: Pero la gente no se conoce los temas de ustedes.

Perico: Eso no es problema. No vamos a tocar esos temas que no se conocen. Vamos a hacer otros que nosotros tampoco conozcamos. Así estaremos de igual a igual.

Periodista: ¿Es decir que van a improvisar?

Perico: No exactamente. Vamos a dar señas, pies, marcas que funcionan entre nosotros, lo demás está por ver.

Periodista: Y lo de la guagua. ¿Cómo creen que funcione?

Abuelo: A la gente le va a gustar viajar con música de fondo. El cubano está acostumbrado a eso. ¿Nunca te has montado en la 22 con pila de gente colgada en las puertas y ha subido un consorte con una grabadora gigantesca al hombro a todo volumen? Será algo parecido. Se tratará de estorbar lo menos posible y hacer realidad aquello de hacer llegar el arte al pueblo.

Perico: Tenemos nuestros propios medios.

Periodista: ¿Cuáles son sus influencias?

Abuelo: Muchas, todas. Se oye todo lo que esté al alcance, inclusive los ruidos que genera la ciudad. Todo es aprovechable, hasta el silencio.

Periodista: ¿Se consideran ustedes una buena banda?

Bebé: Los mejores.

Aceite: Depende con respecto a qué establezcas la comparación. Nosotros somos buenos y viejos amigos, la pasamos bien, compartimos lo que tenemos y aunque estamos seguros de no ser unos grandes virtuosos no necesito a alguien que toque mejor la batería que el Abuelo, ni la guitarra que Bebé, ni el violín o los sintes que Perico. No sé si son mejores o peores, son los adecuados. Sin ellos esto no sería posible, sería otra cosa.

Periodista: ¿Tienen algo que decir a sus contemporáneos o a la generación de músicos que les sucede?

Aceite: No, al menos yo no, pero Salinger si dejó algo escrito que me parece bueno transmitir: «La función del poeta no consiste en escribir lo que debería, sino en escribir lo que escribiría si su vida dependiese de asumir la responsabilidad de escribir lo que debería». Mark Twain también dejó un buen consejo: «Cumplamos la tarea de vivir de tal modo que, cuando muramos, hasta el de la funeraria lo sienta».

–Mostros, he conocido a una extranger volaísima enferma por el *rock & roll* –Wolf venía excitado. Llevaba varias semanas perdido–, le hablé del piquete y quiere conocerlos. ¿Y saben qué? La jeba es productora de radio y televisión en Madrid. ¡Les puede cuadrar tremendo faster!

–¿En serio?

–¡Claro! Ahora mismo la traigo por aquí si quieren.

–¿Y eso? ¿De dónde salió?

–Andaba con otra que me iba a comprar un cuadro. Uno que valía tremendo baro. Un Romañach.

–¡No jodas!

–Hicimos la operación y como vio la viola, esa que me regalaste –como si nadie supiera cuál–, la veintiúnica. Me preguntó si era músico y tacatá, tacatá, terminamos con tremenda curda singando en la playa en pelota.

–¿Así que ahora eres tremendo jinetero también? –le dijo Bebé para meterse con él–. Una así es la que me hace falta. Consígueme una Wolforlaine.

–Jinetero ni pinga. La jeba está riquísima –la verdad ese comentario no decía nada. La misma aberración que tenía por los colores la padecía por las formas. Del uno al diez todas las jebas para él empezaban en cinco. Tenía perro estómago.

–¿Pero qué bolá? ¿Instale y todo?

–La tengo en el gao.

–Pues… traila cuando quieras.

Así hizo. Se fue. Al poco rato volvió con Ana. De buena nada. Estaba malísima, plana, pero a juzgar por el besuqueo que se tenían se ve que los dos estaban encantados. Se habló toda la tarde. Wolf se fue y regresó con un arsenal de botellas y marihuana. La gallega oyó la música del piquete. Se quedó loca. No se esperaba encontrar por allí nada de eso. Ella iba a salvar aquello. Estaba dispuesta a mover sus contactos. A quemar sus naves.

Al día siguiente, con una resaca de pinga, todo parecía una fantasmada. Seguro la inspiración vino del alcohol y la pinga de Wolf. El Abuelo trata de levantarse del suelo y por poco pisa a la gaita. Perico, Bebé y el Aceite ya no están. Solo quedábamos tres: Wolf, la bruja y el Abuelo. Con el olor del café vino a la cocina. Estaba en cueros. –Hola, buenos días – dijo y siguió pa'l baño. La verdad que esta gente si está en talla. La pinga se paro un poco, pero…, que va coño que es la jeba del socio, además… está malísima.

Luego apareció con la camisa de Wolf y tomaron café. El Abuelo no quiso sacar el tema. Lo hizo ella.

–Lo que dije ayer no es ningún farol. Va en serio.

La miró con una cara de esas que parece decir: –Bueno, si tú lo dices–, aunque realmente decía –Hasta que no se vea no se cree.

–Ya veréis –y siguió animada hablando y fumando sin parar. El Abuelo no tenía cigarros. Ana le ofreció de su Malboro. Le gustaban. No sé por qué. No sé si es por no fumarlos nunca o porque no tenía mas opción que los populares a veinte pesos.

Daba la impresión que Ana se proponía vivir una segunda vida. De proponerse un reto que la llevara a otro nivel. De sentir la oportunidad de demostrar su gratitud a un país que inexplicablemente amaba aún haciendo algo de dudosa reputación, oficialmente hablando. Pero ya ella estaba camada y sabía como iba todo. Era progre pero no tan ingenua. Quizá cuando apareció con su pulovito del Ché tenía otra idea del percal. Pero no estuvo en un hotel. Alquiló un cuarto en un solar. Vivió en la cochambre, asfixiada por el calor y ahogada por el sexo. No alquiló coche. Recorrió las calles a pie. Con cuidado de no pisar los baches y la mierda de los perros y que no le cayese un derrumbe encima. No compró Havana Club. Tomó chispa 'e tren y bájate el blumer. Estaba bien trajinadita. Sabía muy bien de qué iba todo este socialismo tropical.

Wolf se sumó al café y siguieron fumando y divagando hasta que cayó la tarde. Ana se iba al día siguiente. Cuando desaparecieron, el Abuelo llamó a la jeba. Nela le echó tremenda bronca.

—¿Dónde tú estás mijito?

—En casa.

—Yo pasé por ahí y no estabas.

—El ensayo acabó tarde. Wolf trajo a una española que está interesada en la pincha… ¿Estás ahí?

—…

—Ven pa'cá anda.

—Ahora no puedo.

Podía imaginar el careto. Parece que lo más importante para ella era casarse pero… ¿Cómo aguantar esa jeta a todas horas? Además de desconfiada y celosa, tenía un sentido del orden que podía sacar por el techo a cualquiera. La verdad no sé muy bien por qué cojones seguían juntos. Ya era costumbre.

—Bueno. Ven cuando quieras. El Abuelo se va a echar una buena siesta.

—Pero si te acabas de levantar.

Colgó el teléfono y se durmió. Ya era de noche cuando lo despertó Ana.

—¿Tú no te ibas?

–Mañana. ¿Puedo pasar?

–Claro.

Habían tenido una bronca. No se muy bien por qué, porque no dijo nada, pero se veía nerviosa. Después lo soltó todo de golpe.

–Tu amigo tiró toda mi ropa por la ventana –siguió sin parar completamente histérica. Ella hablaba y el Abuelo, en calzoncillos, pensaba en lo que podía ocurrir si aparecía Nela. Ahora sí que se jode todo. No supo cuándo fue. Ni lo que oía. Sí que en un momento le dijo.

–Oye, el Abuelo tiene que salir un segundo. Date una ducha. Relájate. Enseguida está de vuelta.

Se vistió y arrancó pa'l parque. No sabía qué hacer. Cualquier lugar era más apropiado que estar en casa. Todo lo que parecía una posibilidad se tambaleaba de repente. No se creía nada pero le ponía nervioso pensar que, definitivamente, todo acabara sin empezar. En el fondo su incredulidad no era sincera. Rechazar cualquier posibilidad era renegar a la esperanza. Se fumó unos cuantos cigarros y regresó. No había nadie. Qué alivio. Se tumbó en la cama y tocaron a la puerta. Se levantó y abrió. Era ella. Nela.

Siempre nos damos cuenta demasiado tarde, pero la mayor diferencia entre la felicidad y la alegría es que la felicidad es un sólido y la alegría un líquido.

J. D. Salinger

Una semana después vino Wolf con un estuche de guitarra en la mano.

–Miren –dijo y sacó una Gibson Les Paul preciosa–, me la mandó la jeba.

–¿Ana? –preguntó el Abuelo.

–Claro.

–Cómo que claro. No te acuerdas que el día antes de irse le tiraste todas sus cosas por el balcón.

–¡Ya! Pero eso fue por un ataque que le dio. Después se le pasó y regresó.

–Ah.

–Les das un filo y se cogen la mano. Ya la jeba estaba de sargento, poniendo leyes y dando órdenes.

La guitarra estaba volaísima. Bebé la cogió y los dedos se le iban solos.

–¿Me la vas a prestar cuando demos un *concert*?

–Claro. Cuando tú quieras.

El Abuelo no se levantó de la batería pero tuvo la sensación de que tenían una nueva oportunidad. Fugaz pero concreta. Luego se despejó más el cielo.

–Dice Ana que ha hablado con un montón de gente y ya nos tiene casi cuadrada una gira.

–¿En serio?

–¡Claro muchacho! Nos vamos a los madriles.

–¿Cómo que casi? ¿Cuánto de casi? –le preguntó el Aceite.

–Ha hablado con un montón de gente y dice que hay interés. Cuba se está poniendo de moda.

–En realidad aún no tiene nada. ¿No?

–No, pero eso está cuadrao muchacho. No seas maferefún. Tú verás. Vamos a dar pila de concerts de pinga. Voy a sacar la viola y lo que voy a meter va a ser tremenda expresividad, ni Jimi Hendrix me va a hacer na'. Vamos a darle candela a Madrid.

Ese día tocamos con una motivación extra. Las cosas de palacio van despacio. Qué más da. Tiempo es lo que nos sobra. Wolf desapareció otra vez. Nadie volvió tocar el tema de nuevo pero la duda acerca del viaje siguió flotando en el aire.

–¿Cómo va lo del servicio? –preguntó el Aceite al Abuelo.

–Ya fue. Al Abuelo le echaron una bronca de pinga.

–Menos mal.

–La pura se empeñó en ir con él y llevó un montón de papeles de cuando lo operaron de las hemorroides.

–Te van a poner culo 'e mono, "Abuelo culo 'e mono" –el cabrón podía poner una vocecita agudísima, como si no fuese él y viniera de otra parte.

–Y a ti, Bebé picha floja.

–Que me la saco coño.

–Oye Abuelo, ¿pero eso de las hemorroides no fue hace meses?

—Cosas de la pura, Aceite. Falsificó los papeles. Era solo cambiar el mes. El Abuelo se enteró allí mismo.

—¡Escapaste!

—No. No creas. Amenazaron con llamar en breve. Es más, dijeron que, de movimientos fuera de la Habana, nada.

—¡De pipi!

—Así que cualquier día llaman, que vaya con el cepillo de dientes y un jarro.

Fue solo cuestión de días. Se pasaron por el culo lo de las hemorroides, aunque en realidad era falso, aunque en su día dolió con cojones. Le citaron. Esta vez fue en serio. Lo trasladaron con pila de gente más a una unidad en casa del carajo. Lo pelaron al cero y desde entonces no hizo más que preparación militar, guardias y limpieza. Hasta los cojones estuvo de tender la cama. De ver como la monedita del sargento siempre se paraba en alguna arruguita. De limpiar el baño y comerse la peste a mierda de todo el pelotón. De la preparación combativa. Día tras día lleno de fango; con una peste a grajo que ni él mismo se soporta. A veces hasta le duele el esfínter de verdad. Debe ser un reflejo de las exhemorroides para protegerlo. Pero tiene que seguir. Apretar el culo y darle a los pedales. Una y otra vez se caga en su madre. Por culpa de su pura esta allí aunque si no hubiese sido por ella igual estaría preso o en Miami. ¿Quién sabe? Porque efectivamente el polo no es su fuerte. Si eres débil te cae lo peor. Si eres fuerte también. Así que hay que intentar seguir como la media: mediocre. Y no crean que es fácil. Mantenerse mediocre es toda una ciencia.

Lleva allí casi un mes. A estos apenas los ve. Solo cuando le dan un pase de vez en cuando. Los extraña a los cuatro: al Aceite, a Bebé, a Perico, a Wolf. ¿Qué estarán haciendo ahora? La última vez le dijeron que tenían que tocar en un concierto por el día mundial del SIDA. Por suerte es un fin de semana y tendrá pase. A ver si no se lo malean con una guardia. Por culpa del Abuelo se va a joder todo. Sabiendo como es el Aceite, aguantarán así hasta que esto termine. ¿Habrán tenido nuevas noticias de Ana?

Hace días hay comentarios entre la tropa. «Traslado a Angola». Todavía el Abuelo no ha tirado un solo tiro, así que no sé qué cojones va a ir a hacer a Angola. Son solo rumores pero hay un refrán muy sabio que dice «cuando el río suena, piedras trae».

```
Querida hija,
Deseo que al recibo de esta te encuentres bien al
igual que nosotros. He tenido un poco de asma
últimamente pero con las últimas pastillitas que me
mandaste, casi no me da. Me alivian muchísimo.
Laura sigue bien y tu padre igual. Ahora están
haciendo una carta para reclamar la medalla de la
lucha en la clandestinidad porque hace poco la
dieron pero a él no le dieron na'. A lo mejor se
olvidaron, pero bueno tú sabes que él conserva los
recortes de periódico de cuando lo metieron preso.
Lo malo es que los de su célula, esos con los que
él se veía, todos se han muerto y ahora no sabe qué
hacer porque hace falta al menos cinco gente que
digan que...
```

–Dime viejuca, vieja cacatúúúa.

–Ya se acabó la calma en esta casa, Bebé déjame tranquila que estoy haciendo una carta.

–Así que tú te quieres ir del país... se lo voy a decir al del Comité.

–Ay Bebé, ta' bueno ya, déjame en paz que tengo que terminar la carta.

–Dile que te mande una buena viola.

–Tú siempre comiendo mierda y fíjate, ahora mira a ver donde te pones con la guitarrita porque yo necesito concentrarme pa' terminar la carta.

–Tú sabes que el que manda en esta casa soy yo.

–Aquí el que manda es Paco.

–¿Y mi mujer?

–¿Tu mujer? Tu mujer anda pa' las clases de mecanógrafa.

–¡Qué vieja mas burra! Mecanografía.

–Ah eso mismo, tú sabes bien lo que digo.

–Esa, esa es una descará igual que tú. Seguro anda pegándome los tarros igual que tú a Paco con el carnicero.

–Ay Bebé, 'tate quieto ya, un día Paco te va a romper la cara por estar hablando tanta mierda. Tú na' ma' que sabe joder.

–Ay vieja loca hasta cuanto tendré que soportarte. Acaba de irte pa'l norte a ver si me traes una viola.

–Habla bajito coño.

–Qué, ¿tienes miedo que to' el mundo sepa que eres una gusana?

–Bebé ta' bueno ya, ¡que Paco te oiga!

–Ese, ese es un buen cabrón. ¿A que hora vuelve la guaricandilla de tu hija?

–Antes de las doce.

–Bueno, mientras nos vamos a tocar un rato en la barbacoa.

–Mira a ver si no molestan a los vecinos.

–Esos son buenos cabrones también.

–¿Qué tal Olivia?

–Yo ahí mijito. ¿Y tú? ¿Y Cuca?

–Andando.

–Deberías aprender algo de éste, en lugar de andar comiendo mierda el día entero con la guitarrita.

–¿De quién? ¿De éste?

–Sí, del grande por gusto.

–Oye Olivia, no la vayas a coger conmigo ahora.

–No. Si es verdad que tú eres grande por gusto. Si pa' pasar por la puerta tiene que agachar la cabeza. Pero tú me caes bien, no como el diablo este.

–Tú protestas, pero ustedes en el fondo no pueden vivir uno sin el otro.

–¿Sin la vieja loca ésta?

–Loca será tu madre.

–Cacatúúúa.

–Cacatúa será tu madre. Déjame tranquila ya anda.

A ver por donde me quedé, que este cabrón no para de joder. Cada vez que llega se acaba la tranquilidad en esta casa.

... que digan que es verdad que tu padre andaba metido en eso de la lucha clandestina. Bueno ya te contaré cómo termina este lío. Ahora acaba de llegar Bebé con un amigo de él que toca en el combo. Bebé también está bien, jodiendo como siempre pero es con el único que me entretengo aquí. Tu hermana Laura siempre está refunfuñando y si no durmiendo. Yo no sé a quien habrá salío porque ni tú, ni tu padre, ni yo somos así. ¡Tiene un mal carácter! Ahora anda pa' las clases de mecanografía.

–Bebé baja la guitarrita que molesta a los vecinos.

Llegará dentro de un rato y a lo mejor arma jodedera porque Bebé está allá arriba en la barbacoa con ese amigo de él que te conté, que es ingeniero y a Laura no le gusta que se le sienten en la cama; aunque a ella delante de este se porta mejor porque él es un muchacho muy decente y se porta muy bien con nosotros y es muy atento. Bueno hija ya no puedo seguir escribiendo porque con tanta bulla no me puedo concentrar y tú sabes que yo no soy muy escribidora que digamos. Muchos besos. De todas formas te voy a llamar para mi cumpleaños. Cuídate y no hagas disparates.

Tu madre que te quiere y no te olvida.

Olivia

La cosa con Bebé iba de mal en peor. Una de esas noches que oscurece más temprano que de costumbre y las ráfagas de aire frío silban en las desiertas avenidas y la gente se queda en casa, Bebé apareció, no tan tarde como de costumbre, acompañado de una niña de unos catorce años exóticamente abrigada con una bufanda de arabescos palestinos, impresionante longitud de las cejas y una sensualidad imposible de disimular entre el ensortijado pelo crespo y el ritmo de sus movimientos. Aquella niña era los cuatro jinetes del Apocalipsis juntos. Bebé se acercó a nosotros, saludó, presentó a su amiga: –Esta es Claudia. ¿Qué les parece? –y subió a desenfundar su guitarra.

–Bebé, ¿has visto que hora es?

–Luego te cuento –me susurró–, delante de la jeba no. 'Perate un segundo.

Claudia se depositó lentamente en primera fila, cruzó las piernas y dispuso una mirada de ver a todos a la vez y a la nada, perdida. El ensayo transcurrió tenso, pobre. Bebé tocó como si hubiera ido al baño y dejado a otro en su lugar. A los tres cuartos de hora nos pusimos a hablar. Sin comentarios adicionales cada uno comenzó a recoger lo suyo. En un momento que coincidimos junto a los huacales me preguntó: –Está buena, ¿eh?

–¿De dónde la sacaste?

–Del Giovanni, creo que tiene catorce años.

—Bebé, estás de pinga. ¿Qué te pasó ayer?

—No te imaginas lo que me pasó —el día anterior dimos un concierto por el día mundial del SIDA y el hijo de puta llegó dos horas tarde descojonado de la risa. No habíamos podido hablar desde entonces—. No te lo puedes imaginar. Vengo en la guagua pa'cá, no cabe ni un alfiler, no puedo ni agarrarme al tubo y de repente siento que la rubia que tengo delante me tiene encajado el culo en la pinga. Me corro pa'l la'o. Imagínate si cree que soy un descarao que le vengo dando brocha. Me muevo y ella también se mueve y me vuelve a encajar el culo. Un culito precioso respinga'o, de 90 grados. La estaca se me empieza a empinar y ella sigue restregándose más y más. Me pongo pa' ella. Un poco bizca pero con unas teticas perpendiculares. Se le podía meter un barillazo. Le soplo en la nuca embarajando y se menea como una gata: Vamo' a jugar a la pelota, le digo, yo pongo el bate y tú las pelotas, y ella se vira y me dice: Vamo'.

—O sea, ¿dejaste a un montón de gente esperándote pa' singarte a una bizca que te para la pinga en una guagua?

—Espera, todavía falta lo mejor. Me llevó a su casa. Un par de paradas más alante. Por la escalinata. Nos pusimos a singar enseguida. Cerró la puerta, se quitó la ropa y cuando me vine a dar cuenta la tenía con el culito dándome en los cojones. Estaba riquísima. Era tremenda loca. Se vino un par de veces na' mas metérsela. Ya estaba a punto de venirme. Ella se movía cada vez más rápido gritando cochinás y de pronto me dice: Gózalo que Dios te lo puso en tu camino. Me despingué de la risa. Me dio tremendo ataque, no podía parar. La jebita se cogió perro empingue y me botó de la casa. No pude venirme.

—¿Tenías preservativo?

—Tú sabes que yo no uso eso. Lo mío es a carne limpia. A forrar pepino.

–Bebé –le dije manteniendo la calma–, ayer tocamos por el día mundial del SIDA y tú te singas a una desconocida sin preservativo minutos antes. Recuerda que tienes mujer e hijo.

–Ya pero esa jebita no tiene na'. Era limpia. Tenía la casa empingá. Esa jeba no tiene na', seguro.

–Estás de pinga Bebé. Yo no soy quien para decirte nada pero entre la farándula del Don Giovanni y tu singadera vas a terminar mal, muy mal.

–Un tarrito al año no hace daño.

–Ponte pa' las cosas. Últimamente llegas tarde o ni vienes.

Casi tenemos el mismo repertorio montado sin guitarra; a violín, bajo y batería. No te aprendes los temas. Solo improvisas. El día que estás bien empingao pero no siempre tienes el día. ¡Asere! Tómate esto en serio.

No dijo ni una palabra. Solo sonreía. No sé si por esa jodida mueca nerviosa o porque, recreaba su anécdota. Bebé contemplaba la expansión del universo desde su propia telaraña. Si el tiempo fuese un vagón que transportara la historia y existiera un punto estático en el cosmos, al menos relativamente, casi seguro que lo veríamos pasar una y otra vez; con color, materia o forma distinta pero ahí, clavado, como un pin hincado en el firmamento, aunque nos hicieran falta millones de vidas para ello.

–¿Te enteraste?

–¿De qué?

–¿Del Abuelo? Me encontré con Wolf y me lo dijo. Por fin se lo llevan.

–¿A Angola?

–Sí. *Un solo pobo, uma sola naçâo.*

¿Cómo puede decirse que un estilo es mejor que otro? Uno debía estar capacitado para ser un expresionista abstracto la semana próxima, o un pop, o un realista, sin tener la impresión de que uno se ha traicionado. Creo que los artistas que no son muy buenos debían ser como todo el mundo para que la gente gustara de cosas que no son tan buenas.

Andy Warhol

Sin el Abuelo y casi sin Bebé, Perico y yo nos quedamos prácticamente solos. Como núcleo, porque siempre aparecía gente como Wolf y se sumaban a la fiesta. Él fue de hecho el más frecuente, trabajador y creativo. Siempre desaparecía. Nunca se sabía cuando reaparecería pero siempre lo hacía. Retornaba como si nada hubiera pasado, como si nunca hubiera estado ausente. Hizo un montón de *backgrounds* con sonidos que grababa como podía. Pateando latas, provocando perros, serruchando tablas, pegado a la pared atento a cuando templara su vecina. Luego juntábamos todo ese material con la música y elaborábamos los conciertos. Encontrábamos una coherencia a aquellos experimentos y lo proponíamos como algo muy preconcebido a la inversa, desde la historia hasta los sonidos. Otras veces lo hacíamos todo sobre la marcha dejando la mayoría de las cosas al azar. Teníamos las bases. Que fuera lo que surgiera. Wolf tenía una personal irracionalidad que daba brillo a aquellas propuestas. Todos sus pequeños aportes, elocuentes y sugerentes, se utilizaban de una manera u otra. Luego, ya en el propio concierto, entonces se replegaba a la mesa de mezclas para controlar el sonido, aportar alguna guitarra aislada (sobre todo aquellas que Bebé se negaba a tocar), manejar la grabadora, las luces y los efectos especiales que a veces teníamos porque se traía los aparatos de la televisión donde también trabajaba eventualmente. Las luces las montaba él mismo. Nunca eran muchas lámparas. No teníamos apenas recursos pero él se las arreglaba para una puesta en escena decente.

La escenografía era cosa más bien del Abuelo aunque todos ayudábamos. Como carecíamos prácticamente de todo, la mayoría eran restos tirados en la calle y objetos que sacábamos de donde podíamos. Un pedazo de árbol, basura regada, barriles. Lo que encontráramos.

Solo con las grabaciones de Wolf se podía hacer música concreta de primera. Para grabar a los perros no se lo pensó dos veces. Usó los del vecino. Siempre los tenía amarrados porque mordían; pero estaban muy lejos. Él puso la grabadora junto a la cerca que dividía ambas casas y saltó la cerca. Con un palo largo consiguió desatar las correas y echó a correr hasta la cerca. La grabación por supuesto, es más que convincente. En medio de tanto ladrerío su vecino salió al patio a ver que pasaba y vio al Wolf corriendo en su patio a toda pastilla hacia su casa. Fue difícil convencerle de sus verdaderas intenciones.

Otra vez metió la radio de su casa en el cubo de limpieza junto con piedras y algunas cosas que encontró por allí. La grabación empezaba con la sintonía enlatada de radio rebelde. Una emisora con record en mal gusto musical. Luego fue avanzando en la FM hasta llegar a las emisoras yanquis. Cuando sintonizó una con buena señal empezó a batir el contenido del cubo con un palo, como una mezcla para un *cake*. Batió la mezcla de objetos-ingredientes cada vez con más fuerza hasta terminar cayéndole a palazos y por último a patadas por toda la habitación. Increíble. Acabó con el cubo y con la radio pero consiguió unos efectos impresionantes.

Una vez fue la televisión a grabarnos. La primera y la última. Se tropezaron con Wolf en la puerta y lo detuvieron para entrevistarle.

–¿Qué crees del rock en Cuba?

–¿Qué rock? –en realidad daba igual qué genero. Wolf decía «si te etiquetan te matan»–. Una mierda.

–¿Quieres decir que las agrupaciones que hacen rock son una mierda?

–Excepto nosotros, sí.

No hubo grabación de televisión. Después de aquella corta entrevista recogieron y se fueron. La última cosa que intentamos hacer todos juntos fue dar un concierto en una guagua, en la parte de atrás, con instrumentos acústicos. Un *unplugged*. Teníamos que escoger una ruta y una hora poco recurrida. Coger la guagua en la primera parada y tocar hasta que llegara al paradero. No pudo ser. Con los problemas con Bebé y la pérdida del Abuelo ya no podíamos.

Entonces pensamos dar un giro a la electrónica. Yo tenía una computadora. Muy mala y anticuada (un 286) pero quizá podía valer. Conseguimos un Kawai K4 prestado de un centro especializado de computación. No lo usaban porque, aunque era MIDI y tenían computadoras, no tenían la interfaz para conectarlo. Yo tampoco tenía interfaz pero podía hacerla. Hicimos un trato. Nosotros poníamos la interfaz y ellos nos lo prestaban para dar conciertos y para ensayar, aunque al final terminamos mudándonos del Patio de María a allí.

Hacer la tarjeta no fue muy complicado. Encontré algunas revistas BYTE que me ayudaron a entender cómo iba todo y con un poco de paciencia y tiempo conseguí un prototipo cableado a mano que funcionaba. Encontramos un *software* muy limitado que nos servía de secuenciador (Master) y con eso empezamos. La idea era no parar. No sabíamos cuando volvería el Abuelo pero tampoco queríamos enterrar todo lo que habíamos hecho. Así que mientras, intentamos hacer versiones con las nuevas herramientas. A estas alturas Bebé ya ni aparecía y Wolf lo hacía con la frecuencia de siempre, cuando le parecía.

Ya puestos, nos hicimos un pequeño set de percusión MIDI y poco a poco conseguimos versiones que, mezcladas con los sonidos grabados de Wolf, restos de ensayos, notas o melodías de instrumentos, se me antojaban más interesantes.

Claudia está riquísima. Esta gente no me entiende. Ellos tienen sus jebas, sus casas; bueno, menos Perico que al pobre le salen callos en las manos de las pajas. Pero yo solo tengo a la seboruca de la Mimirrica y a la vieja loca de la Cacatúa que me tiene la vida hecha agua. Las dos me tienen a punto de coger una balsa y pirarme pa' la pinga. Es verdad que esta jeba es menor de edad pero pa' eso estoy yo, pa' enseñarla.

El día que nos conocimos en el Giovanni me dijo que se había enamorado de mí na' más verme. ¡Qué farandulera! Ese día no me quedaba mucho tiempo y me la llevé al ensayo. Fue el día después del ¡Gózalo, que Dios te lo puso en tu camino! Después del ensayo nos fuimos al cementerio a singar. Era lo más cerca del Patio de María donde podíamos templar sin que nos molestara nadie. La entollé de pie. Estaba loca por metérsela y cuando lo hice gritó como una puerca pero siguió con el mete y saca. Se vino como dos veces antes de que le echara toda la leche dentro. Cuando íbamos por la mitad vi a un tipo a unos veinte metros. Se estaba echando tremenda gantúa a costa de nosotros. Cuando se la saqué tenía la pinga chorreando sangre.

–¡Coño, no me dijiste que tenías la regla!

–Y no la tengo –era virgen.

Así fue como le partí el bollo. Parecía tremenda loca y resulta que na' de na'. Después de eso la jeba se me encarnó. A mi me gustaba pero ya tenía bastante con la Mimirrica y la bruja. Pa' singar con ella tenía que decirle a la Mimirrica que iba a ensayar y me iba a su casa al mete y saca. Era insaciable.

Un día le dije que no podíamos seguir. Me amenazó con cortarse las venas. Se volvió loca. No le creí y lo hizo, con tan mala suerte que cogió una cuchilla oxidada y por poco se muere de tétano. ¿Qué podía hacer? Le dije que pensaba irme y me dijo que se iba conmigo. No le importaba que estuviese con otras, ni con la Mimirrica, pero no me perdonaba que no estuviera con ella. –Por mí puedes singar con quien quieras, mientras dejes algo para mí –decía. Estaba completamente *crazy*.

Claudia solo quería estar conmigo. Decía que yo era su papi, su macho. La Mimirrica no pensaba igual.

–Tú me estás engañando, Bebé. Acuérdate que yo, lo que no sé, me lo imagino.

–Tú eres muy sabihonda. Te las sabes todas, sí.

–Allá tú. Si te cojo con otra te la corto. Vas a ver.

Ya casi no singaba con la Mimirrica. No podía. Con los viejos al la'o y el niño, Laurita nunca quería. La dejo, pa' la pinga. La dejo y me voy con Claudia. Estaba decidido cuando vi a Laura con él. ¿Qué pinga hacía ese tipo hablando tan pega'o a ella? ¿Y esa mariconfianza? Lo peor fue cuando llegó a la casa. El blumer le olía a leche. A leche fresca. La voy a matar.

Tu canción suspendida en la sabana del África.
El sobreviviente la olerá entre la hierba,
interrumpida por la milenaria cacería,
mitad MPLA, mitad Savimbi.
El testigo del poder, del obsequio a la levedad.
Tu canción de ruido en el matorral y de tetas angolanas colgando,
guitarra de mala puntería y balas de gorriones limpios.
Tu armonía de chapilla con numeritos,
ábaco del tiempo y del delirio.
Tu canción en altoparlantes remotos,
de marchas estridentes y tumulto.
Tu canción desafinada,
de lemas de matutino,
de pancartas para ir a la plaza,
de aplauso y vitoreo.
Tu canción pingajosa y olvidada.

Tu canción

Esta isla es una montaña
sobre la que vivo.

Fayad Jamis

–¿What bolá men?

–No sé qué podemos hacer bróder.

–Mami baja esa mierda de Tele Martí. Nos van a meter presos a todos.

–A ver aquí quién tiene cojones de decir nada. Dicen que le van a meter interferencia. Coño, ¿por qué no ponen más canales? Encima de que nada más que hay dos, cada vez que enciendes la televisión está él hablando, el patrón de prueba.

El Aceite estaba preocupado. Ana estaba a punto de llegar. Por fin parecía que llegaba la hora y resulta que el Abuelo lleva dos meses en Angola. Unos que llegan, otros que se van. Además ni siquiera podíamos avisarles, no teníamos ni un cabrón fax. Y Ana iba a desembarcar con el contrato de la gira, lo que mas deseábamos, por gusto.

–No le des más vuelta. Mariconá con el cocodrilo.

–¿Tú sabes lo que significa eso? Se va a la mierda el Abuelo asere, toda la pincha, todas las expectativas, pa' la pinga.

–Ya pero… no podemos hacer nada.

–Mijito, si quieres yo le puedo pasar un télex desde mi oficina –se ofreció la madre del Aceite.

–Ya mami, pero tampoco tenemos un número de télex.

La idea de sustituir al Abuelo no es posible. Nosotros no éramos músicos. Éramos amigos que hacían música. Sin el Abuelo la gira a cualquier parte no tenía ningún sentido. La cosa era simplemente pasarla bien aunque con el aterrille que teníamos la verdad un fastercito era más que súper bienvenido.

–Chico, ¿por qué coño habrán mandado a ese niño a ese lugar? –saltó de nuevo la madre del Aceite.

–Alégrate que no haya sido a tu hijo.

–Dios me libre. Mi hijo no va a ninguna parte.

–Mami no digas tonterías, al que le tocó le tocó. ¿Tú sabes lo que significa negarte?

–Me importa tres cojones. Tú no vas a ninguna parte... Por encima de mi cadáver. ¿No ves que fui yo la que te parí? Todavía tengo cuarenta y pico de puntos en el...

–Ya mami déjalo, ya sabemos dónde.

–Es que me encabrona chico. Me encabrona que manden a la gente que sirve. ¿Y la que no sirve? Por ahí, delincuenteando. Ese muchachito con lo jovencito que es y metido en una guerra que ni se sabe qué coño es. Jugándose la vida. Me imagino como debe estar su madre. ¿No dicen que ya se acabó? ¡Entonces chico! ¿Por qué siguen mandando gente? ¿Ahora tenemos que ir a arreglar aquello? Con lo jodido que está esto.

–Mami, por favor no nos pongas más nerviosos de lo que ya estamos.

–No mijito, si lo que quiero es ayudarlos pero es que me empinga que pasen estas cosas.

Otra vez el silencio inundó el excuarto del Aceite. ¿Cuántos litros de alcohol nos habíamos tomado en aquella cama en el suelo oyendo a los Crimson? ¿Cuántas canciones habíamos hecho en aquella caja calurosa?

–Arriba Perico. Vamos a descargar un poco y luego nos vamos al aeropuerto y...

–¿Qué sea lo que Dios quiera?

–Querrás decir, ¡que sea lo que Él quiere!

–¿Y Bebé? ¿Has vuelto a saber de él?

–Lo último que supe es que tuvo otra crisis. Amenazó a la Mimirrica con matarla, coger a Hendrix y pirarse en una balsa para Miami con él.

–¡Qué pena! Siento que todo se viene abajo. Mis hermanas se van las dos. ¿Lo sabías?

–No. No me lo habías dicho.

–Las dos dicen que ya no aguantan más. Nos vamos a quedar pa' apagar el morro.

–O para encenderlo. ¿Quién sabe? ¿Con tanto apagón?

Querido Aceite,

Ninguno de los dos tenía ni la más remota idea de lo que es esto. ¡De pinga!!! Se aprovecha este oportuno aburrimiento para escribirte pero, no lo tomes a mal, tal vez no lo vuelva a hacer. Minas es lo que sobra en esta mierda de paisaje. No sé qué coño hace el Abuelo aquí todavía. Nadie lo sabe. ¿Se habrán olvidado de recogerlo? Hace ya casi tres años que terminó la guerra y nada. Esto es el infierno. De guardia en guardia. Ha hecho más guardias que todos los custodios del Kremlin, de la plaza de la revolución, del puesto de guardafronteras de la base naval de Guantánamo juntos. Guardias aburridas pero con armas de verdad, con negros que se confunden en la noche; que de día están con los cubanos y de noche con Savimbi, con un jefe de pelotón imbécil programado para hacer la vida agua a cualquiera, con una variedad increíble de bichos peores que los mosquitos. ¡Qué delicia la picada de un cabrón mosquito!
Ojalá no te deprima la intro y que solo tú leas

esta carta. Sobre todo allá. No quisiera pasar el resto de la vida haciendo guardia.

Un día subieron al pelotón completo a un camión, de madrugada. La primera misión en tantos meses. No te puedes imaginar la alegría aquí. Por fin se iba a hacer algo. A estas alturas qué, es lo de menos. Todo el mundo está loco por disparar un tiro. En definitiva, a eso se supone que se vino. Bueno, pues resulta que la tal maniobra fue un desplazamiento, kilómetros y kilómetros de caravana. África es interminable. Durmiendo en huecos en la tierra, cuando no despierto de guardia, con un nuevo conjunto de insectos y alimañas. Con un frío de tranca por la noche y un calor de cojones por el día. Durante el viaje, interminable, explotó un camión en medio de la carretera. Las putas minas. Muchos muertos,... y aquí todo el mundo se conoce. Es una nueva familia con parientes en todos lados, sobre todo orientales. Fue muy duro. La muerte y la guerra. La guerra y la muerte. La guerra es la danza eufórica de la muerte, su anunciación. La muerte...

Disculpa, ahí viene el idiota del teniente a mandar a formar.

Ha pasado una semana pero parece que, por fin, esta es la misión. La otra vez el Abuelo no tuvo tiempo de terminar de contarte. Después de las minas viajó solo un poco más, hasta Huambo. Luego de un mes, era imposible imaginar un sitio diferente donde pasar el resto de tus días. Sin más diversión nuevamente que las guardias, saludos militares, lectura de periódicos viejos y el cuento de la novia playboy y el incansable miembro. No. Después de interrumpir la carta, también se quebró la calma en este maldito lugar. Hubo varios días de tiros con bandas de la zona. La primera vez que el Abuelo escuchó el silbido de una bala y la vio clavarse en la pared, encima de su cabeza, se orinó en los pantalones. Cuéntalo si eres hombre. Luego, a correr de un lado a otro y al que le tocó, le tocó. Por suerte no ha habido ninguna baja, solo pocos heridos. Esto es una onda salvaje. El teniente dice que son pequeños grupos aislados, que la guerra acabó pero joden con cojones. El Abuelo no termina de creerse nada. Ha visto en dos o tres días todos los muertos de su vida. Concentrados en una sola visión. Que no se borra hermano, que no te abandona. Y el problema no es ver un cuerpo destrozado, como los de la prensa. No, lo que es de pinga es visionar la película en vivo. Ver una cabeza destrozada saltando por los aires. Impresionante.

Al Abuelo lo han destinado en la infantería y, la verdad, hay muy poco que hacer. Solo disparar adonde se supone que viene el tiro. Ojalá no haya matado a nadie. No podría vivir con eso a cuestas. Ahora hay calma, aunque todo parece indicar que durará poco. Esto está muy al sur y cerca de la frontera dicen que hay mucho revuelo entre los oficiales. Que no pase nada.

Bueno amigo, por lo demás todo bien, solo un poco de cagaleras por el agua. Un saludo fuerte desde el culo del mundo. Cuídense mucho. Dale un abrazo al resto del people. Te quiere,

El Abuelo

P.D., Que éste no sea el último concert. Sigan tocando que el Abuelo va a formar. Ahí está de nuevo el cretino del teniente. Chao.

Fin

Párate ante el espejo más alto de la sala, tranquilamente y contempla tu vida, y contémplate ahora cómo eres porque esta será la última vez; ya están quitando las barricadas de los parques, ya los asaltadores del poder están subiendo a la tribuna, ya el perro, el jardinero, el chofer, la criada están allí, aplaudiendo.

Heberto Padilla, *El discurso del Método*

Al igual que el hueso al cuerpo humano y el eje a una rueda y el canto a un pájaro y el aire al ala, así es la libertad la esencia de la vida. Cualquier cosa que se haga sin ella es imperfecta.

José Martí

El papel del arte en Cuba quedó definido desde casi el mismo inicio del *proceso revolucionario*. A partir de ese momento, se llamó el *papel del arte en la revolución*. Para esta nueva época, de nuevos significados, era fundamental la reinterpretación de las palabras: intelectual, cultura y arte. Para estar a tono con el momento histórico debían evolucionar a nuevos significados. Los intelectuales de entonces se encargaron de redefinirlas a voluntad de los hombres de gobierno, los agentes de la revolución.

"Tenemos que revolucionar al intelectual y no intelectualizar la revolución", escribía Vicente Carrión en un artículo publicado en el número 9 de la revista *Revolución y*

Cultura del año 68 titulado Un mundo en Revolución[35]. "En el primer caso contaremos con un combatiente y un arma más, con un nuevo y poderoso instrumento para la construcción de la nueva sociedad, del hombre nuevo; en tanto que en el segundo corremos el riesgo de abandonarnos en el campo de las ideas, dedicarnos a elucubraciones insustanciales, olvidándonos de la realidad que nos rodea".

El triunfo de la revolución cubana coincidió con la brutal explosión del *Rock & Roll*. La juventud hacía sus primeras cuclillas para levantar la aparentemente nueva y monumental sociedad del caribe. La educación calzaba los nuevos cerebros con las nuevas formas de pensamiento. Época de revuelo y aventura. Los hombres aprendían a ser nuevos; los dirigentes del gobierno a gobernar. Los vecinos yanquis agredían. Plena guerra fría. El 8 de julio del 59, "Año de la Liberación", el senado norteamericano aprobó la facultad del presidente para suspender ayuda a todo país que confisque propiedades norteamericanas sin justa compensación.

Mientras, el incipiente gobierno revolucionario nacionalizaba la Cuban Telephone Company, la United Fruit Company, el Trust fosforero, el consorcio petrolero RECA, centrales azucareras, las refinerías de petróleo Texaco, Esso y Shell. El 6 de agosto en la clausura del 1er Congreso

---

[35] Según Vicente «la actitud fundamental del intelectual revolucionario es su estudio constante de la realidad y de sí mismo, su adquisición de conciencia, su profundización en los problemas más palpitantes de la sociedad en que se desenvuelve, el afianzamiento cada vez más hondo de sus convicciones revolucionarias y el revertimiento de todo este conjunto de elementos para llevarlos al pueblo.

»...el intelectual está obligado a encabezar la conquista del alba, la toma del amanecer. Por eso tiene que saber moverse entre las sombras del crepúsculo y dirigir con firmeza sus pasos en la oscuridad de la noche. Sólo así podrá llegar a los suyos, a la aurora del nuevo día».

Latinoamericano de Juventudes, Fidel Castro anunció la nacionalización de todas las compañías americanas en Cuba.

El 25 de abril del 61, "Año de la Educación", un día después de que el presidente de EE.UU., John F. Kennedy, admitiera la plena responsabilidad de la agresión mercenaria de Playa Girón, se impuso un embargo total a las mercancías destinadas a Cuba. El gobierno se declara Socialista. Nace "El Bloqueo". El chivo expiatorio, desde entonces, del resto de todos los problemas de la isla. Todos estos acontecimientos ultimaron el desarrollo de un sistema inmunológico sofisticado. Para el Estado cualquier elemento cultural-idiomático proveniente de Estados Unidos podía constituir una forma de penetración política e ideológica. La lucha ideológica fue la estrategia trazada para obstaculizar cualquier tipo de relaciones. Para el gobierno, The Beatles, Rolling Stones…, la universalización de los valores musicales de la época no fue más que una patraña más de la "política de expansión de los imperialismos". El rock se convirtió, por decreto, en una expresión artística subversiva con implicaciones ideológicas contraproducentes para la nueva educación de la juventud cubana[36].

---

[36] Todavía en el 90 Rosendo Ruiz, reconocido guitarrista de la cultura oficial y presidente de la Sociedad de Derechos de Autor, escribe una carta dirigida al colectivo de "En Confianza", programa de telerebelde *echo por y para la juventud*, donde dice «El peligro surge del grupo de renegados culturales que escogen como bandera al rock para enfrentarse a los valores musicales del pueblo, para lo cual cuentan con el apoyo de snobilistas y filo-cosmopolitas extranjerizantes, inclusive llegan a apoderarse de posiciones claves, en los medios de difusión y producción musical». El texto es citado literal, ortográfica y formalmente. En el próximo párrafo comenta «En la compleja y difícil etapa de los años 60, con posterioridad a un desatinado intento de inaceptable dogmatismo cultural, en que incluso el jazz, el bossa nova y el propio rock fueron perseguidos, aflora, en sentido contrario, un período, no menos peligroso que el anterior, caracterizado por una extrema anarquía» y termina su carta concluyendo «la política tendiente a rectificar errores en la música, no es fácil de aplicar. Se sigue, pese a los esfuerzos que se realizan, arrastrando en organismos

Nada de pelos largos, cuidadito con la forma de vestir, de hablar, de pensar. El rock no es un género. Es una forma de expresar rebeldía. Las señas de identidad del rock se le antojaron marginales. No eran admisibles en el proyecto de la nueva sociedad.

El 13 de octubre del 77, "Año de la Institucionalización", el entonces ministro de cultura Armando Hart, en el discurso conocido como "¡Ha triunfado la justicia! ¡Adelante el Arte!", con motivo de la clausura del II Congreso de la UNEAC, esbozó claramente la línea de la revolución en cuanto a los elementos foráneos culturales cuando dijo:

> Si la línea histórica de la cultura nacional está derivada de sus raíces populares y de su proyección progresista, las ideas socialistas significarán la garantía definitiva de su desarrollo hacia planos superiores de calidad. En cambio, todo lo que nos distancie

---

dedicados a la difusión y producción musical, una <u>negativa anarquía funcional</u>. Por lo general dirigentes y responsables han procedido a partir de ciertos criterios muy personales, cuando no, mantienen la política <u>de dejar que otros hagan las cosas, evadiendo así las responsabilidades</u>...».

Los subrayados son de él. A continuación arremete contra un programa de televisión que divulga tímidamente música rock. «La información del amigo de *A' Capella*, aporta una impresionante lista de nuevas organizaciones cubanas de rock. ¡No sabíamos que fueran tantos, es posible, desde luego que sean más! Surge una pregunta: ¿Crecen en idéntica proporción los formatos de música cubana?».

Por último cita a Astor Piazzolla y el rock diciendo «En la revista Bohemia, de agosto 30/90, aparece un artículo con declaraciones del famoso compositor Astor Piazzolla. En el mismo se conoce como posterior a la batalla de las Malvinas, actualmente en Argentina se desarrolla la *batalla del rock*».

En un artículo extraído del diario CLARÍN, Buenos Aires, 13 de Agosto, de 1986 reproducido en la revista CLAVE (Órgano de la Editora Musical de Cuba) no. 5/1987 Piazzolla declara: "... *si a Charly García, Spinetta o León Gieco, se les ocurre tocar en Londres, <u>los queman vivos</u>*".

«Para Piazzolla *el rock nada tiene que ver con su país* y califica de extranjerizantes a los roqueros pampeanos».

de esa línea histórica representará un retroceso e implicará un empobrecimiento y una limitación de su calidad... Las ideas socialistas son la orientación acertada para un mayor rigor intelectual en la evolución de nuestros propios elementos culturales.

En septiembre de 1987 el no. 5 del boletín SONDEO del Centro de Estudios sobre la Juventud y dirigida por *cuadros* de la UJC[37] y la Organización de Pioneros José Martí, ofreció los resultados de un "Conjunto de trabajos realizados por el Centro de Estudios sobre la Juventud, Ministerio de Cultura y Ministerio del Interior acerca de la música rock y las manifestaciones juveniles a ella asociadas". El trabajo titulado "Consideraciones acerca de las manifestaciones de la música rock y su incidencia en la población joven"[38] concluye de

---

[37] Unión de Jóvenes Comunistas.

[38] «La música rock en nuestros días es resultado de los adelantos tecnológicos del siglo XX a formas originalmente de raíces folclóricas.
»Apropiada por las transnacionales comerciales constituye uno de los elementos con mayor intensidad manejados por la labor subversiva ideológica mediante la utilización tanto de los propios artistas, músicos, de las letras como de todo un conjunto de símbolos y fetiches que lo rodean. Ello no nos permite negar que existen creadores que en franca resistencia a esta utilización comercial han existen creadores que en franca resistencia a esta utilización comercial han aportado no sólo a la cultura de estos, sino a la del mundo, valiosos resultados artísticos cuya influencia se refleja en los más disímiles autores de la actualidad.
»Se hace señalar que esta música, surgió fundamentalmente en Norteamérica y Gran Bretaña, y en el caso de los países europeos, donde el desarrollo histórico cultural desvaneció las formas populares de expresión musical urbana, la introducción de esta forma musical apenas encontró resistencia.
»Cuba y en general los países de América Latina y el Caribe no están en igual condición, por cuanto cuentan con una música popular bailable de fuerte incidencia en la población, y por tanto la forma de asimilación y difusión, así como el propio enfrentamiento a la sociedad a estas influencias no ha tenido iguales consecuencias.

Esta distinción es necesario realizarla, por cuanto los patrones de reacción empleados en los países socialistas europeos con resultados satisfactorios en mayor o en menor grado no es posible asimilarlo a nuestras condiciones acríticamente.

»Desde un punto de vista mundial este tipo de música responde a la preferencia de los sectores más jóvenes de la población. Ello puede analizarse en dos vertientes; en un caso esto responde a las propias campañas propagandísticas que alrededor de este fenómeno lo enfatizan como esencialmente hecho por jóvenes y para los jóvenes, con la subyacente terrible intención de homogeneizar a las masas juveniles de los diferentes países, bajo la égida de la cultura burguesa.

»Un segundo punto de vista se corresponde con las características socio psicológicas y típicas de estas edades en las que comienzan a tomar un carácter relevante los intereses por la música y el baile, como expresión de las necesidades de relación con sus coetáneos de ambos sexos y de realización dentro de los diferentes grupos. Ello constituye una regularidad del desarrollo ontogenético del individuo, la que adopta expresiones particulares y propias de acuerdo con las condiciones socio históricas en que se desarrolla.

»Históricamente hablando, en la década del 50 hubo cierto predominio en los jóvenes de la época por bailar rock & roll. En los años 60 los Beatles desempeñaron ese rol y así sucesivamente. Es bueno señalar que esto no quiere desempeñaron ese rol y así sucesivamente. Es bueno señalar que esto no quiere decir que se abandonaron las manifestaciones danzarias de nuestra cultura nacional, sino que conjuntamente con estas se hallaban las de procedencia internacional.

»En la actualidad dentro de la población juvenil cubana se mantiene cierto interés y preferencia por la denominada música rock. La magnitud de esta varía de forma significativa en los diferentes sectores y regiones del país.

»Los resultados de algunos trabajos apuntan hacia una clasificación del público juvenil aficionado a la música rock donde se destaca un primer sector en el que la preferencia hacia esta se expresa a través de una posición activa, manifestada en un conocimiento en ocasiones bastante profundos de los grupos, estilos, canciones, etc. Un segundo sector más bien intermedio donde predomina el interés hacia la música para bailar, su posición no es tan activa referente al conocimiento y dominio de la temática y más bien se guían por lo que está de moda.

»Un tercer sector de este público acompaña por la música conjuntamente con la manifestación de una apariencia externa en que predominan símbolos y atributos marcadamente extravagantes, muchas veces caricaturas o copias de las empleadas por los grupos de origen extranjero más comercializados. En este grupo se le da una importancia extrema a los atributos externos como forma de bailar, adornos, etc., encaminados a llamar la atención.

»Este último sector del público que hemos caracterizado constituye, a nuestro juicio, una minoría que expresa una marcada preferencia hacia este tipo de música, no obstante es este sector el que a través de su conducta y apariencia puede permear la opinión pública y tergiversar el impacto de este tipo de manifestación musical.

Estos jóvenes poseen además características personales que los hacen proclives a presentar desviaciones más allá de estas manifestaciones aparentemente externas.

»Posteriormente en un capítulo que nombran "Breve estudio exploratorio sobre el grupo musical de rock Venus" ejemplifican al prototipo de su tercer sector agrupado en una banda.

»Su formación político ideológica se puede catalogar en alto grado de deficiente expresado en la estrechez de sus intereses y el carácter de los mismos y en la expresión de una concepción del mundo al margen de los fundamentales principios y valores político-sociales del socialismo.

»Al preguntarle a estos jóvenes en relación con cualidades que, según su criterio, constituían objeto de admiración, fueron capaces de distinguir aspectos tales como, la modestia, la honestidad, la voluntad, la persistencia y la responsabilidad ante lo que se hace, lo que si bien a nivel verbal – expresa una orientación moral positiva, refleja una ausencia de otras valoraciones de carácter político.

»Su proyección futura se distingue por su pobreza e inmediatez de intereses, manifestándose en general optimistas, aunque declaran preocupación en relación con la continuidad y éxito de su afición artística.

»Se han sentido rechazados por la sociedad, lo cual atribuyen exclusivamente al tipo de música que tocan.

»Al final, en las consideraciones generales concluyen.

"–En todas las épocas perviven manifestaciones foráneas con las propias de nuestra cultura; en la actualidad el rock se encuentra entre estos géneros, el cual como manifestación musical no necesariamente es nocivo en sí mismo. »Lo anterior no nos puede llevar a ignorar que dicha manifestación es abiertamente manipulada a través de su comercialización por las transnacionales con todo su contenido diversionista y alienante.

»–En nuestro medio la afición por este tipo de música si bien no es extraordinariamente masiva, sí se le reconoce por los jóvenes y se evidencia un interés por su divulgación.

»–Los fenómenos negativos asociados a la música rock que han tenido lugar, provienen en líneas generales de una porción minoritaria del público asociado a esta manifestación, quien posee características psicosociales propias que lo hacen proclive a presentar diversas desviaciones de la conducta y que encuentran en la música y el baile el medio idóneo para expresarlas.

»–La solución a estas dificultades no proviene de la eliminación o reducción brusca de la expresión de la manifestación artística en sí. La delimitación de los factores que lo generan y el incremento de la acción diferenciada y particular de las instituciones y organizaciones que manera contundente: Dicha manifestación es abiertamente manipulada a través de su comercialización por las transnacionales con todo su contenido diversionista y alienante.

Después de 30 años, la interpretación y actitud oficial del y hacia el *rock & roll* es la misma. Los 60 dieron el pistoletazo de salida. Quizá el 30 de junio del 61, cuando Fidel intervino en una reunión de artistas y escritores celebrada en el Salón de Actos de la Biblioteca Nacional, con un discurso documentado como "Palabras a los Intelectuales"[39], para dejarlo claro.

---

tienen una más estrecha vinculación, lograrían filtrar el ambiente alrededor de esta música sin menoscabo de su correcta divulgación y desarrollo".»

[39] En 1961 el documental P.M. de Orlando Jiménez-Leal y de Sabá Cabrera Infante, el hermano de Guillermo, desata una polémica sin precedentes. En plena alerta ante la invasión de Girón el corto recrea la noche, una noche de rumba cualquiera en la Habana, ajena a cualquier acontecimiento histórico. La Comisión de Estudio y Clasificación de Películas, creada el 19 de enero de ese mismo año, la consideró «nociva a los intereses del pueblo y su revolución» y prohibió su exhibición.

Lunes, suplemento cultural del Diario Revolución dirigido por Guillermo, comienza a reunir firmas para una solicitud de protesta. Para "esclarecer la cuestión" el gobierno organiza una serie de reuniones en la Biblioteca Nacional, tres en total. El primer día se pasa la película. El último interviene Fidel. La conclusión de su discurso es: «¡Con la Revolución todo; contra la Revolución, nada!». El documental sigue prohibido, se cancela el espacio de televisión donde ha sido presentado y poco después deja de salir el propio *Lunes* por "falta de papel".

El 18 de diciembre de 1963, dos años después, la columna Aclaraciones del periódico *Hoy* inició un debate con título "¿Cuáles son las mejores películas?" atacando a Alfredo Guevara, Presidente del ICAIC desde 1959. El columnista pone sobre la mesa, por si a alguien no le quedó claro aún, las bases de la retórica, las reglas de juego del "diálogo" oficialista "replanteado" como un "recién" articulado sistema de valores.

«Para nosotros lo más importante de todo es la Revolución, su marcha, su destino, su <u>éxito</u> en la construcción de la nueva sociedad socialista. Nada hay más importante que la Revolución porque su suerte decide la de nuestro pueblo y, en lo que tiene de universal, la de los trabajadores del mundo.

Nada contrario a la Revolución, nada que dañe o perjudique a la Revolución puede ser bueno, es el primer precepto que guía nuestro criterio.

En el presente período de la construcción del socialismo tres son los aspectos principales de la actividad revolucionaria: 1) la defensa de la patria frente a las agresiones y amenazas constantes del imperialismo yanqui y sus lacayos; 2) la elevación, multiplicación y mejoramiento de la producción para satisfacer las necesidades de nuestro pueblo, y 3) la afirmación de la conciencia revolucionaria socialista como uno de los elementos de la defensa, de la construcción económica, de la cultura y de las nuevas relaciones que presidirá la nueva sociedad.

Nada que afloje el espíritu combatiente, de sacrificio y pelea de nuestro pueblo, nada que lo contamine de blandenguería burguesa o de despreocupación frente a los imperialistas, sus lacayos y sus gusanos contrarrevolucionarios es bueno.

Nada que incline a no trabajar o a no esforzarse en el trabajo, nada que tienda a aflojar la disciplina en el trabajo, nada que propague –en cualquier forma que sea– la vagancia, nada que tienda a disminuir el esfuerzo, la producción –cantidad y calidad– puede ser bueno.

... no debe fomentarse, difundirse, ni tolerarse, nada que dañe el esfuerzo en la producción, sea una ventaja sectorial del pasado, sea un vicio superviviente, sea una película o una canción; un artículo o una novela, un defecto o un error; sea la ignorancia, la incultura o la falta de conocimientos técnicos; sea la incorrecta organización o el mantenimiento de viejas rutinas.

Nada que deprima la conciencia revolucionaria socialista, que la combata o la niegue, que vaya contra ella, puede ser bueno.

El valor espiritual que todo individuo lleva a sí y necesita es relegado ante el hombre, herramienta masa, instrumento en el sistema de producción. Karl Marx en su "Historia crítica de la teoría de la plusvalía" formula «la producción capitalista es hostil a ciertas ramas de la producción intelectual, como el arte y la poesía». En su "Pequeña teoría de la censura" (publicada por el Caimán Barbudo, Oct 89), Víctor Fowler se refiere al papel de la intelectualidad artístico-literaria en el socialismo como el límite entre el bien y el mal. «No está en la oposición, pero no deja de estarlo».

La siguiente sección Aclaraciones del periódico *Hoy* se llamó "Respuesta a Alfredo Guevara" y comienza así: «"Un profundo abismo separa sus opiniones de las nuestras acerca de nuestra cultura y el trabajo artístico", declara en tono agresivo Alfredo Guevara, Director del Instituto Cubano del Arte e Industria Cinematográfica, con motivo de lo que expresamos acerca de películas, en respuesta, como es norma a esta columna, a la carta de un lector».

«¡Magnífico arte el de esos escritores soviéticos, autores de novelas que ayudaron a nuestros combatientes en la lucha contra la tiranía y contra los mercenarios del imperialismo!

¡Fecunda decisión de Fidel que mandó a imprimir en grandes cantidades las novelas combatientes que ayudaron a no pocos héroes de Playa Girón!....

El artista es un testigo, pero es también protagonista y combatiente, y además profeta.

Eso nos repite Alfredo Guevara.

Bien.

Si es protagonista y combatiente, testigo y profeta, debe ser, sin duda, un gran artista, capaz, además, de descubrir las cosas ocultas, incluso las que están tras los alborotos sin aparente causa».

Pero Guevara no se limita a esa conclusión.

Del hecho de que el artista es testigo y profeta –además de protagonista y combatiente– deriva que:

«No es revolucionario, o más revolucionario, el artista que canta la acción diaria.

A nuestro modo de ver sí es revolucionario el artista que canta la acción diaria, la acción de la revolución, la acción del pueblo».

Se dolía Fidel, ante el espectáculo del ciclón y del heroísmo de los hombres que se enfrentaron a él, de que nuestros escritores no hubieran emprendido, en contacto directo con la realidad entonces actual, la narración artística del suceso....

No pretendemos escamotear la significación del arte confundiéndolo con la propaganda.

Pero entendemos que el arte, además de forma, tiene contenido, expresa algo.

Guevara dice que la propaganda debe servirse del arte. Estamos de acuerdo.

El arte puede servir a la propaganda revolucionaria.

De acuerdo también.

Que nadie se escandalice ni alborote cuando discutimos el uso del arte en la propaganda revolucionaria ni nos acuse, por ello, de pretender reducir todo el arte a propaganda».

Dice Guevara que

«La visión de un artista del deterioro moral o psicológico de un personaje en la sociedad capitalista, y aún en la sociedad socialista... no puede ser considerada en modo alguno enseñanza o propaganda de una forma de alineación o destrucción o la autodestrucción».

Considérela como quiera: tales visiones de los artistas que las tienen influyen precisamente en ese sentido cuando son expresadas de modo que mueven la simpatía hacia los personajes deteriorados».

Agrega:

«Y si el mundo real, motivo de la observación y vivencias del creador, materia y ámbito de su actividad no se limita a estos problemas, situaciones y personajes, tampoco será justo y ni siquiera posible excluirlos.

Esto resulta bastante confuso.

Si lo que proclama es que tenemos que aceptar toda obra de arte de cualquier contenido –revolucionario o contrarrevolucionario, socialista o antisocialista, progresista o reaccionario–, sentimos disentir de su opinión.

En el arte, como en lo demás, somos contrarios a lo contrarrevolucionario, a lo antisocialista y a lo reaccionario.

En la "II parte de la respuesta a Alfredo Guevara" el columnista del periódico *Hoy* continúa «En el párrafo en que Alfredo Guevara critica poco oportunamente al Consejo Nacional de Cultura, apela, para reforzar sus palabras con una frase, al discurso del compañero Fidel en la reunión de los intelectuales».

«No sabemos si Guevara recuerda en toda su extensión las Palabras a los Intelectuales de nuestro jefe y guía, y las circunstancias que promovieron las reuniones, al final de las cuales fueron pronunciadas. Ante la duda sobre su memoria, vale la pena recordarlas, porque esas palabras son una verdadera guía para nosotros y deben serlo para todos.

Primero hablemos de las circunstancias.

Se trataba, casualmente como hoy, de películas.

Alfredo Guevara, en su condición de autoridad del Instituto del Cine propuso correctamente la prohibición de una película-documental, que con el pretexto del folklore presentaba una imagen completamente falsa de La Habana de diciembre de 1960 y denigrante para nuestro país».

«Falsa, porque cuando nuestro pueblo tomaba el arma, se hundía en el fango en las trincheras y mantenía a la fría y lluviosa intemperie el ojo abierto de la vigilancia y presto el brazo a la respuesta de hierro y fuego, que materializó tres meses después en Playa Girón, la película presentaba a una Habana de cabarets y vicios.

Denigrante porque mostraba, como único, lo que queda de un pasado que la sociedad superará.

Alfredo Guevara no quiso tomar la responsabilidad personal por aquella decisión que proponía, e invitó a miembros del Consejo de Cultura y del gobierno a ver la cinta.

El alboroto en ciertos medios intelectuales –similar a éste de ahora–, que se consideran afectados por la prohibición de la exhibición cinematográfica, condujo a que se celebraran las tres reuniones de la Biblioteca Nacional de cuyas discusiones Fidel hizo el resumen.

El compañero Fidel, aunque no había visto la película en cuestión, defendió la decisión tomada sobre ella y, sobre todo, el derecho del gobierno a revisar las películas.

«Para nosotros, en este caso –dijo textualmente Fidel– lo fundamental es, ante todo, precisar si existía o no existía ese derecho por parte del gobierno; se podrá discutir la cuestión del procedimiento, como se hizo; determinando si no fue amigable, si pudo haber sido mejor un procedimiento de tipo amistoso; se puede discutir hasta si fue justa o no la decisión. Pero hay algo que yo no creo que discuta nadie y es el derecho del gobierno a ejercer esa función, porque si impugnamos ese derecho entonces significaría que el gobierno no tiene derecho a revisar las películas que vayan a exhibirse ante el pueblo».

Fidel se refirió también a la importancia que tiene el cine en la educación y en la formación ideológica del pueblo, lo que hace más necesaria su adecuada dirección.

Hay además algo que todos comprendemos perfectamente: que entre las manifestaciones de tipo intelectual o artístico hay algunas que tienen una importancia, en cuanto a la educación del pueblo o a la formación ideológica del pueblo, superior a otros tipos de manifestaciones artísticas. Y no creo que nadie pueda discutir que uno de esos medios fundamentales e importantísimos es el cine, como lo es la televisión. Y, en realidad, ¿pudiera discutirse en medio de la revolución el derecho que tiene el gobierno a regular, revisar y fiscalizar las películas que se exhiban al pueblo? ¿Es acaso eso lo que se está discutiendo?

Y, ¿se puede considerar como una limitación o una fórmula prohibitiva el derecho del Gobierno Revolucionario a fiscalizar esos medios de divulgación que tanta influencia tienen en el pueblo?

Si nosotros impugnáramos ese derecho del Gobierno Revolucionario estaríamos incurriendo en un problema de principios porque negar esa facultad al Gobierno Revolucionario sería negarle al gobierno su función y su responsabilidad, sobre todo en medio de una lucha revolucionaria, de dirigir al pueblo y de dirigir a la revolución; y a veces ha parecido que se impugnaba ese derecho del gobierno y en realidad si se impugna ese derecho del gobierno nosotros opinamos que el gobierno tiene ese derecho».

La "III parte de respuesta a Alfredo Guevara" continúa con otro pasaje del discurso de Fidel a los intelectuales, continúa el próximo capítulo de la columna Aclaraciones del periódico *Hoy*.

«El problema que aquí se está discutiendo y vamos a abordar, es el problema de la libertad de los escritores y artistas para expresarse.

El temor que ha inquietado es si la revolución va a ahogar esa libertad; es si la revolución va a sofocar el espíritu creador de los escritores y artistas.

Se habló aquí de la libertad formal. Todo el mundo está de acuerdo en que se respete la libertad formal. Creo que no hay duda acerca de este problema.

Son palabras precisas y claras, éstas de Fidel, que no admiten confusión posible»; apunta el columnista. «Todo el mundo estuvo de acuerdo en que se respete la libertad formal. La forma en que ha de expresarse el artista, literato o poeta, músico o pintor, teatrista o cineasta, la decide él mismo, en la seguridad de que nadie intentará dictarle normas, imponerle estilos.

La forma puede gustar o no; puede hacer comprensible o no el sentido de la obra, pero no es estorbada, no es condenada, no es excluida.

324

La cuestión se hace más sutil y se convierte verdaderamente en el punto esencial de la discusión cuando se trata de la libertad de contenido. Es el punto más sutil porque es el que está expuesto a las más diversas interpretaciones. El punto más polémico de esta cuestión es: si debe haber o no una absoluta libertad de contenido en la expresión artística. Nos parece que algunos compañeros defienden ese punto de vista. Quizá por temor a eso que estimaron prohibiciones, regulaciones, limitaciones, reglas, autoridades, para decidir sobre la cuestión.

Permítanme decirles, en primer lugar, que la revolución defiende la libertad; que la revolución ha traído al país una suma muy grande de libertades; que la revolución no puede ser por esencia enemiga de las libertades; que si la preocupación de algunos es que la revolución va a asfixiar su espíritu creador, que esa preocupación es innecesaria, que esa preocupación no tiene razón de ser.

¿Dónde puede estar la razón de ser de esa preocupación? Sólo puede preocuparse verdaderamente por este problema quien no esté seguro de sus convicciones revolucionarias. Puede preocuparse por este problema quien tenga desconfianza acerca de su propio arte; quien tenga desconfianza acerca de su verdadera capacidad para crear. Y cabe preguntarse si un revolucionario verdadero, si un artista o intelectual que sienta la revolución y esté seguro de que es capaz de servir a la revolución, puede plantearse este problema; es decir, el si la duda cabe para los escritores y artistas verdaderamente revolucionarios. Yo considero que no; que el campo de la duda queda para los escritores y artistas que sin ser contrarrevolucionarios no se sienten tampoco revolucionarios.

Y es correcto que un escritor y artista que no sienta verdaderamente como revolucionario se plantee ese problema; es decir, que un escritor y artista honesto, que sea capaz de comprender toda la razón de ser y la justicia de la revolución sin incorporarse a ella se plantee ese problema. Porque el revolucionario pone algo por encima de todas las demás cuestiones; el revolucionario pone algo por encima aún de su propio espíritu creador; pone la revolución por encima de todo lo demás y el artista más revolucionario sería aquel que estuviera dispuesto a sacrificar hasta su propia vocación artística por la revolución».

«Claridad absoluta en las palabras de Fidel» repite el columnista. No da lugar a dudas.

«Para el artista que es verdaderamente revolucionario, que está, en la intimidad de su conciencia, identificado a plenitud con la revolución, con sus fines y objetivos, no habrá problema de contenido –ni de forma– pues ésta estará determinada por sus convicciones, coincidentes en todo con la revolución.

Para ese artista no habrá nada por encima de la revolución y juzgará a todo, incluyendo su obra y su arte, según el interés de la revolución.

Si a los revolucionarios nos preguntan qué es lo que más nos importa, nosotros diremos el pueblo y siempre diremos el pueblo. El pueblo en su sentido real, es decir, esa mayoría del pueblo que ha tenido que vivir en la explotación y en el olvido más cruel. Nuestra preocupación fundamental siempre será las grandes mayorías del pueblo, es decir, las clases oprimidas y explotadas del pueblo. El prisma a través del cual nosotros miramos todo, es ese: para nosotros será bueno lo que sea bueno para ellas; para nosotros será noble, será bello y útil, todo lo que sea noble, útil y sea bello para ellas.

Así piensan los revolucionarios, así enfocan los revolucionarios, todos los problemas.

Quien sea más artista que revolucionario no puede pensar exactamente igual que nosotros. Nosotros luchamos por el pueblo y no padecemos ningún conflicto porque luchamos por el pueblo y sabemos que podemos alcanzar los propósitos de nuestra lucha. El pueblo es la meta principal. En el pueblo hay que pensar primero que en nosotros mismos, y esa es la única actitud que puede definirse como una actitud verdaderamente revolucionaria».

En la "IV parte de la respuesta a Alfredo Guevara" después de «exponer la necesidad de que la revolución siga una política destinada a lograr que los escritores y artistas honestos, aunque no tengan una actitud revolucionaria ante la vida, marchen junto a ella, a la revolución y a su obra, aún cuando no concuerden con su filosofía» el redactor jefe de la columna *Aclaraciones* alude a las palabras conclusivas del *compañero* Fidel.

«Esto significa que dentro de la revolución, todo; contra la revolución, nada. Contra la revolución nada, porque la revolución tiene también sus derechos y el primer derecho de la revolución es el derecho a existir y frente al derecho de la revolución de ser y existir, nadie».

Para que quede más claro pregunta:

«¿Cuáles son los derechos de los escritores y artistas revolucionarios o no revolucionarios?».

Y responde categórico:

«Dentro de la revolución: todo; contra la revolución, ningún derecho».

«Ese es un derecho general que norma y determina todas las relaciones y todas las actitudes frente a sectores, fenómenos y personas.

La revolución no puede pretender asfixiar el arte o la cultura cuando una de las metas y uno de los propósitos fundamentales de la revolución es desarrollar el arte y la cultura, precisamente para que el arte y la cultura lleguen a ser un real patrimonio del pueblo. Y al igual que nosotros hemos querido para el pueblo una vida mejor en el orden material, queremos para el pueblo una vida mejor también en todos los órdenes espirituales; queremos para el pueblo una vida mejor en el orden cultural.

Debemos luchar en todas las manifestaciones por llegar al pueblo, pero a su vez hay que hacer todo lo que esté al alcance de nuestras manos para que el pueblo pueda comprender más y mejor. Creo que este principio no contradice las aspiraciones de ningún artista; y mucho menos si se tiene en cuenta que los hombres tienen que crear para sus contemporáneos.

No se diga que hay artistas que viven pensando en la posteridad, porque, desde luego, sin el propósito de considerar nuestro juicio infalible ni mucho menos, creo que quien así proceda se está autosugestionando.

Que cada cual se exprese en la forma que estime pertinente y que exprese libremente las ideas que desea expresar.

Nosotros apreciaremos siempre su producción a través del prisma del cristal revolucionario. Ese también es un derecho del Gobierno Revolucionario, tan respetable como el derecho de cada cual a expresar lo que quiera expresar».

Después enumeran del uno al diez sus conclusiones de las Palabras a los Intelectuales.

La "V y última parte de respuesta a Alfredo Guevara" comienza así:

«El presidente del ICAIC dice que a él no le concierne determinar si es posible o no juzgar el valor y significación de las cuatro películas mencionadas sin haberlas visto.

No se trata ahora de medir la autoridad de opiniones que no corresponden al conocimiento directo.

No hemos juzgado nosotros acerca del "valor y significación" –valor y significación en abstracto, en general– de esas películas».

En el primer párrafo de nuestra respuesta –Aclaraciones del 12 de diciembre– se dijo textualmente.

«No hemos visto las películas que relaciona, así que no podemos dar una opinión concreta acerca de ellas, aunque por los comentarios que hemos oído a trabajadores que fueron a verlas no nos parecen recomendables para nuestro pueblo, en general, ni en particular, para la juventud».

En el penúltimo párrafo se dice:

«No son los Accatones ni los Gardelitos, modelos para nuestra juventud.

Creemos que esas opiniones tienen autoridad suficiente –aunque no hayamos visto previamente las películas– porque, como se ve, no nos basamos en las películas, ni juzgamos sus valores como tales, sino que nos basamos en las opiniones de trabajadores que la han visto, en los efectos que tienen sobre los espectadores....

Creemos en ello. Y por lo que nos han dicho nos hemos atrevido a afirmar que tales películas no nos parecen recomendables para nuestro pueblo y que los Accatone y los Gardelitos no son modelos para nuestra juventud.

No son esos alegres, personalmente simpáticos, proxenetas, pervertidos, ladrones, vagos, irresponsables los que nosotros –creo yo– tenemos que exhibir a nuestros trabajadores, a nuestros jóvenes becados, a nuestros jóvenes estudiantes, en quienes tenemos que despertar el interés por otros asuntos y por otros ejemplos.

Hace algún tiempo, creo que en el aniversario del 13 de marzo, el compañero Fidel Castro, justamente indignado por algunos hechos, condenaba ciertas manifestaciones de elvispreslianismo de jóvenes que, guitarra en mano, pelo caído sobre la frente, pantaloncitos apretados se exhibían en actitudes feminoides en diversos lugares de la capital y pretendían invadir la zona de nuestros estudiantes.

¿De dónde vino el elvispreslianismo?

De la divulgación, en Cuba, a través de todos los canales, del modelo nacido en el medio social de Estados Unidos».

El 13 de octubre del 77, 16 años después de las famosas Palabras a los Intelectuales de Fidel, Armando Hart, miembro del Buró Político del PCC y Ministro de Cultura, pronuncia el discurso ¡Ha triunfado la justicia! ¡Adelante el Arte!, en la clausura del II Congreso de la UNEAC en el Hotel Habana Libre.

En esa ocasión, refiriéndose a las Palabras a los Intelectuales expresa. «Este documento, ya la historia de nuestro movimiento cultural lo ha recogido como uno de sus fundamentales patrimonios...

Las deficiencias, dificultades y logros que han existido durante el período comprendido entre el I y II Congreso de la UNEAC, están en parte relacionados con la mayor o menor compresión que cada cual ha tenido de la esencia más profunda de las palabras de Fidel, cuando en pensamiento que todo lo sintetiza proclamó "Dentro de la Revolución todo, contra la Revolución nada", o cuando dijo "El arte es un arma de la Revolución" (APLAUSOS).

Las personalidades más relevantes del movimiento intelectual cubano, o que gozan de gran prestigio nacional o internacional, y la gran masa de escritores y artistas, como conjunto, no se dejaron confundir, entendieron los planteamientos de Fidel y de nuestro Partido y actuaron en consecuencia. De esta forma, el proceso que hoy culmina en este Congreso constituye una victoria de la línea política de nuestro Partido, de la línea de Fidel en el campo intelectual».

En este discurso donde apela a la «confianza política y revolucionaria en la comprensión» de los presentes menciona como problemas a resolver en futuros análisis «El papel de la radio y la televisión en la formación artística, el de las películas y su influencia sobre la población, las relaciones entre el movimiento profesional y el de aficionados» y reconoce que «los factores que intervienen en la modelación y en el gusto artístico del pueblo, suscitan innumerables opiniones contradictorias».

Defiende la tesis de que «Las ideas socialistas son la orientación acertada para un mayor rigor intelectual en la evolución de nuestros propios elementos culturales» y en un momento de exacerbación proclama «La Unión Soviética es hoy el país más culto de la tierra y la avanzada del movimiento cultural en el mundo».